いざ、図書迷宮《ライブラリ》の祭壇へ。
ノルヴィ・シンクハルト
17歳
ルミの姉。妹大好き。
アーシェ・グラバー
18歳
ルミ専属の侍女にして護衛。
実はとても強い。
ルミエーラ・シンクハルト
15歳
頑張り屋の主人公。
辺境伯令嬢。愛称ルミ。
〝姫様〟たちの冒険が始まる――。

ラルフ・グラバー
20歳
アーシェの兄。
イケメン。
「なんでボクが最初にへばるの？
護衛のラルフさんが別格なのは解る。
メイドのアーシェさんが顔色すら
変えないのは不思議だけど、それも受け入れよう。
でも、ボクと体格が変わらないルミと、
ボクより小さいミカゲさんが元気なのはなんで？
おかしくないかな？」
リディアは木陰で横になって休みつつ、
涼しい顔で隣に座る私やミカゲ、
平然とお茶の準備をしているアーシェに目を向けるが、
それに応えたのは肩を竦めたラルフだった。
「ルミお嬢様が貴族の令嬢らしからぬ体力を
持っているのは事実だが、アーシェの方はこう見えて、
ルミお嬢様の護衛だからなぁ。
ただのメイドとは違うぞ？」

ひとときの休息
ミカゲ
たぶん8歳くらい
正体不明。
リディア
これでも28歳
在野の図書迷宮研究家。

伸ばした私の手は空を切り――

魔導書は少女の手に収まっていた。

「「あっ」」

私とアーシェの声が重なるが、
少女は気にした様子も見せずに
魔導書を開いた。

少女が小さく頷く。

「あなたは何者なの？」

「我は司書」

図書迷宮《ライブラリ》と心の魔導書《グリモア》

Library and Grimoire of the Heart

Itsuki Mizuho
いつきみずほ

Illustration
ニシカワエイト

口絵・本文挿絵：ニシカワエイト
デザイン：寺田鷹樹（ＧＲＯＦＡＬ）

目次

Library and Grimoire of the Heart

プロローグ

この世界の人々は成人の儀式《ぎしき》に於《お》いて、神様から魔導書《グリモア》を授《さず》かる。

そんな話を耳にしたのは、私がようやく一人で歩けるようになった頃《ころ》のことだった。

もし私がごく普通《ふつう》の幼女であれば、それを聞いたところで『ほへぇ～、そうなんだぁ？』と気にもせず、その日のおやつと何をして遊ぶかの方にこそ、意識を向けたことだろう。

しかし、とある理由により、私はそれの意味するところ——魔導書《グリモア》の善《よ》し悪《あ》しが、その後の人生を大きく左右しうること——を理解でき、且《か》つ努力を厭《いと》わない系幼女であった。

当然私は、その翌日から努力を始めた。

自分で材料を集めて素朴で温かみのある祭壇《さいだん》を作り、毎日のように神様に祈《いの》りを捧《ささ》げた。

——その祭壇には両親の手が入って、わずか数日で立派な礼拝室へと姿を変えたけど。

二歳《さい》年上のお姉様を真似《まね》て木剣《ぼっけん》を振《ふ》り、剣術《けんじゅつ》を学んだ。

——これまたわずかな期間で、私にはさっぱり才能がないことが発覚したけど。

家にある本をとにかく読みあさり、可能な限りの知識を身に付けた。

——蔵書があんまり多くなかったので、一月《ひとつき》足らずで読み終えてしまったけど。

それ以外にもお手伝いを頑張《がんば》り、礼儀作法《れいぎさほう》を身に付け、領地の発展にも少しは寄与《きよ》して……。

もしもこの世に〝徳ポイント〟というものが存在するならば、きっと貯金は十分。

それをいつ使うのかといえば――そう、今この時！　成人の儀式の場を措《お》いて他にない‼

「ルミエーラ・シンクハルト様」

王都にある神殿《しんでん》。名前を呼ばれた私はゴクリと唾《つば》を飲み、祭壇の前へと進んで膝《ひざ》をつく。

一般的《いっぱん》に授けられる魔導書《グリモア》のランクは、その人の素質次第《しだい》と言われている。

でも、努力が何の意味もない、なんてことがあるだろうか？　いや、ない！

私の尊敬するお姉様は上から三番目、四〇ページを超《こ》える紅色《カーマイン》の魔導書《グリモア》を授かった。

できれば同じ物が欲《ほ》しいけれど、そこまで高望みをするつもりはない。

「新たに成人を迎《むか》える子に、知の女神《めがみ》イルティーナ様の祝福を」

――せめて四番目の赤色《レッド》か、五番目の橙色《オレンジ》を！　お願いです。私にはそれが必要なんです！

知の女神イルティーナ様は、私が幼い頃から一日も欠かさず祈りを続けていた神様。

神官の言葉と共に、これまでの人生で最も力を入れて祈れば、まるでその祈りに応えるかのように女神様の像が輝《かがや》き、その光が一つに集束して私の目の前で球となる。

でも、ここまではみんな一緒《いっしょ》。感動的ではあるけれど、先に祝福を受けた他の子供たちと同じ。

――問題はここから！　ここから‼

手にギュッと力を入れ、祈りながら光の球を見つめていると、やがてそれは本の形へと変化、少しずつ光が収まり、見えてきた魔導書《グリモア》の表紙の色は……。

「――え、む、紫《むらさき》？」

魔導書《グリモア》の色を大まかに分けると、上から青系、赤系、黄色系、白系の四つ。

それから考えると、紫は青と赤の間に入りそうだけど、こんな色の魔導書《グリモア》は知らない。

私は何度も瞬《まばた》き。儀式を担当する神官に目を向けるけれど、そこにあったのも私と同じ困惑顔《こんわくがお》。

しかし、やはり大人。私の視線に気付いた彼《かれ》は、すぐに穏《おだ》やかな笑《え》みを浮《う》かべて口を開く。

「祝福は授けられたようです。さぁ」

「は、はい……」

促《うなが》されるまま手を差し伸《の》べると、宙に浮かんでいた魔導書《グリモア》が私の手の中に収まる。

確かにそこにあるのに、一切《いっさい》の重さを感じない不思議な感覚。

それに感動を覚えつつ、私はそっと魔導書《グリモア》の表紙に触《ふ》れる。

装丁の色は飽《あ》くまでもランクの目安でしかない。

重要なのはページ数であり、実際に数えてみればすべての疑問は解決する。

私は一つ深呼吸。ゆっくりと表紙を捲《めく》り――

「……え？」

図《はか》らずも、私と神官の言葉が重なる。

目に飛び込《こ》んできたのは白い紙――ではなく、ただの紫色。

それが意味するところを受け入れられず、私は動きを止めるが……。

「表紙だけ……？　ページが……ない？」

神官の呟《つぶや》きが聞こえ、突《つ》き付けられた事実を理解した瞬間《しゅんかん》――私は意識を手放した。

第一章　呱呱《ここ》

今世での記憶《きおく》の始まりは、赤ん坊《ぼう》の泣き声だった。

ぼやけた視界の中、甲高《かんだか》く響《ひび》く声は動物の鳴き声にも似ている。

――いったい、どこから聞こえてくるのかな？

そう考えた直後、それが自分から発せられていたことに気付いて驚愕《きょうがく》し、バタバタと動かした手《て》脚《あし》が赤ん坊の物だったことに再度驚《おどろ》き、私が自我を持っていることに三度《みたび》びっくり。

唖然《あぜん》とすると同時に押《お》し寄せる、怒濤《どとう》のような前世の記憶。

私はその奔流《ほんりゅう》に弄《もてあそ》ばれつつ、内心『ふむ』と頷《うなず》く。

――そっか。これが生まれ変わり。いわゆる転生。……なるほど？

…………。

……あるよね～、そういうこと！

私はさらりと現実逃避《とうひ》、気持ちを落ち着かせようと周囲を観察する。

目に映るのは緑色。香《かお》るのは咽《む》せるような草木の匂《にお》い。聞こえるのは梢《こずえ》を揺《ゆ》らす風の音。

察するにここは……森の中？

視界がぼやけているのは、たぶん赤ん坊だから。つまり、今の私は生後一年未満。

更《さら》には、私の呼び掛けに応えてくれる保護者はなし、と。

……え？　これ、詰《つ》んでない？　私、捨てられちゃった？

誕生というリスタートを切ったと思ったら、いきなり死亡というゴール目前。

今回の人生は、短距離《たんきより》コースですか？

そのまま森の動物たちに、フルコースをご提供ですか？

だがしかし、捨てる神あれば、拾う神あり。

自分の口から無意識に溢《あふ》れる泣き声《なきごえ》が、自然と弱々しくなった頃《ころ》。

冷え切った身体《からだ》が柔《やわ》らかく温かな感触《かんしょく》に包まれ、私は安堵《あんど》と共に眠《ねむ》りに就《つ》いた。

◆　◆　◆

あれから十余年。ルミエーラ・シンクハルト、一五歳《さい》。今日も元気に生きています。

あの時、森に打ち捨てられていた私の人生は、すんでのところで拾い上げられた。

お母様である、カティア・シンクハルト辺境伯《へんきょうはく》夫人の手によって。

——そう、お母様。何の因果か今の私、『姫様《ひめさま》』とか呼ばれちゃう立場なのです。

もしかして、捨てられたというのは私の勘違《かんちが》いで、元々お母様の子供だった？

なんて考えたこともあるけれど、あの森の記憶は今も鮮明《せんめい》だし、凄《すご》く優《やさ》しいお母様が自分の子供を森に放置するなんて絶対にあり得ない。わずかな可能性として『赤ん坊の時に誘拐《ゆうかい》されて、森に捨てられた』なんてことも考えたけれど、諸々《もろもろ》の状況《じょうきょう》からこれもないと却下《きゃっか》した。

つまり、私が拾われっ子で、お母様の実子でないことは、ほぼ確定。

そんな子供を貴族として受け入れて大丈夫《だいじょうぶ》なのかという心配はあるけれど、その恩恵《おんけい》を受けているのが自分である以上、文句などあろうはずがない。私、利己的なので！

わーい、やったね！　人生終了《しゅうりょう》間近から勝ち組《貴族》への昇格《プロモーション》。今世では楽ができるかも？

――などと、喜んでいられたのは数年間だった。

言葉を覚え、この世界のことを知るにつれ、私は普遍《ふへん》の真理を思い知らされることになる。

そう。『世の中、そんなに甘《あま》くないぞ？』という真理を。


私が生まれ落ちたこの世界。

今を以《もっ》て薄《うす》れる気配もない前世の記憶を基《もと》に考えるなら、明らかに別世界だった。

それは貴族制が残っているとか、科学が未発達とか、単純な時世的なものではない。

人の生存を脅《おびや》かす、魔物《まもの》という脅威《きょうい》。

それに対抗《たいこう》するように、神様から与《あた》えられた魔導書《グリモア》という奇跡《きせき》。

この世界の人々はその魔導書《グリモア》によって魔法を行使し、貴族は魔物を退ける義務を負う。

私が生まれたのはそんなファンタジーな、しかし今の私にはリアルで危険な世界だった。

更に言えば、私が拾われたシンクハルト家の領地は、そんな現実の最前線。

グラーヴェ王国という国の南端《なんたん》、魔物が多く生息する〝魔境〟に隣接《りんせつ》して存在し、王国への魔物の侵入《しんにゅう》を阻止《そし》する防波堤《ぼうはてい》としての役割を担《にな》っている貴族の一人だった。

そんな事実を知ったことで、私の目標は決まった。

魔物に対抗できるだけの力を身に付ける――つまりは、より良い魔導書《グリモア》を手に入れる。

私の命を助けてくれた優しいお母様と、格好《かっこう》いいお父様、私を凄く可愛《かわい》がってくれるお姉様。

愛情を注いでくれた、素敵《すてき》な家族に恩返しをしたいという想《おも》い。

危険が身近な世界で、自分を守れる力を手にしたいという願い。

それらを叶《かな》える現実的な手段として、私は魔法という非現実的な手段を選んだ。

もっともその頃には私も魔法を目にしていたし、お父様たちが持つ魔導書《グリモア》も見ていたので、魔法が実在することは理解していたんだけど……なかなか信じられないよねぇ？

前世の記憶とそこで獲得《かくとく》した常識が、まだまだペルソナの大部分を占《し》めていたわけだし。

けれど、その常識と目の前の現実との折り合いを付ける理性も、また持ち合わせていたわけで。

だからこそ私は『より良い魔導書《グリモア》』を手に入れようとしたわけだけど……ここで問題が一つ。

――それって、どうやったら手に入るの？

あまりにも意味不明な存在である魔導書《グリモア》。身近な人に訊《き》いてみても、『神様がお決めになることであり、その人に相応《ふさわ》しいものが自然と授《さず》けられる』ということしか判《わか》らない。

自分で調べようにもインターネットはもちろん、本すら簡単には入手できない状況では、『過去の優《すぐ》れた人物は、優れた魔導書《グリモア》を持っていた』程度の情報しか得られなかった。

正直、『優れた魔導書《グリモア》を持つが故《ゆえ》に、名を残せたんじゃ？』とも思ったのだが、他に手掛《てが》かりがない現実を前に、私は成人の儀式《ぎしき》をゴールと定め、〝優れた人物〟になるべく動き出した。

最初に始めたのは、魔導書《グリモア》を授けてくださる知の女神《めがみ》イルティーナ様へ祈《いの》ること。

――え？　いきなり神頼《かみだの》みなのかって？

言いたいことは解《わか》る。でも、神様が実在する世界では信仰心《しんこうしん》の意味も変わってくるし、真摯《しんし》に祈るだけなら誰《だれ》でもできること。少しでも良い影響《えいきょう》があるなら、やらない理由なんてないよね？

当然、自らを高める努力も忘れない。文武両道、それを為《な》してこそ優れた人物だもの。

――って、思ったんだけど、残念ながら私に〝武〟の才能はなかった。

前世では縁《えん》がなかっただけに、意欲的に取り組んでみたものの、お姉様と比べて私の上達は明らかに遅《おそ》く、体格にも恵《めぐ》まれなかったため、〝武〟は程々《ほどほど》にして、私は〝文〟に力を入れた。

幸いこちらの方は、前世の知識というアドバンテージもあって順調だった。

多くの学問は前世の知識との擦《す》り合わせをする程度で済んだし、貴族の常識や礼儀作法《れいぎさほう》、語学、歴史などに関しては優しいお母様が丁寧《ていねい》に教えてくれた。

難点は未成熟な身体のせいで夜ふかしができないこと。

それと、家族が『頑張《がんば》りすぎだ』と、隙《すき》あらば甘やかそうとすることぐらいかな？

社会人として働いていた記憶を持つ私からすれば、朝から晩まで働くことに違和感《いわかん》はないけれど、年齢《ねんれい》を考えれば異常であることも事実なので、家族には適度に甘えて気分をリフレッシュ。

メリハリを付けて学習に励《はげ》むことで、幸か不幸か、齢《よわい》一〇を待たずして領内に師事できる相手がいなくなり、〝文〟を高めるにも限界が見えてしまっていた。

前世では学ぶ手段はいくらでもあったのに、ここでは本を手に入れることすら一苦労。

独習するには限界があるし、国の端《はし》という土地柄《がら》、教師を招くことも難しい。

――結構頑張ったし、このぐらいで満足しておくべきかも？

そんな考えも頭を過《よぎ》ったけれど、ここで手を緩《ゆる》め、儀式の場で後悔《こうかい》するのは絶対に嫌《いや》。

焦燥感《しょうそうかん》にも似た思いに背中を押され、私が次に取り組んだのは——。

◆　◆　◆

私の住むスラグハートの町はシンクハルト領の領都であり、領内唯一《ゆいいつ》の大きな町である。

分類するならば、一応は城塞《じょうさい》都市になるのかな？

町全体が長大で堅牢《けんろう》な石壁《いしかべ》に囲まれていて、魔物の脅威から住人を守っている。

ただし、町の中に目を向けると、『都市』という言葉に違和感を覚えることになるだろう。

多少でも都市っぽいのは領主の屋敷《やしき》がある中心部のみ。大半は草原であり、そこに小さな家と農地が存在するだけの長閑《のどか》な光景が広がっているから。いうなれば、城塞農村？

常識的に考えれば、この造りは明らかに非効率であり、コストの掛け方を間違っているのだけど、スラグハートがこんな町になったのには、ご先祖様の強い思いが関係している。

記録によると、昔の街壁《がいへき》は今よりもずっと貧弱《ひんじゃく》で、多少なりとも守られていたのは町の中心部にあった居住区のみ。町全体を囲んでいたのは木の柵《さく》でしかなかった。

必然的に魔物の侵入を許すことも多く、領民に犠牲《ぎせい》が出ることもまた少なくなかった。

この状況に心を痛めたのが、何代か前のご先祖様だった。

幼い頃から何度も悲劇を目にしてきた彼《かれ》は、魔導書《グリモア》を授かると攻撃《こうげき》魔法の習得はスッパリと諦《あきら》め、土木工事に適した魔法に全振《ぜんふ》り。自分の生涯《しょうがい》を費《つい》やして街壁を完成させたらしい。

魔物を斃《たお》すことだけが、領地を守ることではない。

前世の記憶を持つ私であればそのことも理解できるけれど、尚武《しょうぶ》の気風が強いシンクハルト家に生まれた一五歳の少年が、戦いを諦める決断をするまでにはどれほどの葛藤《かっとう》があったのか。

残念ながら、彼の家中での立場や扱《あつか》いについての記録は残っていなかった。

でも、私のお父様やお母様のように、優しく理解のある人に囲まれていたと思いたい。

もっとも、そのご先祖様って、無駄《むだ》に立派なウチのお屋敷や領境を守る複数の砦《とりで》も造っているので、実のところ、建築自体が好きだったんじゃないかって気もするんだけどね？


さて、そんなスラグハートの町にも、問題がないわけではない。

ご先祖様が『人が住んでいる場所は全部囲んでしまえ！』とばかりに壁を造ったものだから、地形が農村そのままで、街としての区画整理がまったくされていないのだ。

具体的には……壁の内側に川が流れ、丘《おか》があると言えば、なんとなくイメージが浮《う》かぶかな？

個人的には好きな光景だけど、領民たちが無計画に農地を広げたり、家を建てたりしていては、後々困ることが明白なわけで。為政者《いせいしゃ》として町の発展を考えるなら、区画整理は重要だ。

なので私は、まだまだ土地が空いている今のうちに、都市計画の策定に動いた。

とはいえ、大規模に町を改造するつもりはなく、地図上に道路や整地予定の場所をプロット、今後はそこを避《さ》けて土地の利用許可を出してはどうかと、お父様に提案したんだけど……。

「姫様、こちらはいつも通りに進めてもよろしいですか？」

「はい、計画通りに。慌《あわ》てず、急がず、安全第一で工事を進めてください。工期の遅《おく》れよりも、事故が起きる方が問題です。皆様《みなさま》のお身体の方が大切ですから」

「解っております。間違っても、姫様のお心を悩《なや》ませるようなことは致《いた》しません」

進言だけのはずが、なぜか都市開発の責任者に任命されてしまった。

お父様は、私が参考のつもりで渡《わた》した雑な地図を手放しで褒《ほ》め、『ルミの好きなようにやってみると良《い》い！』と権限を与えてくれちゃったのだ――その時、わずか一〇歳だった私に。

これは、お父様の親バカを心配すべきか、能力主義で仕事を任せる柔軟《じゅうなん》さを褒めるべきか。

……どっちかといえば、前者かな？

私が立って歩いただけでパーティーを開き、言葉を喋《しゃべ》っただけで『ウチの子、天才じゃないだろうか？』と真顔で言ってしまうお父様だから。

しかし、任されたら頑張ってしまうのは、私の性《さが》なのか。

与えられた権限をフルに使って、正確な測量と作図を行い、計画を練り直し……。

色々と検討した結果、最初に取り組むことになったのは、下水道の整備だった。

地下に埋設《まいせつ》するタイプのインフラ整備が特に面倒《めんどう》なのは、前世の常識からよく解っている。

領主の強権は使えるけれど、強引《ごういん》な立ち退《の》きなどさせずに済むなら一番であり、今後の発展を考えるなら下水の処理が重要となるのは、公衆衛生の知識が多少でもあれば解ること。

だからこそ私は、多少の無理を通してでも整備を始め――早五年。

「今回でようやく、すべての土地の確保が終わりましたなぁ……」

長い付き合いとなった現場監督《かんとく》のおじさんが周囲を見回し、しみじみと呟《つぶや》く。

「そうですね。工事はまだまだ続きますが、一つの目処《めど》は付きました」

人口に対して土地が広いこの町で、下水の処理が問題となるのは当分先のこと。

必然的に使える予算も限られ、事業の進捗《しんちょく》はゆっくり。下水道が完成するまでには、まだまだ長い年月が必要だけど、今後は工事の障害となる物はないし、計画書自体はきちんと纏《まと》めてある。

仮に私の代で終わらなかったとしても、子孫が引き継《つ》いでくれると、そう思っている。

もし私が、お姉様ぐらい優れた魔導書《グリモア》を授けられたら、土木関連の魔法も覚えて、工期を短縮できるかもしれないけど……それは、成人の儀式の結果次第《しだい》だよね。

「しかし今回は、立ち退きをお願いする方が少し多かったですが……不満は出ていませんか？」

「なんの。姫様から直接お願いされるのです。嫌という者などおりませぬ。もしそんな根性《こんじょう》の曲がった奴《やつ》がいるなら、儂《わし》の鉄拳《てっけん》で真《ま》っ直《す》ぐにしてやりましょう。はっはっは！」

拳《こぶし》を握《にぎ》りカラカラと笑う現場監督に、私も小さく苦笑《くしょう》を返す。

「さ、さすがに力尽《ちからず》くというのは困りますが……」

設計や現場監督なんてできない私のお仕事は、計画の策定と利害関係者との折衝《せっしょう》。

策定は既《すで》に終えたので、今の私の仕事は移転が必要になる人たちへの説明とお願いである。

私が出向く必要はないと言う人もいるけれど、事業の最高責任者であり、且《か》つ領主の娘《むすめ》でもある私から直接頼《たの》まれて拒否《きょひ》できる人はそういないし、その方が交渉《こうしょう》もスムーズに進む。

——脅《おど》しているようで、少し気になるけどね。

「お嬢様《じょうさま》、心配される必要はありませんよ？」

そんな気持ちが顔に出たのか、後ろに控《ひか》える私の補佐《ほさ》——メイド服の少女が口を挟《はさ》む。

彼女《かのじょ》の名前はアーシェ・グラバー。私より三つ年上の一八歳で、長く綺麗《きれい》な金髪《きんぱつ》は編み込《こ》みでアップに纏め、見事なプロポーションを誇《ほこ》るその姿は、一見してできるメイドさん。

子供だてらに活発に働く私を心配して、お父様が付けてくれたお世話役兼《けん》、護衛である。

「対象となった領民はむしろ喜んでいるぐらいです。移転すれば新築の家に広い畑、そして補償金《ほしょうきん》が受け取れ、何よりお嬢様と間近で会話ができるのですから」

「……そういうものですか？」

補償金などはまだしも、私と会話することにどれほどの意味があるのか。

首を捻《ひね》る私に、アーシェだけではなく現場監督も深く頷く。

「そういうものですな。姫様は人気がありますから。関《かか》わりの多い儂も妬《ねた》まれているぐらいです」

う～ん、アイドル的な？　解るような、解らないような……？

私も領内では有名人の範疇《はんちゅう》。それで不満が抑《おさ》えられるのなら良いことなんだろうけど、私がそこまで人気になる理由なんて――と、そんな私の思索《しさく》を遮《さえぎ》るように、アーシェが口を開く。

「お嬢様、そろそろ移動しませんと。明日の準備もありますし、あまり時間が……」

「あ、そうでしたね。それでは、後はよろしくお願い致します」

「かしこまりました。儂に万事《ばんじ》お任せください」

頼《たの》もしく頷く現場監督に微笑《ほほえ》みかけ、私は次の場所へと向かう。

一〇歳当時、時間ができた私は下水道整備以外にも、いくつかの事業や研究を始めた。

ただし実際にやるのは他の人で、私がやるのはお金と口を出すこと。お金だけ出して、素人《しろうと》は口は出すなという考え方もあるけれど、それはただの甘えだと私は思っている。

短期間で大きな成果を出せとは言わないが、税金を使う以上、無駄は許されない。

目的、計画、実行結果、そして成果。

もしその成果が『これはダメだと判った』でも構わない。

でも、それらをきちんと記録に残し、他人に説明できないようでは問題外。

そんなわけで私は『煙《けむ》たがられているかな？』と思いながらも、定期的に出資先を回っていた。

一応、現場の人は毎回笑顔で迎《むか》えてくれるけど……出資者だからね。

「――ねぇ、アーシェ。私は良い魔導書《グリモア》を授けてもらえるかな？」

私も一五歳になった。これまでの起居が試《ため》される日が近付いている。

明日には王都へと出発し、神殿《しんでん》で魔導書《グリモア》を授かることになる。

果たして努力は実を結ぶのか。私がやってきたことは正しかったのか。

そんな不安が口を衝《つ》くけれど、アーシェは私を安心させるように微笑む。

「お嬢様は誰よりも努力されています。自身を高めることはもちろん、下水道を筆頭に各種研究も成果を出しています。お嬢様の助言がきっかけとなったものも少なくありません」

「そうかな？　私、ちゃんとできてるかな？」

「はい。私が御側《おそば》に控えてからも、お嬢様は随分《ずいぶん》成長されたと思いますよ？　――身体以外は」

「それなら――って、今、身体は関係ないよね!?　そもそも別に不満はないし！」

確かに一五歳とは思えないほど小さいけどねっ！

でも本当に不満はない――というか、前世よりも可愛《かわい》いから満足してる。

長い銀髪《ぎんぱつ》と透《す》けるような肌《はだ》、小柄《こがら》で凹凸《おうとつ》の少ない身体は、我ながらお人形のよう。お母様が可愛い服を着させるのを好むこともあって、それらの服がよく似合う今の容姿は私もお気に入り。

唯一の不満点は、自分自身の姿はあまり見えないところかな？

「ふふっ、冗談《じょうだん》です。――いえ、成長されていないのは本当ですが、そんなお嬢様の可愛さも含《ふく》め、知の女神イルティーナ様はご照覧くださっていると思います。もし低ランクの魔導書《グリモア》を授けるようなことがあれば、私もお嬢様と一緒《いっしょ》に文句を言って差し上げます」

「いや、神様に文句を言うのは、さすがに避けた方が良いと思うけど……」

幼い頃から十余年、毎日祈り続けても神様を感じたことはないけれど、魔導書《グリモア》が存在する以上、超《ちょう》常《じょう》的存在が実在するのは間違いない。だから、喧嘩《けんか》を売るようなことは――

「というか、さり気なく私を巻き込まないで？」

「何を仰《おっしゃ》いますか。私とお嬢様は一心同体。健《すこ》やかなるときも、病《や》めるときも、神様に苦情を申し立てるときも、そして神様から天罰《てんばつ》を下されるときも一緒ですよ？」

「ありがた迷惑《めいわく》⁉　……はぁ。気持ちだけ受け取るよ。今から悩んでも仕方ないし」

「そういうことです。さあ、手早く終わらせて、今日は早く休みましょう。旦那《だんな》様たちも心配されていますよ？　最近のお嬢様は、いつにも増して頑張りすぎじゃないかって」

「そこまで無理はしてないんだけど……。最後まで手は抜《ぬ》きたくなかったからね」

天命を待つ以上、人事は尽《つ》くすべきだから。後悔しないためにも。

「お気持ちは解りますけど、お嬢様は旦那様たちと違《ちが》ってか弱いのです。しっかり身体を休めておかないと、明日から辛《つら》いですよ？　馬車での移動となるのですから」

「私は普通《ふつう》！　お父様たちが異常なだけだからね？」

むしろ同年代の女の子よりも体力はある。そこだけは断言しておきたい。

ただ、ウチの家族の中で比較《ひかく》すると……。

「――まぁ、しっかり休んでおかないと辛いのは、間違いないけど」

馬車での移動が楽と思う人は実際に乗ったことがないか、綺麗な石畳《いしだたみ》の道しか知らないのだ。

ウチの領内はまだしも、他領ではまともに整備がされていない道も多く、そのような領地を通過することは、控えめに言っても試練である――具体的には、私のお尻《しり》と内臓に対しての。

幼い頃、お母様に抱《だ》っこされて馬車に乗っていた私は、一人で座《すわ》ると主張し――わずかな時間でお母様の膝《ひざ》の上に避難《ひなん》することになったのは、苦い思い出である。

当然、寝不足《ねぶそく》は禁物だし、馬車に乗る前にお腹《なか》いっぱいご飯を食べることも厳禁である。

「お望みなら私の膝をお貸ししますよ？　やらかしても《清浄《せいじょう》》の魔法がありますし？」

「それは遠慮《えんりょ》する。――身体は小さくても成人だからね」

悪戯《いたずら》っぽく笑うアーシェに、私はきっぱりと首を振《ふ》る。

乙女《おとめ》の尊厳を守るために重要なのは体調を整えておくこと。

移動に備えて早めに床《とこ》に就いた私は、その翌日、家族と共に王都の神殿へと向かう。

そこで待ち受ける現実など、想像だにせずに……。

◆　◆　◆

瞼越《まぶたご》しの柔らかな光と、頬《ほお》を撫《な》でる温かな手を感じ、私の意識が浮上《ふじょう》する。

「ん……」

微《かす》かに目を開けると、視界に入ったのは私に覆《おお》い被《かぶ》さるような黒い影《かげ》。

でも、どこか安心できるその気配に、私は小さく呟く。

「……アーシェ？」

「はい。お目覚めですか？　お嬢様が誰よりも愛するアーシェですよ」

「あぁ、その軽口は間違いなくアーシェだね」

軽く目を擦《こす》り、改めて瞼を開けば、そこにいたのはやっぱり私専属のメイドさん。

四六時中一緒にいる彼女は、ある意味で家族よりも近しい関係だし、もちろん親愛もあるけれど、

『誰よりも愛する』はさすがに大袈裟《おおげさ》。いうなれば……一番の親友かな？

――私を見るアーシェの目が時に怪《あや》しく見えるのは、きっと気のせい。

「ここは……私の部屋？　えっと……」

身体を起こして見回せば、目に入るのは見慣れた自分の部屋。

とても安心できるその空気に、私はホッと息を吐《つ》く。

「……そっか。あれは夢だったんだ」

「いいえ、お嬢様。お嬢様は間違いなく成人の儀式を受けて、盛大《せいだい》に失敗されましたよ？」

「ぐはっ！　ひ、酷《ひど》い……」

さすがは専属メイド。微かな希望に縋《すが》った私に、ずどーんと指を突《つ》き付けて宣言する。

「ついでに言えば、成人の儀式があったのは何日も前のこと。私たちは儀式の翌日には王都を離《はな》れ、
昨日スラグハートに戻《もど》ってきたところですね」

「げふっ！　ぐぬぬぅ……そんな、詳細《しょうさい》に話さなくてもぉ……」

突き刺《さ》さる言葉の痛みに、私は胸を押さえて呻《うめ》くが、彼女は「ふっ」と笑って肩《かた》を竦《すく》める。

「お嬢様が間違っていれば正すのが、私の仕事ですから」

「ありがとう、いつも助かってる！　……でも、たまには現実逃避もしたくなるよね？」

具体的には赤ん坊なのに森に捨てられた時とか、一〇年間の努力が無駄になった時とか！

「ぐぬぬ、こんなはずでは……。将来設計が狂《くる》いまくり」

魔法の素質は魔導書《グリモア》のページ数に比例する。幼い頃とは違って魔導書《グリモア》がすべてとは思っていないし、仮に使える魔法が少なかったとしても、そこは努力でカバーするつもりだった。

でも！　ゼロというのは、さすがに予想外すぎるよ‼

もしかして、私が前世の記憶持ち――転生者であることが影響してたりする？

だとしたら、絶望なんですけど。努力でなんとかできることじゃないし。

前世の社会人時代に鍛《きた》えた忍耐力《にんたいりょく》と、そこで得た知識や経験は今世でも生きているけど、その代償《だいしょう》がこれというのなら、さすがに釣《つ》り合いが取れてない気がするよ……。

「……はぁ。取りあえず、起きようか」

「お手伝い致します」

凹《へこ》んでいたところで、物事は一ミリだって進まない。

私がベッドから起き出すと、アーシェが着替《きが》えを用意してテキパキと私に着せていく。

別に一人でも着られるんだけど、それがアーシェの仕事だし、手伝ってもらった方が楽なので、拒否はしない。私の普段着《ふだんぎ》、なんというか……フリフリのドレスだから。

それに合わせて髪《かみ》もアレンジすることになるので、実際、結構な手間である。

「いつもありがとね、アーシェ」

「いえ、私も好きでやってますから。さすがに奥様《おくさま》のような洋裁技術はありませんが」

「お母様、自作のドレスで子供を着飾《きかざ》らせるのが夢だったみたいだからねぇ。お姉様が生まれる前からデザインを考えて、腕《うで》を磨《みが》いていたみたいだけど……」

しかし残念ながら、お姉様でそれを楽しめたのはわずかな期間だけ。両親に似たお姉様はすくすくと身長を伸《の》ばし、お父様の真似《まね》をして剣《けん》を振る、凛々《りり》しい女の子になってしまった。

必然、いつまでも背の低い私は、お母様の格好の標的になるわけで。

ついでに言うと、この趣味《しゅみ》はお姉様も引き継いでいたりするわけで。

さながらお人形遊びのように、二人して普段《ふだん》から私に可愛い服を着せて楽しんでいる。

「まぁ、楽だから良いんだけどね」

正直に言えば、前世での私は、自分を着飾ることを面倒臭《めんどうくさ》いと思うタイプの人間だった。

可愛い服は好きだし、たまにはお洒落《しゃれ》もしたけれど、毎日喜んでやろうと思うほどではない。

そんな私からすれば、全部任せておけば可愛く整えてくれて、アーシェやお母様たちも喜んでくれるこの人生に、文句などあろうはずもない。

私に必要だったのは、ドレス姿でも支障なく活動できる技術を身に付けることだけ。

自分で言うのもなんだけど、素材だけは良いみたいだから、可愛い服が似合わなくて見苦しいってことはない——というか、かなり似合うみたいだし？

「はい、お嬢様、できましたよ」

「ありがと。それじゃ、現実を見ますか。——顕現《けんげん》」

私はベッドに腰《こし》を下ろし、右手を前に出して小さく呟く。

やり方は授かった時に自然と理解した。

ただそれだけで、あの時に見た不思議な雰囲気《ふんいき》を持つ本が出現する。

表紙の紫《むらさき》色《いろ》は重厚《じゅうこう》さと共に気品を感じさせ、立派な装丁は心躍《おど》るほどに素敵なデザイン。

魔導書《グリモア》は実際のページ数が外観に影響しないことも相まって、閉じた状態では私の魔導書《グリモア》も普通の魔導書《グリモア》と同様に――それこそ、数百ページはありそうに見える。

「ほほぅ、これがお嬢様の魔導書《グリモア》。初めて拝見しましたが、とても綺麗ですね」

「うん、見た目はね。でも、中身は……やっぱり、ないよね」

儀式の後、魔導書《グリモア》を開くのはこれが初めて。『あれは何かの見間違いだったのでは？』なんて微かな希望に縋ってみたけれど、やっぱりそこには何もなし。見事なまでに虚無《きょむ》である。

「本当に表紙だけですね。空きページはもちろん、初期魔法もなしですか」

「信じられない――いや、信じたくないことにね」

成人の儀式で授けられる魔導書《グリモア》は通常、初期魔法のページと空きページで構成される。

前者は本人の素養に応じて神様が与えてくれる魔法であり、後者が今後覚えられる魔法の余地。

初期魔法が多ければ成人直後から魔法を活用でき、空きが多ければ方向性の自由度が高まる。

私としては『できれば、空きが多い方が良いかも？』とか思っていたけれど……うぅ。

「空きページとか以前の問題になるとは……ねぇ、アーシェの魔導書《グリモア》も見せて？」

「えー、魔導書《グリモア》はあんまり人に見せる物じゃないんですけど……お嬢様だけ、特別ですよ？」

「はいはい。特別、特別。わー、嬉《うれ》しい」

魔導書《グリモア》を見れば魔法の素質が判るし、中身を見れば使える魔法も判る。だから『人に見せる物じやない』というのは本当だけど、私は既に何度もアーシェの魔導書《グリモア》を見ているわけで。

無駄にもったいぶるアーシェを適当にあしらいつつ促《うなが》せば、彼女は不満そうに口を尖《とが》らせる。

「お嬢様がつれない。これはもう、見せるためには対価が必要ですね！」

なんか、面倒臭いことを言い出した。

「お給料アップなら――」

「いえ、お給料は十分に。ただ、お嬢様にとって私が特別なことを示して頂ければ！」

「……具体的には？」

ジト目で尋《たず》ねる私に、アーシェは自分の唇《くちびる》を指さす。

「やだなぁ、お嬢様。特別と言えば決まってるじゃないですか。さぁ、ここに！」

「アーシェ……。はぁ、仕方ないなぁ」

私は小さくため息をつくと、彼女の顎《あご》に手を添《そ》えてゆっくりと顔を寄せていく。

だがアーシェとしては、私のそんな行動は予想外だったらしい。

大きく目を見開き、焦《あせ》ったように両手をわたわた。

「ちょ、ちょ、ちょ、ちょっと、待ってくだ――!?」

「待、た、な、い」

私がニヤリと笑って更に顔を近付けると、アーシェは慌てて私の手から抜け出して距離を取る。

「じょ、冗談ですよ!?　ほ、本気にするなんて、お、大人げないですよ？」

「ふふっ、大人だからだよ」

自分の胸を押さえて頬を染めるアーシェに、私は小さく笑う。

こちとら前世を含めれば、アーシェの数倍は生きているのだ。

男相手ならまだしも、同性にキスの真似事をしたぐらいで照れたりするはずもない。

「……もぅ。お嬢様はすぐにそうやって、私を弄ぶんですから。悪女ですか？」

「悪女じゃないけど、人生経験は豊富だよ？　そのことは知ってるでしょ？」

そう。実はアーシェ、私に前世の記憶があることを知っている。

当初こそ秘密にしていたものの、四六時中一緒にいる彼女に隠《かく》し続けることは、さすがに不利益の方が多いと判断、事情を説明した上で秘密にしてもらっているのだ。

「お母様たちにも話してないんだから、私にとってアーシェが特別なのは間違いないかな」

「そう言われると、悪い気はしませんね。ふふん、それじゃ見せてあげます。——顕現」

満更《まんざら》でもなさそうなアーシェの宣言に応え、橙色《オレンジ》の魔導書《グリモア》が現れる。

ふわりとアーシェの手の上に浮かび、わずかな光を放つそれはとても幻想《げんそう》的だけど——。

「むむっ、装丁は私の方が豪華《ごうか》に見えるのに……。ページ数は二九だっけ？」

「はい。あと二ページ多ければ赤色《レッド》になったんですが……残念です」

私の魔導書《グリモア》をチラリと見て、アーシェはわざとらしくため息をつく。

「はっはっは、よくぞ言った！　ゼロページの私の前で‼　私に分けろ～」

乾《かわ》いた笑いと共にアーシェの魔導書《グリモア》に手を伸ばすが、残念ながら他人の魔導書《グリモア》には触《ふ》れられない。

私の手は宙に浮かぶそれを突き抜け、その奥にあったアーシェの豊満な胸を鷲《わし》づかみにする。

「ちょ、ちょっと、お嬢様、分けられませんって！　それも、魔導書《グリモア》のページも！」

「それは要《い》らないけど、魔導書《グリモア》のページは欲《ほ》しい！　——もみもみ」

「言行不一致《ふいっち》じゃないですか⁉　私のを揉《も》んでもお嬢様のは増えませんよ⁉」

胸と背丈《せたけ》はなくとも今の身体は気に入っているので、欲しいと思っていないのは嘘《うそ》じゃない。

でもそれはそれとして、柔らかなお胸は触《さわ》り心地《ごこち》が良い。

「もみもみ。なんか、癒《い》やされる」

「お嬢様、そ、そんな、激しく――んんっ」

一頻《ひとしき》り柔らかさを堪能《たんのう》し、アーシェが微妙《びみょう》に艶《なま》めかしい声を漏《も》らしたところで私は手を引く。

「ふぅ。すっきり」

「はぁはぁ……。もー、『すっきり』じゃないですよ。私が目覚めちゃったらどうしてくれるんですか？　責任取ってくれるんですか？　ただでさえお嬢様は可愛すぎて危険だってのに！」

少し赤らんだ顔で胸を押さえ、潤《うる》んだ瞳《ひとみ》で私を見るアーシェ。

そんな表情をされると、私の方が目覚めそうだからやめてほしい――原因は私だけどね？

「私悪くない。煽《あお》るようなことを言うアーシェが悪い。良い魔導書《グリモア》を授かっておきながら！」

「良いと言っても、八段階の内の五番目ですけどね」

「でも大半の人は黄色《イエロー》以下じゃない。知ってるでしょ？」

魔導書《グリモア》のランクは上から紺色《ネイビー》、青色《ブルー》、紅色《カーマイン》、赤色《レッド》、橙色《オレンジ》、黄色《イエロー》、白色《ホワイト》、灰色《グレー》に分けられる。

ただし、表紙の色味は個人差が大きく、色による分類は便宜《べんぎ》的なもの。

より重要なのはページ数で、二〇ページ以下が黄色《イエロー》とされているのだが、実際の平均値は一〇ページ前後であり、アーシェの二九ページはかなり優秀《ゆうしゅう》な部類なのだ。

「紫色が見えた時は、期待したんだけどなぁ。青色《ブルー》と紅色《カーマイン》の間ぐらいかなって。ねぇ、実は私、まだ未成年だったりしない？　だからページがないとか……ないかな？」

私の年齢一五歳は公称《こうしょう》設定。拾われた私の正確な年齢は誰も知らない。

ちゃんとした魔導書《グリモア》を授かれなかったのはそのせいかも、と儚《はかな》い希望を口にしてみるけど、それに対するアーシェの反応はやや困ったような微笑みだった。

「それはないと思いますよ。未成年の場合は、そもそも祝福が与えられないそうですし」

神様から授けられる魔導書《グリモア》はすべての人に対する祝福であり、孤児《こじ》であってもそれは同じ。

その中には年齢不詳《ふしょう》の子もいるわけで、発育の早い子が成人前に儀式に挑《いど》む事例も当然あった。

「つまり、祝福を授かった私は、少なくとも成人以上の年齢、と」

「だと思います。でも、お嬢様の魔導書《グリモア》が灰色《グレー》以下というのは、普通に考えてあり得ないんですよねぇ。魔導書《グリモア》の外観的にも、お嬢様のこれまでの行動的にも」

「……そうなの？　私、お祈りはしてても、そこまで信仰心に篤《あつ》いわけじゃないよ？」

だから神様に嫌《きら》われちゃったのかも、と考えていたのだけど、アーシェはそれを笑い飛ばした。

「そんなの、大半の人がそうですよ。欠かさず祈るだけでも立派です。そもそも本当に神様の不興を買ったのであれば、少なくとも灰色《グレー》の魔導書《グリモア》より見窄《みすぼ》らしい装丁になるはずですから」

「灰色《グレー》の魔導書《グリモア》って、私は見たことはないんだけど、そんな感じなの？」

「私も成人の儀式で見ただけですが、表紙の色はくすんだ灰色、装丁も簡素でした。対してお嬢様の魔導書《グリモア》の装丁は上品で精緻《せいち》、表紙も凄く綺麗な色をしています」

「うん。ページがないこと以外は、私も気に入ってる」

「なので、私の予想としては――」

アーシェが人差し指を立ててドヤ顔で話し始めるが、それを遮るようにノックの音が響く。

一転、不満顔になった彼女に私は小さく失笑、「どうぞ」と応えると扉《とびら》が開き、そこから顔を覗《のぞ》かせたのは私の二つ年上の姉、シルヴィ・シンクハルトだった。

日課の剣の修行《しゅぎょう》を終え、湯浴《ゆあ》みをしてきたのだろう。その顔は火照《ほて》りを帯び、まだ湿《しめ》り気の残る髪はポニーテールに纏められてスポーツ少女っぽく、可愛さと凛々しさが同居している。

身長はアーシェよりも高い一七〇センチ前後。私と並ぶと大人と子供ほどの差があるけれど、いつも私を可愛がってくれる素敵なお姉様である。

「――っ、おはよう、ルミ。調子はどうだ？」

魔導書《グリモア》を持ってベッドに座る私を見て、お姉様は一瞬《いっしゅん》動きを止めるが、すぐに笑《え》みを浮かべて私の隣《となり》に腰を下ろし、私をひょいと抱《かか》え上げて自分の膝の上に座らせた。

「はい。体調は問題ありません」

「体調は、か。やはり、魔導書《グリモア》のことがショックだったか？」

私の顔を覗き込んで尋ねるお姉様に、私は曖昧《あいまい》に頷く。

魔法が使えないことが残念なのは当然だけど、それによってシンクハルト家への恩返しがやりにくくなったことが一番のショック。ただ、この目的は両親にも、お姉様にも言ってはいない。

アーシェだけは知っているけれど、きちんと口止めはしているから――

「お嬢様はシルヴィ様の〝貴族の義務〟を代行したかったようです」

ぺろっとあっさり漏らされた。

「アーシェ、なんで言うの⁉」

私が思わず声を上げるとアーシェはスッと目を逸《そ》らし、お姉様は驚いたように私を見る。

「そうなのか？　ルミ」

「えっと……はい。そうできれば、と」

貴族の義務。それは王国から、すべての貴族家に対して課せられる義務。

ちなみに、すべての貴族家であり、すべての貴族でないところがミソ。

具体的に言うなら、襲爵《しゆうしやく》ごとに一度――つまり、代が変わるごとに一族の誰かが義務を果たさなければ、爵位の継承《けいしよう》が認められないという決まりとなっている。

義務の内容は『王国に一定以上の貢献《こうけん》をすること』という結構曖昧なもので、一般《いつぱん》的には前線で一定期間軍務に就くことが推奨《すいしよう》されるが、それ以外の功績や金品などでも代替《だいたい》可能。

なので、お金がある家は金銭で賄《まかな》ったり、そうでない貴族は傍流《ぼうりゆう》の子供や適当な人物を養子として、実子の代わりに軍務に送り出すことも行われていたりする。

当家なら私が行くのが順当だけど、お父様たちはまずそんなことを要求しないし、戦いが苦手な私が行くと言っても認めないだろう。ましてや、魔法が使えないなら尚更《なおさら》だ。

だからこそ、別の手段で功績を挙げたかったのだけど……魔導書《グリモア》がこれ。

どうしたらよいのかとため息をつく私とは裏腹に、お姉様は少し困ったように笑う。

「ルミ、ウチに関して言えば、貴族の義務はあまり関係ないぞ？」

「……そうなんですか？」

「うむ。本来の貴族の義務は、魔物を斃すことだ。軍務に就くのはそのためであり、どこに配属されるかは王宮次第だが、一般的には一番危険な最前線――つまり、当家のような領地となる」

「えっ……？」

シンクハルト領って、思った以上に修羅《しゅら》の国だった……？

危険な場所に強制赴任《ふにん》させられるイメージだったけど、その『危険な場所』って、ここ？

「基本的に配属先の希望は通らないが、例外的に危険な場所への志願であれば、それはほぼ間違いなく通る。——逆に安全な場所を望むなら、色々と小細工が必要みたいだが」

お姉様は肩を竦め、苦々しげに言葉を付け加える。

その表情の理由は、王宮の腐敗《ふはい》や貴族の怠慢《たいまん》への憂慮《ゆうりょ》か。

しかし、今の私はそれを気にするよりも先に、予想外の情報に混乱を来《きた》していた。

「えっと、つまり……私たちにとって貴族の義務は、お父様やお姉様が日常的に行っている魔物の討伐《とうばつ》や領地の防衛にすぎないってことですか？」

「そういうことだな。危険がないとは言わないが、領地貴族にとっては当然の行為《こうい》だな」

「……ねぇ？　アーシェは知ってた？」

恐《おそ》る恐る確認《かくにん》するように尋ねると、アーシェはとてもあっさり頷く。

「はい、知ってました」

「言ってよ⁉　知ってたなら！」

「いえ、お嬢様のやる気がアップするなら、別に良いかなぁ、って」

うっ。確かに恩返ししたいという思いがあったから、頑張れたことは否定しないけどっ！

「なんか、釈然《しゃくぜん》としない……。アーシェは勝手に喋っちゃうし？」

私は非難の視線をアーシェに向けるが、彼女はしれっとした顔で、むしろ堂々と口を開く。

「私はたとえナイフで脅されようとも、みだりにお嬢様の秘密を漏らすことはありません」

滅茶苦茶《めちゃくちゃ》あっさり漏らされたんだが？

「……つまり？」

「私にとって最も大切なのはお嬢様です。御身《おんみ》を守るためであれば、お嬢様との約束を破るという苦渋《くじゅう》の決断をすることはもちろん、お嬢様の足を舐《な》めることすら厭《いと》いません！」

「前者はともかく、後者は厭え。――というか、なんで私？　そこは敵じゃないの？」

「誰とも知れぬオッサンの足を舐めるのはちょっと……。そんなことをするぐらいなら、私は命懸《いのちが》けで三本目の足を噛《か》み千切ってやりますよ？」

「………………」

その篤い忠誠に感動すれば良いのか、敵がオッサンとは限らないと言えば良いのか、それとも微妙に下品な発言を注意すれば良いのか。

言葉に迷い沈黙《ちんもく》する私にアーシェは真面目《まじめ》に続ける。

「特殊《とくしゅ》な魔導書《グリモア》を授かったことで、お嬢様は焦っているように見受けられました。焦りも少しであれば意欲に繋《つな》がるでしょうが、過剰《かじょう》となれば不測の事態を招きかねません。私としては隠す意味もない秘密を守り、御身を危険に曝《さら》すことは許容できませんでした。申し訳ありません」

「うっ。そう言われると、何も言えないかなぁ……」

魔法を使えなければ、軍務で貴族の義務を果たすことは難しい。

それ以外の手段で貴族の義務を果たす――つまり、何らかの功績を挙げるにはどうすれば良いのかと途方《とほう》に暮れていた部分はあるし、実際、焦りもあった。

「そういうことなら――ん？　それなら、お姉様に言う必要はなくない？　しおらしい態度に騙《だま》されそうになったけど、その理由なら後で教えてくれるだけで良いよね？　気付いてしまわれましたか……」

「……おい。なんでこの場で口にした？」

私がジト目を向けると、アーシェは堂々と胸を張って笑顔《えがお》で宣言する。

「そんなことをすると、恥《は》ずかしがる可愛いお嬢様が見られないじゃないですか！」

「うむ。アーシェ、よくやった！」

「お姉様まで――！　もぅ、私としたことが調査不足でした……」

アーシェの言葉にお姉様が笑いながら親指を立て、私は深いため息をつく。

「ははっ、そのあたりのことは、あまり大々的に話されることではないからなぁ。それより、魔導書《グリモア》を見せ合っていたのだろう？　私のも見せてやるから、機嫌《きげん》を直してくれ」

「別に機嫌は悪くないですけど……魔導書《グリモア》は見せてください」

お姉様が顕現させた魔導書《グリモア》のランクは紅色《カーマイン》。ページ数は四三で、表紙は透き通るように綺麗な茜色《あかねいろ》。装飾《そうしょく》が多少アーシェの物とは異なるけれど、違いと言えばそのぐらいしかない。

「中も……アーシェの魔導書《グリモア》と変わりませんね」

「そうだな。記されている魔法は異なるが……読めないからな」

お姉様の言葉通り、魔導書《グリモア》に記されている文字は私たちには読めない。

ただ、神様のお情けか、魔法の名前だけは私たちの知る文字で書かれていて、その後に続いているのがよく解らない文字。複雑な漢字のように画数が多く、同じ文字を探すのも難しいこの部分は呪文《じゅもん》と言われているが、魔法を使うときに唱えるわけではなく、詳細は判っていない。

「神代《かみよ》文字って言うんですよね？　読めなくても魔法は使えるって、ちょっと不思議です」

「それについては私も同意だが、神様が授けてくださる道具だからな」

「道具……なるほどです」

コンピュータとプログラムのような関係なのかな？

中身は理解できなくても、実行することだけなら誰でもできる、みたいな。

「お姉様の初期魔法は……、《斬閃《ざんせん》》なんですね」

「うむ。斬撃《ざんげき》を飛ばせる魔法だ。結構強いんだぞ？　ルミを守りたいと考えていた私の想いを神様が汲《く》んでくださったのだろう。つまり、私とルミの仲の良さを神はご覧になって——」

私の頭を撫でながら少し自慢《じまん》げに言うお姉様だが、それを遮ったのはアーシェだった。

「シルヴィ様、さすがにそれは強引かと。シルヴィ様の魔法は滅多《めった》に——いえ、今まで一度も役に立ったことはないですよね？　対して私の魔法は毎日活用されています。このように！」

アーシェが手を翳《かざ》すと、ただそれだけで少し湿っていたお姉様の髪が乾き、さらりと流れる。

普通に乾燥《かんそう》しただけではなく、艶《つや》まで取り戻した自分の髪を見て、お姉様は悔《くや》しそうに口元を歪《ゆが》め、アーシェは胸を張ってドヤ顔を決めた——一応、メイドなのに。

これがアーシェの使える《乾燥》の魔法。

ドライヤーの存在しないこの世界で、長い髪を乾かすのはとても大変。

この魔法の存在が私たちの生活の質を上げていることは、否定できない事実である。

「どうです？　私の初期魔法は、お嬢様の可愛さを保つために必要な《清浄》と《乾燥》。これは私のお嬢様への愛が神に認められたと言っても過言ではありません」

ちなみに《清浄》の方は、色々綺麗にするための魔法。これがなければ私も——たとえお母様たちに望まれたとしても——ドレス姿で日常生活を送ることなど、到底《とうてい》できなかっただろう。

「ぐぬぬ……。確かにアーシェの魔法は、ルミの可愛さを引き立たせているが……」

「ええ、そうでしょう？　やはりお嬢様に最も相応しいのは私なんですよ」

「だが神に認められたとは、さすがに言いすぎだろう？　私だってルミのためなら——」

「お姉様？　それよりも、魔導書《グリモア》の続きを見せてくれませんか？」

なぜか対抗意識を燃やす二人の間に割り込んで言うと、お姉様は目を瞬《しばたた》かせてすぐに頷く。

「おっと、そうだったな。といっても、それほど多くの魔法は記されていないのだが」

お姉様のその言葉の通り、パラパラと捲《めく》られた魔導書《グリモア》は数ページほどで空きページに到達《とうたつ》。

思った以上に魔法の数は少なく、全体の二割も使われていない。

「一度授かった魔法は消すことができないだろう？　今後を考えてどのような魔法が必要か、十分に吟味《ぎんみ》しなければいけない。だが、いずれも本祭壇《ほんさいだん》で授かった魔法だぞ？」

「本祭壇、ですか。私、そのあたりのことがよく解ってないんですよね」

「む、そうか。魔法を授かる方法自体は知っているよな？」

「はい。図書迷宮《ライブラリ》に潜《もぐ》って、祭壇で神様に祈るんですよね？」

図書迷宮《ライブラリ》とは、魔導書《グリモア》と共に神が造ったといわれる地下空間。

この世界の各地に点在し、前世で見たゲームのダンジョンのような構造になっているらしい。

その奥に存在するのが祭壇で、そこで祈ることで魔導書《グリモア》の空きページに魔法が刻まれる。

ただし、図書迷宮《ライブラリ》ごとに授かる魔法が異なる上に、各地の図書迷宮《ライブラリ》は領主の管理下にあるため、希望の魔法を覚えるのは案外大変という問題もあるんだけど……今は措《お》いておくとして。

「副祭壇と本祭壇、二種類が存在すると聞きましたが、違いはあるんですか？」

「浅い場所にあるのが副祭壇、試練を乗り越えた先にあるのが本祭壇だが、授かる魔法の効果に差はない。一応、副祭壇で授かると抄　本《エクストラクト》、本祭壇で授かると謄　本《トランスクリプト》と区別されているが」

「それじゃ、本祭壇に行く理由って……？」

お姉様を見上げて困惑《こんわく》気味に訊き返すと、お姉様は肩を竦めて苦笑いを漏らす。

「貴族としての矜持《きょうじ》だな。試練を乗り越えてこそ貴族であると言われている、が――」

「本祭壇まで行く貴族は少ないようです。私ですら行っているのに……。弛《ゆる》んでいます」

「否定はできないな。貴族の義務とは本来、魔物の脅威を協力して退け、人の生存圏《けん》を増やすことにある。図書迷宮《ライブラリ》の試練も魔物と戦うための訓練であるはずなのだが……」

魔境に接するシンクハルト領に於《お》いて、魔物は現実的な脅威であり、お父様たちや当家の兵士たちは日常的に魔物の侵入に備えているし、戦いになることも決して少なくない。

しかし、王国の中心に近い部分、具体的には魔境から距離のある領地では危機感が薄く、魔物の討伐よりも権力闘争《とうそう》にばかり目を向けている貴族が多いらしい。

「ここ何十年も、人の生存圏は広がっていないと聞きます」

「むしろ縮小しつつあるかもな。ここより内側の領地でも、魔物が増えているらしいぞ？」

「良いんじゃないですか？　平和ボケした貴族には良い薬ですよ」

吐き捨てるように言うアーシェに、お姉様も困ったように苦笑する。

「少しは我々の苦労を知れ、という気持ちは私にもあるが……とはいえ、さすがに王都周辺は平和だからなぁ。そう簡単に中央貴族の意識は変わらないだろうな」

「嘆《なげ》かわしいことです。最近は王族ですら、貴族の義務や試練を蔑《ないがし》ろにしているとか？」

「……楽に得られる抄本《エクストラクト》でも、謄本《トランスクリプト》と区別が付かないからなぁ」

さすがにこちらは立場的に肯定《こうてい》もできないのか、お姉様は渋《しぶ》い顔で言葉を濁《にご》す。

「ある意味では効率的なのだろうが、それが神様の御心《みこころ》に沿うものかどうかは……」

「沿うわけないじゃないですか！　本来、副祭壇は戦えない平民に対する神の慈悲《じひ》。それを貴族が利用するなど！　神様は魔物を退けるために魔導書《グリモア》を授けたんですよ？」

貴族は戦って人々を守り、平民は働いて国を富ませる。それが本来の住み分けである。

もちろん平民の兵士もいるけれど、貴族とは違い、あえて本祭壇まで行く必要はなく――ん？

「……あれ？　アーシェは本祭壇まで行ったんだよね？　なんで？」

「私はお嬢様のメイドですよ？　その程度の試練、踏《ふ》み越えて当然ですっ！」

「へ、へぇ……そ、そうなんだ？」

鼻息も荒《あら》く力強く宣言するアーシェ。気持ちはありがたいけど……ちょっと重いよ？

そんな私の表情を見てか、お姉様が苦笑しつつ口を開く。

「確かに平民に矜持や誇りは関係ないが、商人の護衛や傭兵《ようへい》を生業《なりわい》とする者は実力を示すために本祭壇まで行くこともあるらしいな。もっとも、これも自己申告だからなぁ」

「本当かどうかは判りませんよね。――あ、お嬢様。私は本当ですよ？」

呆《あき》れたようにため息をついた後、アーシェは慌てて付け加えるが、私は苦笑して首を振った。

「さすがにアーシェは疑わないよ。でも、そういう仕組みであれば、まずは実際に図書迷宮《ライブラリ》を訪《おとず》れ、両方の祭壇に行ってみるところから始めるべきでしょうか」

自身の魔導書《グリモア》に触れながら言う私に、お姉様は真剣な顔で諭《さと》すように口を開く。

「ルミ、魔法を諦めるつもりはないんだな？　ルミは魔法を使わずともシンクハルト領に多大な貢献をしているし、仮にそれがなくとも、ルミが私の大切な妹であることには変わりないぞ？」

「ありがとうございます。でもできるなら、魔法は使えるようになりたいと思っています」

アーシェが使う魔法で便利さは実感しているし、やっぱり魔法に憧《あこが》れもある。

「それに、できる努力をせずに諦めることは、私のプライドが許しません」

私がきっぱり言うと、お姉様はどこか嬉しそうに私を抱きしめた。

「そうか。そうか！　ならば私が案内しよう。ウチの図書迷宮《ライブラリ》ならそう時間もかからず――」

「いえ、それは私にお任せください」

「む。なぜだ？」

アーシェに言葉を遮られ、お姉様は不満げに少し鋭《するど》い視線をアーシェに向けるが、彼女は怯《ひる》むこともなく、むしろ呆れたようにお姉様を見返してため息をつく。

「なぜって……シルヴィ様、もうすぐ学校が再開されるじゃありませんか」

普段は王都で学校に通っているお姉様が今、実家にいるのは、成人の儀式前後に設けられている学校の休業期間だから。学校が再開されれば、お姉様は再び王都に赴《おもむ》くことになる。

アーシェに指摘《してき》されるまでもなく、お姉様も忘れてはいないはずだが、それでも不満そうに口を尖らせ、抗議《こうぎ》するように私を抱きしめる腕に力を込める。

「まだ日はあるじゃないか。それにルミのためなら、学校などやめてしまっても――」

「それはダメですよ、お姉様。学校を卒業できることは、一応貴族の誇りなんですから」

それをふいにするなんてとんでもない、と止める私を見て、お姉様は失笑する。

「ふふっ。一応と言っているあたり、ルミの本音が出ているではないか」

「うっ……」

王都にある王立学校は貴族専用であり、学費は高く、入試も存在する。そのため、学校を卒業した人は貴族社会で一目置かれるんだけど……その価値があるかどうかは、疑問なんだよねぇ。

だって、寄付金の多寡《たか》で試験の難易度すら変わるっていうんだから……お察しだよね？

けれど、そんな張りぼてでも価値を持ってしまうのが貴族社会。

逆に言うなら、退学してしまうと汚点《おてん》になってしまうわけで。

「でも、お姉様は特待生ですから……」

「所詮《しょせん》は勝手に与えられた資格でしかないがな。たまたま高ランクの魔導書《グリモア》を授かっただけで」

「確か赤色《レッド》以上で、自動的に指定されるんですよね？」

「あぁ、こちらの事情もお構いなく、な。それでいて断れば――」

「上から目線で『選んでやったのに無礼だ』とか、難癖《なんくせ》を付けてきますよね、絶対」

「あぁ、絶対にな。こちらは頼んでもいないのに、何様のつもりなのか！」

「面倒ですよね、貴族って」

「まったくだ。柵《しがらみ》さえなければ、私も学校になど行かず、ルミと一緒にいられたのに！」

「人脈作り以外の価値があるんですか？　あの学校に」

「ない。鍛えたいなら、ウチの騎士団《きし》に入る方が余程良いし、学業の内容もさほど高度ではない。休業も多く、その間はお茶会やら、ダンスパーティーやら……本当に貴族は……」

ため息と共に貴族をディスり、二人して盛り上がる私とお姉様。

アーシェはそんな私たちに呆れ気味の視線を向け、「お二人とも、その貴族なんですけどね。しかも、かなり高位の」とか呟いているけれど、それはそれ、これはこれ、なのだ。

そもそも私、あんまり貴族って自覚がないし。

「とにかく、私はルミと一緒に図書迷宮《ライブラリ》へ行くぞ！　それに最近は魔物の動きも少し怪しい。アーシェの護衛としての能力を疑うわけではないが、できれば用心しておきたい」

少し真面目な表情で付け加えられたお姉様の言葉で、アーシェも眉《まゆ》をひそめる。

「……そういえば、そろそろ魔物が氾濫《はんらん》してもおかしくない時期ですね」

それは数年ごとに起こる、魔物が大量発生する事象。

堅牢な防壁のおかげで町の中は安全だが、街道《かいどう》を移動するときの危険性は格段に高まる。

シンクハルト家が管理する図書迷宮《ライブラリ》までは、あまり遠くはないのだけど――

「私もお姉様が一緒に来てくださるなら、安心ではあります」

「むぅ、お嬢様がそう言うのであれば、私は何も言えませんが……でも、シルヴィ様。旦那様の許可や他のメイドへの説明はお願いしますね？　私が文句を言われるのは嫌ですよ？」

私の言葉でアーシェは諦めたようにため息をつき、お姉様は笑顔で頷く。

「もちろんだ！　予定はどうする？　明日からで良いか？」

「いえ、準備が必要ですし、さすがにそれは……。私も防具が必要ですよね？」

お姉様が急《せ》くのも解るけれど、さすがに魔物が跋扈《ばっこ》する町の外を歩くのにドレス姿は避けたい。

そう言う私に、しかしお姉様は不思議そうに小首を傾《かし》げる。

「うん？　必要ないだろう？　ルミの外出用ドレスは下手な鎧《よろい》よりも防御力《ぼうぎょりょく》があるんだから」

「……え？　何ですか、それ。初耳なんですけど」

「知らなかったのか？　ルミは結構活発に出歩くからな。お父様たちが安全性を考えて、鉄山羊《アイアン・ゴート》の毛を使って服を仕立てているんだが。安物の刃物《はもの》では切れないぐらいに丈夫《じょうぶ》だぞ？」

「気付きませんでした。それでは、かなりお金が掛かっているのでは……？」

見た目が綺麗で肌触《はだざわ》りも良いので、高品質の布を使っていることは理解していたけれど、それに加えて防刃《ぼうじん》性能まで有しているとなれば……値段を聞くのがちょっと怖《こわ》いかもしれない。

「安くはないですが、他の貴族のお嬢様方と比べると、衣装《いしょう》代は少ない方だと思いますよ？　お嬢様は服を使い捨てにされませんし、無駄に高価な装飾品も着けませんから」

「それはそうだよ。お母様が作ってくれた大事な――あぁ、それもあるのか」

私のドレスを作るのはお母様の趣味。一人で一から一〇まで作るわけではないけれど、私の持っているドレスの多くは、かなりの部分にお母様の手が入っている。

その分、仕立代は節約できるし、あまり成長しない私は、背が伸びて服が着られなくなることもない。更にアーシェの《清浄》もあるので、服は非常に長持ちするのだ。

「そもそもルミの衣装代は、ルミがそれを着ることで十分に元が取れる。気にする必要はないぞ」

「元が取れる……？　あぁ、宣伝費とか、そういう感じでしょうか？」

前世では自社製品を無料で有名人に提供し、それを宣伝に使う企業《きぎょう》は一般的だった。

それと同様に考えれば、私を使った宣伝はシンクハルト領で非常に効果が高い。

私の服作りはお母様主体だけど、それに協力した仕立屋という看板は、それなりに重いのかも？

「ちなみにですが、私のメイド服も同じ素材だったりします」

「あ、そうだったんだ。なら、ちょっと安心だね」

普段の様子からはあまりそうは感じないけれど、アーシェの本来の役目は私の護衛。

考えたくはないけど、万が一の場合には、身を挺《てい》してでも私を守ることになるわけで……。

「それじゃ、本当に準備はあまり要らない感じなのかな？」

「はい。食料など、他に必要な物は私が用意致しますので、お嬢様の心構えさえあれば明日でも」

「どうだ？　ルミ、行けそうか？」

やや心配そうに確認するお姉様の言葉の裏に、私への気遣《きづか》いが感じ取れる。

それはおそらく、結果次第で私の望みが潰《つい》え、厳しい現実を目の当《ま》たりにすることになるから。

しかし私はそれも呑《の》み込んだ上で、「もちろんです」と深く頷いた。

◆　◆　◆

前世とは違い、こちらでの旅は決して容易《たやす》いものじゃない。

だから、お姉様の『明日から』という言葉は意気込みの話、実際の出発は数日後になる。

そう思っていたのだけど、さすがはお姉様と感心すべきなのかな？　あの後、即座《そくざ》にお父様の許可を取り付けたお姉様は、本当に翌日――つまり今日、出発できる手はずを整えてしまった。

とはいえ、いつもの服に剣さえ佩《は》けば準備が終わる私と、旅の準備だけをすれば良いアーシェとは違い、お姉様は学校へ戻る予定もある。それらの調整も含めて一日、いや実質一晩で終えるのはさすがに厳しかったようで、今日も早朝からバタバタと駆《か》け回っている。

そんなわけで、私とアーシェは二人、屋敷の前でお姉様の準備が終わるのを待っていた。

「お嬢様、緊張《きんちょう》していますか？」

「うーん、多少は？　町から出るときは、いつもお父様たちが一緒だったし」

私がまだ未成年だったこともあって、常に複数の騎士に守られている状態。

少人数で出かけるのは今回が初めてで、そこまで危険はないと解っていても緊張はする。

アーシェはそんな私に微笑むと、すすっと隣に移動してきて、流れるように腕を組んだ。

「確かにお嬢様と二人だけで町の外に出るのは初めてですね。胸が高鳴ります。心臓が早鐘《はやがね》を打っています。これが初デートのドキドキというものなんですね！」

「それは違う。きっと危険な場所に赴く緊張感から――って、欠片《かけら》もドキドキしてないが？」

腕に伝わるのは柔らかな感触。

ドキドキどころか、わずかな鼓動《こどう》すら感じられない。

「間に分厚いクッションが挟まっていますからね。衝撃吸収性《しょうげき》は抜群《ばつぐん》です。お嬢様のように胸の内を直接お伝えできなくて残念です」

うん、そうだね。多少の振動音《しんどうおん》は吸収するぐらいに分厚いね、私と違って。

「ん？　羨《うらや》ましいか？　肩こりとも無縁《むえん》やぞ？」

私が呆れ混じりのジト目を向けると、アーシェはスッと目を逸らし、スラグハートを象徴《しょうちょう》する立派な街壁へと目を向けて、とても重大なことを告げるように重々しく口を開いた。

「シンクハルト領で誇るべき壁はあの街壁で、お嬢様の壁じゃないと、私は思うんです」

「さすがに壁じゃないが⁉　――アーシェのような山脈じゃないのは、間違いないけど」

私のドレスは身体の線が出にくい。

しかしそれを差し引いても、私とアーシェの胸元《むなもと》の厚さが隔絶《かくぜつ》していることは明白である。

「私は丘陵《きゅうりょう》ぐらいで十分だったんですけどねぇ。動きを阻害《そがい》して戦闘《せんとう》訓練も大変ですし……結構苦労しているんですよ？　もっとも、壁はさすがにアレですが」

「だから壁じゃないって。ねぇ、アーシェ？　私は気にしないけど、口は災《わざわ》いの元だよ？」

「もちろん、私がこんなことを言うのはお嬢様だけです。特別な方ですから」

「嫌な特別だよ……。まー、別に良いけどさ」

こちらを見下ろして笑うアーシェに、私は苦笑して肩を竦める。

私に対する彼女の接し方は、なかなかに複雑だ。

公《おおやけ》の場では主従として、基本的にメイドの立場を崩《くず》さない。

身内だけだとかなり気安く、お母様たちと一緒に私を子供扱いして可愛がることも多い。

そして二人きりになると、また少し変わって、対等以上の大人扱い――というか、私の事情を知ることも理由なのか、年上に甘えるような素振《そぶ》りを見せることもあったりする。

いずれにしろ、特別な人であることは間違いないんだけど……稀《まれ》に面倒な人になることもある。

――そう、例えば今のように、お姉様に対抗意識を燃やすときとか。

「待たせたな。アーシェ、先ほど『二人だけ』とか聞こえたが、私もいるからな？」

私とアーシェが話している時点で既に玄関《げんかん》にいたお姉様が、用事を終えてこちらに歩いてくるが、そんなお姉様の問いにアーシェはそっぽを向いて首を振る。

「聞き間違えじゃないですか？　お嬢様とのデートに邪魔《じゃま》が入ったとか、考えていませんよ？」

「それ、滅茶苦茶考えているよな！　私がいるのは不満か？」

「不満とは言いませんが、当初の予定では二人だけでしたので。お嬢様がいずれ図書迷宮《ライブラリ》に赴かれることは解っていましたし、私が図書迷宮《ライブラリ》を案内するんだと張り切っていたりはしません」

「なるほど、だから準備が早かったのか」

お姉様はアーシェの言葉に苦笑しながら納得《なっとく》したように頷く。いつも完璧《かんぺき》なメイドさんなのであまり疑問に思っていなかったけど、すぐに準備できたのはそういう理由だったらしい。

「ま、今回は良いです。お嬢様の性格からして、今後も図書迷宮《ライブラリ》を巡《めぐ》ることになるでしょう。学校が始まるシルヴィ様は、そのときには付いてこられません。私の独り占《じ》めです」

アーシェが余裕《よゆう》を見せるようにそう言って笑うが、お姉様もまた笑って私の手を取る。

「ほぅ。ならば今回は、私がルミを独り占めしても良いということだな？」

「むぅ……、仕方ありません。退屈《たいくつ》な学校へと戻るシルヴィ様への餞別《せんべつ》としましょう」

どうやら私の所有権は私にはないらしい。アーシェが残念そうに腕を放すと、お姉様は私と手を繋いで楽しそうに歩き出し——すぐにアーシエを振り返ってニヤリと笑う。

「それからアーシエ。今後、ルミが他の図書迷宮《ライブラリ》に行くとしても、付き人がお前一人だけというのは、さすがに許可しないと思うぞ？　親馬鹿《おやばか》のお父様が」

「——否定できません。私たちの邪魔をしない、それでいて使える護衛が必要ですね」

背後でアーシェが深刻そうに呟くけれど……うん。『邪魔をしない』はどうでも良いよね？

シンクハルト領唯一の図書迷宮《ライブラリ》は、スラグハートから徒歩で半日ほどの距離にある。

その傍《そば》には図書迷宮《ライブラリ》に来る人向けの小さな宿場町も存在し、私たちが最初に目指すのもこの町。

事前に魔物の動きが少し怪しいと聞いていたこともあり、警戒《けいかい》していたのだけど、私たちは魔物と遭遇《そうぐう》することもなく、目的地近くまで辿《たど》り着いていた。

そして見えてきたのは、学校の校庭ほどの広さしかない小さな町。

しかし、防壁は町の規模に比して立派であり、これもやっぱりご先祖様の遺産である。

「あれが宿場町ですか。思ったよりも小さいですね」

「あまり人気がない図書迷宮《ライブラリ》ですから。でも、魔物とは遭遇せずに済みましたね」

「この辺りはウチの騎士団も頻繁《ひんぱん》に巡回《じゅんかい》しているからな。街道で襲《おそ》われる危険性は低い」

魔境に面して複数の砦を持っているシンクハルト家にとって、兵站《へいたん》の維持《いじ》は至上命題。

必然、街道の管理には力を入れていて、主要街道を外れなければ比較《ひかく》的安全なのが実情である。

もっとも、そんな日常が崩れるのが、氾濫の時期なんだけど。

「さて、時間的にはこのまま図書迷宮《ライブラリ》に行っても良さそうだが、どうする？」

お姉様が問うように、私とアーシェを見る。

まだ日は高く、私の体力も残っているので、まだまだ大丈夫そうだけど……。

「いえ、お嬢様にとって徒歩での旅は初めてのこと。今日は宿を取りましょう」

「アーシェがそう言うのであれば、そうしましょう」

私は素人だし、場合によっては私以上に私のことを把握《はあく》しているアーシェの言葉。

反対する理由はなく町へと向かうと、私たちの姿を認めた門の兵士が大きく目を見開いた。

「ルミエーラ姫――!? と、シルヴィ様!」

まさか私たちが来るとは思ってもいなかったのか、固まってしまう兵士たち。

そんな彼らにお姉様が「ご苦労」と軽く手を上げて挨拶《あいさつ》し、私も微笑みかけて門を通る。

何か手続きが必要かと思ったんだけど……領主一族にそれはないか。慌てて敬礼してるし。

「むぅ、お嬢様たちに対して敬意が足りませんね。兵士の質が低いのでしょうか?」

そんな対応にアーシェは少し不満そうだけど、お姉様は気にした様子もなく笑う。

「ははっ、そう言ってやるな。私たちが歩いてくるなど、想定していないさ。少し待てばそれなりに大袈裟な対応をしてくれるだろうが、ルミ、それを望むか?」

「いえ、こちらの方が気楽ですね。普段の町の様子が見られますし。でも少し予想外です」

率直《そっちょく》に言って当家の図書迷宮《ライブラリ》は人気がない。そんな場所にある宿場町だけに、長閑な町を想像していたのだけど、目の前の光景はその予想を裏切り、ごみごみと建物が密集していた。

「ここまで二階建て、三階建ての家が多いのは意外です。スラグハート以上ですね」

「元々この場所は、図書迷宮《ライブラリ》に入る前のキャンプ地だったから、土地が少ないんだ。ご先祖様が壁を造ったことで安全を求めた人が集まり、このような町になったらしい」

「そうだったんですか。でも、仕事はどうしているんでしょう?」

ここで得られる魔法は《強化》。人の能力を一時的に一割ほど上げられる魔法である。

たかが一割。されど一割。仕事の効率が一割上がれば、収入も一割増えるわけで。

実際にはそう単純でないにしても、覚えていれば確実に便利。お父様が図書迷宮《ライブラリ》を自由に開放しているることもあり、魔導書《グリモア》を得た領民はここに来ることがお決まりとなっているらしい。

しかし、汎用性《はんようせい》の高い《強化》の魔法も、外に目を向けると少し事情が変わる。

この魔法は見方によってはとても地味であり、見栄《みば》えを重視する貴族にはあまり好まれない。

逆に興味を持ちそうな平民は、余所《よそ》の領地にある図書迷宮《ライブラリ》まで旅をする余裕がない。

結果としてこの宿場町の商売相手は、非常に限られる――はずなんだけど。

「主な産業は宿ではなく、狩猟《しゅりょう》らしいぞ？　ここは安全なキャンプ地として使えるからな」

「……あぁ。ここの周辺は自然豊かでしたね」

町として開拓《かいたく》したわけではないので、この周辺は拓《ひら》けていない――というか、森の中。

門を出ればすぐに狩《か》り場という状況だし、万が一、危険な獣《けもの》や魔物に追いかけられたとしても、ここまで逃《に》げてくれれば堅牢な壁の中に避難でき、兵士にも助けてもらえる。

「そう考えると、猟師《りょうし》をやるにはかなり良い場所？　実は宿場町じゃなく猟師町、と」

「お嬢様、猟師以外にも、腕っ節で名を上げようと考えている人などが、ここで鍛えたりするそうですよ？　少し足を延ばせば魔物もいますし、必要な物はここで補給できますから」

「それは、いわゆる傭兵とか？　ウチでは雇《やと》ってないけど、そういうお仕事もあるんだよね」

幸い私には縁がなかったけど、前世でも傭兵や民間軍事会社は存在したし、お仕事で危険な場所に出張する人なんかは、お世話になることもあると聞いた。

こちらでは魔物や盗賊《とうぞく》などのリスクがより身近なだけに、需要《じゅよう》も多いだろう。

「ありますね。腕っ節に自信がある自惚《うぬぼ》れ屋か、何の取り柄《え》もない人が就く職業です」

「……なんか辛辣《しんらつ》だね？　悪意が籠《こ》もってない？」

需要があるということは、必要な職業なんだと思うけど……。

大丈夫？　さっきの話からして、周囲にはその『自惚れ屋』がいる可能性があるんだよね？

「事実ですから。腕っ節に自信があれば兵士になって上を目指せば良いのに、あえて野垂れ死ぬ危険性の高い傭兵を選ぶなど、現実を見ていない夢見がちな愚《おろ》か者がやることです」

何か嫌な思い出でもあるのか、アーシェの言葉がトゲトゲである。

「で、でも、人に使われたくないとか、そういう人もいるかも？」

起業家的に。しかしそんな私の反論も、アーシェには鼻で笑われた。

「人に使われるのが嫌で仕事ができますか。そもそも普通の傭兵は傭兵団に所属します。フリーで成功できるのは本当に一握《ひとにぎ》りですし、そういう人も最初は誰かの下でやり方を学ぶものです。仮にお嬢様が平民だったとして、傭兵と結婚《けっこん》したいと思いますか？」

「……あまり思わない、かな？」

例えばウチの兵士であれば、職務中の怪我《けが》は治療《ちりょう》してもらえるし、休職も認められる。万が一、殉職《じゅんしょく》すれば遺族に見舞金《みまいきん》や年金だって支給されるが、フリーの傭兵が頼《たよ》れるのは自らの蓄《たくわ》えのみ。その不安定さを思えば、結婚相手として積極的に選びたいとは思えない。

必然、言葉を濁す私に、アーシェは深く頷く。

「賢明《けんめい》な判断です。傭兵などより猟師になる方がまだマシだと、私は思います」

「ははは……、アーシェはそう言うが、傭兵も必要な職業なんだぞ？　当家の騎士団だってすべてに手が回るわけじゃない。傭兵は足りない部分を埋《う》めてくれているのだから」

そんなお姉様の取り成すような言葉に、アーシェは少し考えてから頷く。

「……そうですね、少し言葉がすぎました」

「うんうん、そうだよね？」

「傭兵なんて食い詰め者と自惚れ屋しかいませんが、多少は人の役に立つ存在です」

「変わってない――どころか、酷くなってる⁉」

やっぱりアーシェは、傭兵に嫌な思い出でもあるのかな？

「傭兵に困った人物がいることは、私も否定しないが……。そろそろ、宿に行くか」

自分を曲げないアーシェに苦笑し、お姉様が指さしたのは歴史を感じさせる平屋の建物。

頑丈《がんじょう》な石造りであることや、この町の大半の建物が二階建て以上であること、また町の成り立ちを考えると、建てられたのはおそらく最初期。もしかすると町に壁ができる以前かもしれない。

蔦《つた》が這《は》っている壁は好みじゃないけれど、なんとか『雰囲気がある』と表現できる範疇かな？

それでも普通の貴族なら、眉をひそめて文句を言うと思うけど。

「残念ながら、一応でも貴族が泊《と》まれる宿はここだけらしい。やや古いが、我慢《がまん》してくれ」

「問題ないですよ。掃除《そうじ》はされているようですし、部屋が清潔でさえあれば」

当然、文句を言わないタイプの貴族である私は、お姉様に続いて宿に入る。

やはり『貴族が泊まれる』だけで、貴族用ではないのだろう。

入った所にあったのはロビーではなく、丸テーブルがいくつも並んだ食堂。受付もその一角にあり、そこには宿の主人と思《おぼ》しき男性が気怠《けだる》げに座っているが、私たちを出迎《でむか》える様子もない。

でも、宿のランクを考えれば、これが普通。むしろ、受付に人がいるだけマシ。

──なんだけど、その対応も、私たちの顔を見るまでだった。

眠たげな視線をこちらへ向けた彼は私の顔に焦点《しょうてん》を合わせると、数秒間ピタリと動きを止め、直後、大きく目を見開き、弾《はじ》かれたように椅子《いす》から立ち上がって大声を上げた。

「ルミエーラ姫──⁉」

「まぁ。私の顔をご存じなんですか？」

スラグハートでは頻繁に出歩いている私。領民に顔を知られている自覚はある。

でもそれは領都の中での話。外に出かけるのは公務のときぐらいであり、お父様たちと一緒に行動する私が目立つことは少なく、顔を見せることもあまりない。

名乗りもせずに気付かれるとは思わなかっただけに、不思議に思って尋ねてみると……。

「も、もちろんですとも！　ルミエーラ姫の姿絵は我《わ》が家の家宝ですから！」

「す、姿絵……？」

何度も激しく頷く彼が視線を向けた先に目をやり──私の外面《そとづら》が引き攣《つ》る。

そこにあったのは、椅子に腰掛けて微笑む私の姿（推定一二歳）。

今と外見に大差がないのに年齢が判るのは、着ているドレスに覚えがあるのと、それを着て肖像《しょうぞう》画《が》を描《か》かれた時の記憶があるから──って、なんでこれがここにあるの⁉

私は内心の動揺《どうよう》を押し殺し、気力で笑顔を保って再度尋ねる。

「……あの姿絵はどうされたのですか？」

「え？　もちろん、領都に行った時に購入《こうにゅう》したのですが……？」

宿の主人の顔に書いてあったのは、『なんでそんなことを訊かれるのか、理解できない』。

不可解な現実に図《はか》らずも眉根《まゆね》が寄る私を、お姉様が不思議そうに見下ろす。

「ルミは知らなかったのか？　ルミの姿絵は、領都で一番人気のお土産《みやげ》らしいぞ？」

「――本当ですか？　私、売っているのを見たことがないんですが」

これでも私、領都のことはそれなりに知っていると自負している。

領民との対話も大事にしているし、その中には当然商人も含まれる。

なのに私が一度も見たことがないって……あり得る？

そんな私の疑問に答えたのは、常に私と行動を共にしているメイドだった。

「破損や劣化《れっか》を恐れて、店頭には並べませんからね。頼めば出してきてくれますよ？」

……なるほど。あることを知らないと、頼むこともないよね。

お店の人だって、私に『私の姿絵』を薦《すす》めたりはしないだろうし。

「でも、並んでいないのに、一番人気のお土産……？　なぜ？」

「口コミです。領都で買った人が、地元に帰って自慢するそうです」

「はい！　ルミエーラ姫の姿絵を飾《かざ》ると、商売繁盛《はんじょう》、家内安全、開運厄除《やくよけ》と評判です！」

「そ、そんな馬鹿な……」

とても嬉しそうに意味不明なことを言う宿の主人に、私の口から思わず言葉が漏れる。

「はい？」

「い、いえ、なんでもございません」

私は取り繕《つくろ》うように再度笑みを浮かべると、くるりと宿の主人に背を向けてアーシェを見た。

「いつの間に……私、聞いてないです」

「ルミが立って歩き始めた頃から売っているな。お父様主導で」

なるほど、それぐらい昔なら、わざわざ確認は取らないか。その頃の私は赤ん坊だから。

前世でもブロマイドを売る商売はあったし、おかしくはない、のかも……？

「ちなみに優秀品、上級品、中級品、普及品《ふきゅうひん》の四つのランクに分けて販売《はんばい》されています。見れば、あそこに掲《かか》げてあるのは上級品。ここのご主人はよく解っていますね！」

「ランクまであるの⁉」

「はい。お嬢様の姿絵を手に入れてから商売が上向きになった。お嬢様の姿絵を寝室《しんしつ》に飾ると、夜ぐっすりと眠れるようになった。お嬢様の姿絵を懐《ふところ》に入れていたから致命傷《ちめいしょう》で済んだ。その他にも数多くの喜びの声が寄せられています」

なに、その霊感《れいかん》商法みたいなキャッチコピーは⁉

しかも最後の事例、助かったの？　助かってないの⁉

「私程度では、旦那様のお心は計り知れませんが……きっと深謀遠慮《しんぼうえんりょ》があるのでしょう」

「ただの親馬鹿、ルミの可愛さを自慢したいだけという可能性もあるがな。あのお父様だから」

「………」

否定できない。お母様が服を完成させる度に画家を呼び、それを着た私を描《えが》かせる人だから。

正直、お金の無駄に思えるけれど、質実剛健《ごうけん》なお父様の数少ない贅沢《ぜいたく》だし、文化の振興《しんこう》という点では、画家にお金を落とすのは決して悪いことではないので、止めづらいんだよねぇ。

「でも、あの肖像画がこんな用途《ようと》に……」

お金に関してはまだしも、絵の使われ方があまり嬉しくない。

やっぱり止めるべきだったかもと、そんな私の心情を察したかのようにアーシェが口を挟む。

「もしかして、お嬢様、旦那様が肖像画を描かせることを浪費《ろうひ》と思われていますか？」

「そうじゃないの？　文化への投資という面を除くと」

「先ほどお伝えした通り、描かれた肖像画は他の画家によって模写され、ランク付けをして姿絵として販売されています。それによって多くの画家が仕事を得られていますし、売り上げの一部は当家にも還元《かんげん》されています。少なくとも、お嬢様の衣装代をすべて賄ってなお余るほどに」

「……もしかして、以前お姉様が『元が取れる』と言ってたのは？」

恐る恐る尋ねる私に、アーシェとお姉様が揃《そろ》って頷く。

防具になるほど高性能な布。いくら宣伝になるとはいえ、『ウチの領地に無償《むしょう》提供できるほど余裕のある商会があったかな？』と、少し疑問に持っていたんだけど、そういう仕組みかぁ。

それにしたって、それなりの売り上げがないと買えないよね？

実はとんでもない数が売れてるの？　それとも、一枚が良いお値段するの？

普通の宿の主人が買えるんだから、とんでもなく高いってことはないはずだけど……。

「粗製濫造《そせいらんぞう》――ってことはないよね、あそこに掛かっている絵を見る限り」

もちろん家にある物に比べれば劣《おと》っているけれど、十分に上手《うま》い絵だと思うし、写実性という点でも、確実に私と判るぐらいには高品質である。

「はい。品質についてはご安心ください。〝議会〟がしっかりと管理していますので、基準に満たない物は普及品としても流通させません。不細工なお嬢様は存在しないのです」

「『不細工なお嬢様』って言い方はなんだか――って、ちょっと待て。〝議会〟？」

単語としては普通なのに、なぜだか不穏《ふおん》な響きを感じる言葉。

後半の言葉のインパクトに流しかけたけど、怪しいのは絶対こっちの方。

私は思わず眉をひそめて訊き返すが、アーシェは真面目な表情を崩すことなく答える。

「お嬢様に関する諸々を管理、監督する団体です」

「何それ⁉　秘密結社⁉」

「いえいえ、真っ当な組織です。特級品を持つ者しか幹部になれませんので」

ますますヤバい団体に思えてきた。

「そもそも特級品って……？　その言い方からして、普通には買えない感じ？」

「はい。特級品は最初に描かれた一枚か、お嬢様直筆のサインが入った優秀品になります」

「それって、持ってるのは家族か、家臣だけなんじゃ……？」

実のところ私も、同じ構図の肖像画が複数あること自体は知っていた。

画家が肖像画を描くときには、弟子《でし》も一緒にやってきて隣で描くし、その肖像画はお父様が褒美《ほうび》として、功績のあった家臣に与えていることを知っていたから。

褒美が娘の肖像画。どう考えても親馬鹿の所業である。

ただ、象徴としては判りやすいので、案外人気はあるらしい。その時に頼まれると、『感状代わりになれば良いかな？』と、私も功績への賛辞とサインを入れていたんだけど……。

「当然、〝議会〟の幹部は全員、お嬢様もご存じの方ですよ？　安心しました？」

「それは安心材料じゃなくて、私を微妙な気分にさせる情報だよ……」

『もしや？』と、そっとお姉様を窺《うかが》うと、お姉様がスッと視線を逸らす。

……うん。追及《ついきゅう》するのはやめておこう。

「ちなみに〝議会〟は略称《りゃくしょう》で、正式名称《めいしょう》は〝ルミエーラ様の素晴《すば》らしさを伝え、尊厳を守ることを誓《ちか》った血盟団に於ける最高議会〟です」

「ヤバさが増したよ!?　……そういえば、アーシェにも一枚、あげたよね？」

アーシェも幹部なのかと、疑惑《ぎわく》の視線を向けるが、アーシェはキョトンと首を傾げる。

「いえ、私が持っているのは、一枚ではありませんが？」

「あれ？　サインは一枚しか、書いた記憶がないんだけど」

私の記憶違い？　でも、アーシェのことについて、私がそう簡単に忘れるとは——

「私、旦那様から原本を譲《ゆず》って頂いていますから。普段からお嬢様をよく支えている、と」

「ぐっ、なるほど、そっちも特級品扱いなんだったね」

疑惑は深まった、と言いかけた私の言葉を遮るように、お姉様が口を挟む。

「ルミ、もし姿絵を売られるのが嫌なら、私がお父様に言っておくが？」

む。心情的には複雑だし、なんだかんだで私に甘いお父様。

私が強く拒否すれば、少なくともお土産として販売されることはなくなるだろう。

しかし、貴族としての立場や領内の文化振興のことを考えれば、拒否する選択肢《せんたくし》はないよねぇ。

「……メリットもありますし、大々的に売られないのであれば、何も言わないことにします」

お土産として有名になっている以上、もう遅い気がするけどね。

「そうか。実際、お母様が良い布を使えるのは、あれのおかげだからなぁ」

そうなんだよね。私の安全に直結しているから、反対しづらいというのも大きい。

仮に姿絵の販売益《はんばいえき》がなくなったとしても、お父様は私の安全のために大金を投じるかもしれないけど、さすがに『姿絵の販売は嫌』と言っておきながらそれは心苦しい。

私はため息と共にいろんな思いを吐き出して、改めて宿の主人の方へと向き直った。

「すみません。お待たせ致しました」

「いえいえっ！　まったく！　まったく問題ありませんっ！　それで、その……」

私たちが話している間、そわそわと、しかし口を挟むこともなく待っていた彼は、私の謝罪に慌てたように首を振ると、遠慮がちに言葉を続ける。

「もしよろしければ、こちらの肖像画にルミエーラ姫のお名前など頂けましたら――」

有名人のサイン色紙をお店に飾るような心境なのだろうか。

その気持ちは解らなくもないけれど、私が何か言う前に厳しい表情のアーシェが口を挟んだ。

「購入された時に説明された掟《おきて》をお忘れですか？　『ルミエーラ姫に――』」

「……はっ⁉　『求めない』です！　も、申し訳ありません！」

アーシェの言葉に続けるように答え、宿の主人は息を吞んで頭を下げる。

――諦めた直後に〝議会〟のヤバさを補強する情報を捻《ね》じ込むのは、頼むからやめてほしい。

でも、私は聞き流すと決めたのだ。

お澄《す》まし顔で無言を保つ私の隣で、アーシェは満足そうに頷く。

「ご理解頂けているようで助かります。それで、部屋を準備して頂きたいのですが？」

「かしこまりました！　――貴賓室《きひんしつ》の準備だ！　大至急‼」

敬礼でもせんばかりに背筋を伸ばした宿の主人は、大慌てで宿の奥へと走り出す。

私はそれを見送り、問うようにアーシェへ視線を向ける。

あの反応を見て、『掟』とやらが気にならないはずもない。

聞き流すとは決めたけれど、彼女が自主的に説明してくれるなら何の問題も――

「良かったですね。あの様子なら、さほど待たされることはなさそうです」

――違う、そうじゃない。

しかし、アーシェが私の視線の意味を理解していないはずもなく。

それ以上は説明しようとしない彼女に、私はただ仏頂面《ぶっちょうづら》で黙《だま》り込んだ。

◆　◆　◆

早朝、宿の人たちに見送られて出立《しゅったつ》した私たちは、その足で図書迷宮《ライブラリ》へと向かった。

町を出て数分ほど歩けば、見えてきたのは崖《がけ》の一部を囲むように作られた木の柵。

その崖の下にあるのが目的地の図書迷宮《ライブラリ》であり、柵の部分は兵士の駐屯地《ちゅうとんち》である。

自由に入れる図書迷宮《ライブラリ》とはいえ、魔物や盗賊が棲《す》み着くのを防ぐため、警備はしているのだ。

ただ、基本的には平穏《へいおん》なようで、そこに立つ二人の兵士は緊張感もなくのんびり談笑していた。

私たちが歩いて近付いても警戒する様子はなく、こちらに顔を向けて歓迎《かんげい》するかのように友好的な笑みを浮かべ――その表情のまま固まった。

「お勤め、ご苦労様です」

「お、おっ、恐れ入ります！　ルミエーラ姫――っ、シルヴィ様！」

「ル、ルミエーラ姫……ほ、本物……」

一人はハッとしたように敬礼をし、もう一人は呆然《ぼうぜん》と言葉を漏らす。

しかしその二人目も一人目の兵士に脚を蹴《け》られ、「申し訳ありません！」と姿勢を正した。

「楽にしてくれ。私たちは図書迷宮《ライブラリ》に用があるだけだ。通らせてもらう」

「「はっ！　どうぞ、お通りください‼」」

お姉様も声を掛けると、二人は更に緊張した様子で反り返るほどに背筋を伸ばし、ピシリと固まったまま大きな声で返答。その声が聞こえたのか、近くの小屋から他の兵士たちも顔を出すが、彼らもまた私たちの姿を認めると驚きに目を見開き、整列して直立不動で敬礼をする。

――う～ん、これは、事前に連絡《れんらく》しておくべきだったのでは？

普段会う騎士団の人たちは、もう少し気楽に接してくれるんだけど……。

「あ、あのっ！　ご、ご案内は必要でしょうかっ！」

そんな中、前に出たのは後から出てきた兵士たちの一人。

おそらくこの場の責任者なのだろう。緊張したように上擦《うわず》った声で私たちに問いかける。

「不要だ。私は何度か入ったことがあるしな。あぁ、おそらくないとは思うが、貴族が図書迷宮《ライブラリ》に入りたいと来ても、私たちが戻るまでは入れないようにしてくれ」

「かしこまりました！」

お姉様の返答はにべもなかったけれど、彼はむしろホッとしたように一歩退いて敬礼。

そんな彼らに軽く微笑みを返しながら奥へと進めば、さほど歩かないうちに見えてきたのは、一見するにただの洞窟《どうくつ》にしか見えないものだった。

入り口の幅《はば》は五メートル、高さは一〇メートルを超《こ》えるだろうか。

私の知る中で近しいものを挙げるなら……鍾乳洞《しょうにゅうどう》の入り口かな？

なかなかに立派な洞窟ではあるけれど、図書迷宮《ライブラリ》という不思議さと比べるとあまりにも平凡《へいぼん》。

そのことに少し戸惑《とまど》っていると、兵士たちの興奮した声が遠くから風に乗って届いた。

「ヤバっ！　ルミエーラ姫、肖像画は見たことあったが、本物は段違《だんちが》いだぜっ⁉」

「お、俺《おれ》も、近くでお顔を拝見して……滅茶苦茶可愛かった！」

「俺なんか、直接言葉を交《か》わしちまったぜ！」

「くそっ！　なんで門番を交替《こうたい》した直後にっ！　少し前なら俺が当番だったのに！」

……なんか、凄く持ち上げられてるね？

まるで著名人に直接会ったファンのような、大袈裟にも思える反応が面映《おもは》ゆい。

けれど、その喩《たと》えがあながち間違っていないのだから、なんとも言えない。

そしてそんな声は当然、隣にいるアーシェにも届いているわけで。

「大人気ですね、お嬢様？」

「珍《めずら》しいからじゃないかな？　帰りにはあんなに騒《さわ》がれなくなってるよ」

揶揄《やゆ》するようなアーシェの言葉にも、私は表情を変えずに平然と応えるが、アーシェはむしろ楽しそうに笑って、私の顔を覗き込んだ。

「ふふっ、お嬢様、照れてますか？」

「照れてない。それより私は、お姉様より私の名前が先に出ることの方が気になります。シンクハルト家の次代はお姉様なのに……。宿場町の兵士もそうでしたよね？」

しかしお姉様は軽く笑って、私の頭を優しく撫でる。

「ルミの格好は判りやすいからな。その服を着ている姿絵も売っているはずだぞ？」

私が今着ている服は外出用なので、頑張れば前世でも普段着にできそうなガーリー系。

それでも普通の平民が着られる物ではなく、目立つという点に於いては人後に落ちない。

実用性重視のお姉様の服装と比べ、どちらがお嬢様に見えるかは言うまでもない。

「私が気にしないのだから、ルミも気にするな。それより今は図書迷宮《ライブラリ》だろう？」

「むぅ……解りました。でも予想外です。普通の洞窟っぽいのも……凄く整備されているのも」

私が戸惑ったのは特別感がなかったことに加え、入り口から見える内部の様子も一因だった。

ここから見ただけでも、洞窟の地面はゴツゴツとした岩が剥《む》き出しで、とても歩きづらそうなのだけど、なぜかその上には、縦割りにした丸太で歩道が整備されていた。

一部には手摺《てす》りまで付けられていて、これでライトアップでもされていようものなら、完全に観光地化された鍾乳洞――神が造りし神秘の図書迷宮《ライブラリ》はどこに行った？

「本当に、これが図書迷宮《ライブラリ》なんですか？」

「そうだ。これがウチの管理する唯一の図書迷宮《ライブラリ》、《強化》の図書迷宮《ライブラリ》だ。どんな領民でも副祭壇まで辿り着けるよう、整備を進めたそうだぞ？」

シンクハルト領では領民が魔法を覚えることで、領地の発展に寄与《きよ》することを期待している。

ここの整備もその一環《いっかん》であり、誰でも――それこそ運動が苦手な、成人したばかりの女の子でも魔法を覚えられるよう、昔から歩道が作られているらしい。

「良いんですか？　図書迷宮《ライブラリ》って一応、魔法を授かるための試練の場なんですよね？」

神様がへそを曲げはしないかと少し心配になるけれど、お姉様は軽く肩を竦める。

「副祭壇までなら大丈夫じゃないか？　ただ歩きづらいだけだしな」

「そもそも、どこからが図書迷宮《ライブラリ》なのかは、議論の余地がありますからね」

「副祭壇のある場所が入り口で、そこまでは図書迷宮《ライブラリ》と見なさないという考え方もあるようだな。さて、それじゃ、そろそろ入ろう。ルミ、心構えは良いか？」

改めて確認するお姉様に、私はゴクリと唾《つば》を飲み、神妙《しんみよう》に頷いた――のだけど。

そんな私の心構えとは裏腹に、副祭壇までの道行はとても順調だった。

誰でも副祭壇まで行けるようにという理念の通り、適切に管理された歩道。

そこを外れなければ道に迷うこともないし、所々には休 憩所《きゆうけいじよ》まで完備されている。

それでも普通の平民であれば、真っ暗な洞窟の中を薄暗《うすぐら》いランタンを片手に歩くという、ちょっとした肝試《きもだめ》しのような試練を受けることになるのだろう。

しかし私たちの場合、アーシェが使える《光》の魔法がある。

十分な光量のあるその魔法は洞窟内をしっかりと照らし、足下《あしもと》の不安は皆無《かいむ》。

私たちは山道を歩くよりも気楽に足を進め――やがて見えてきたものに私は息を呑んだ。

それはまるで、古代遺跡《いせき》が洞窟に飲み込まれたかのような光景。

視線の先で大きく広がった通路は、学校の体育館ほどの空間を形成し、その壁面《へきめん》は途中《とちゆう》から、これまでのゴツゴツした岩肌《いわはだ》から整然とした石造りの壁へと変わっている。

一番奥には私の背丈の二倍はありそうな両開きの扉があり、その前の部分は階段二段分ほど高くなった舞台《ぶたい》のようになっていて、中央に石造りの書見台が置かれていた。

「これが副祭壇……。確かに、ここからが図書迷宮《ライブラリ》と言われても納得できます」

「そうだろう？　あの扉の先から本祭壇までが試練となるのだが……まずは副祭壇からだな」

促すように歩き出すお姉様に続き、私たちが向かったのは副祭壇の中央。

そこに置かれた書見台は、直方体の上部を斜《なな》めにカットしたようなシンプルな形。

素材は石灰岩に似て、手触りはざらざら。装飾らしい装飾もなく、目に付くのは本を置く場所の下に彫《ほ》り込まれた短い文章ぐらい。残念ながら、あまり神秘的って感じでもない。

「思った以上に普通……かも。アーシェ、ここで魔法を授けてもらえるんだよね？」

「はい。魔導書《グリモア》を祭壇に捧《ささ》げ、こちらの祈りの文を読み上げるだけです」

私の疑問に答え、アーシェが台座に彫り込まれた一文を指さす。

手順としては、祭壇の上に自分の魔導書《グリモア》を載《の》せ、その上に手を置いて祈るだけで良いらしい。

「簡単だね。それじゃ、やってみましょう」

「ルミ、良いのか？　本祭壇ではなく、ここの副祭壇で」

「実験も兼《か》ねてますから。――副祭壇で魔法を得たら、本祭壇を使えないとかありますか？」

「それは問題ないかと。私も最初は副祭壇で魔法を得てから、本祭壇に挑戦《ちょうせん》しましたから」

アーシェで実績があるなら安心。であれば、試さない理由はない。

私は魔導書《グリモア》を祭壇に置くと、数回深呼吸。祈るように台座の文を読み上げる。

「『私は盟約に従うことをここに誓い、魔法の貸し出しを希望します。知の女神イルティーナ様、私の声を聞き届けてくださるならば、その力をお示しください』」

私の声が洞窟内に消えていき、そのまましばらく待機………うん。変化なし。

「ねぇ、アーシェ。これで魔法が授けられたってことは――」

微かな希望に縋ってアーシェに視線を向けるけれど、彼女は静かに首を振る。

「ないですね。魔法を授かった場合には、祭壇が光を発しますので」

「そっか～。中身も……変化なしっと」

そうだろうなぁ、とは思っていたけど、やっぱりちょっと凹む。

思わず私の口からため息が漏れるが、そんな私を慰《なぐさ》めるようにお姉様が奥の扉を指さす。

「ルミ、まずはあそこに魔導書《グリモア》を填《は》めてみてはどうだ？　普通の魔導書《グリモア》ならそれで扉が開く」

見上げる扉の高さはやはり私の身長の二倍を超えていて、幅は両手を広げても届かないほど。

全体に施《ほどこ》された彫刻《ちょうこく》も見事で、神秘さなら副祭壇よりもこちらの方が上だろう。

その扉の合わせ目、普通なら取っ手が付いていそうな位置には、四角く何も彫刻がされていない部分があり、お姉様が『填めてみては』と指さしたのはそこだった。

「ルミの魔導書《グリモア》でも扉が開けば、間違いなく魔導書《グリモア》として機能する証明になるだろう？」

「確かにそうですね。試してみます」

勧《すす》められるまま窪《くぼ》みに魔導書《グリモア》を填め込んだ瞬間《しゅんかん》、そこから波紋《はもん》のように紫色の光が広がる。

やがてその光で扉全体が満たされると、大きく重そうな扉がゆっくりと動き出した。

「おぉ……。うんうん、こういうの。私はこういうのを求めてたんだよね」

なかなかに神秘的で幻想的。これでこそ、神の造った図書迷宮《ライブラリ》に相応しい。

副祭壇が肩透《かたす》かしだっただけに、嬉しくなった私は何度か頷いてお姉様とアーシェを振り返るけれど、二人は何か気になることでもあるのか、怪訝《けげん》そうに扉を見ていた。

「えっと、何か問題でも……?」

「いや、単に私が以前扉を開いた時は、もう少し時間がかかったと思っただけだ」

「私も同じですね。ついでに言えば、白色《ホワイト》以下の魔導書《グリモア》では扉を開けられないそうです。なので必然、お嬢様の魔導書《グリモア》は黄色《イエロー》以上。やはり、貴族用の特別な魔導書《グリモア》なのではないでしょうか?」

それはアーシェと議論する中で出た仮説の一つ。祭壇が平民と貴族で分かれているのだから、本祭壇でしか使えない魔導書《グリモア》があっても不思議ではなく、私の魔導書《グリモア》がそれではないか。

そんな牽強付会《けんきょうふかい》とも言える仮説であり、実際には問題点が多い。

仮に色々と目を瞑《つぶ》り、『一部の貴族のみに与えられる』と考えたとしても――

「やっぱり、その情報がまったく伝わっていないのは、変じゃないかな?」

滅多に現れない稀少《きしょう》なものだったとしても、存在すら知られていないのは不可解。

改めてそれを指摘する私に、アーシェは困ったように笑う。

「お嬢様だからぶっちゃけますが、今と違って昔の貴族は真剣に魔物と対峙《たいじ》した――いえ、そうしないと滅亡《めつぼう》しかねない危機的状況だったようです。神が人に魔導書《グリモア》を授けた頃は」

「うん、そうだね。それは私も知ってるけど……?」

「必然的に貴族の死亡率は高く、情報が正しく伝わっていない可能性も高いんです。こういった記録を残すべき神官たちも人々を助けるために前線へと赴き、かなりの死者を出したようで……神様が人に魔導書《グリモア》を授けた経緯《けいい》なども、現在となってはかなり曖昧ですよね」

「正確な記録は残ってないんだっけ?」

「はい。記録を残すより、命を残す方を優先しなければ、本当に人が滅《ほろ》びかねない状況だったようです。なのに少し余裕ができただけで、権力争いを始めてしまったものですから……」

「あぁ……、三〇〇年戦争ね」

それはまるで、人の愚かさを象徴するかのような戦争。

魔物との戦いだけではなく、その戦火でも歴史は焼かれ、口伝は途切《とぎ》れたと言われている。

魔物が存在するのに、人同士で争うなんて馬鹿としか思えないけど……馬鹿なんだろうねぇ。

貴族の義務とは本来、そんな過去を反省し、魔物の脅威を忘れないために作られたはず。

しかし、現在の弛んだ中央貴族を見るに、その理念すら既に危《あや》うそうだ。

「お父様も現状を憂《うれ》えているが……。なかなか難しいようだな」

私よりも戦いの現場に近いだけに、お姉様はより実感しているのだろう。

憂鬱《ゆううつ》そうに首を振ると、気分を変えるように笑顔を作り、開いた扉の先を指さした。

「さて、この先からが本番だ。ルミは試練の内容を知っているか？」

「魔物と戦うための訓練ですよね？　影魔《シャドウ》というものが出現すると聞いています」

それは魔物を模した不思議な存在で、図書迷宮《ライブラリ》内に自然と湧《わ》き出す。

種類は多様であり、魔物と戦う前の実戦訓練として神々が作り出したと言われているが、決して安全なものではなく、試練で命を落とすことも普通にあるらしい。

「そうだ。この図書迷宮《ライブラリ》の影魔《シャドウ》はそこまで強くないが……私が見本を見せようか？」

不安そうに私の顔を窺うお姉様に首を振り、私は腰の細剣《レイピア》を抜いて前に出た。

「いえ、やります。大怪我をしそうなら助けてください」

「そうか。気を付けるんだぞ？　冷静にやれば、ルミなら問題ないからな」

私も実戦は初めて。緊張しつつ扉を抜けて歩き始めると、程なくしてそれは現れた。

喩えるならば、鼠《ねずみ》の形をした黒い塊《かたまり》。

影魔《シャドウ》という名前の通り、光を反射しない影のような物体が一つ、こちらへと駆けてきた。

大きさは小型犬ぐらいだろうか。想像以上に素早《すばや》いその動きに少し驚かされるが、私は自分を落ち着かせ、それをしっかり見据《みす》えて、斜め前に一歩踏み出しながら剣を一閃《いっせん》。

「ふっ！」

手に感じたのはわずかな手応え。生き物を斬《き》ったにしては軽すぎる感触と共に、私の横を抜けた影魔《シャドウ》は二つに分かたれ、空気に溶《と》けるようにして消えた。

「お見事です、お嬢様！　さすがです！」

アーシェが笑みを浮かべて大袈裟なほど手を叩《たた》き、お姉様も満足そうに頷く。

「うむ！　問題はなさそうだな。――お、葉晶《リーフ》が落ちているぞ。幸先《さいさき》が良いな」

影魔《シャドウ》が消えた場所からお姉様が拾い上げ、私の手のひらの上に置いてくれたのは小さな結晶《けっしょう》。

葉っぱのような形で大きさは小指の先ほど。半透明《はんとうめい》の緑色は一見するとエメラルドにも見えるけれど、内側から輝《かがや》くような美しさはそれ以上。図書迷宮《ライブラリ》で影魔《シャドウ》を斃すとたまに落ちる物らしい。

ゲームなら、これを売ってお金に換《か》えられるのだろうけど、残念、この世界の葉晶《リーフ》はそんな都合の良い物ではなく、諸般《しょはん》の事情で買い取ってくれる所もほとんどない代物《しろもの》である。

「これが葉晶《リーフ》ですか。話には聞いていましたが、想像以上に綺麗ですね」

手のひらの上で葉晶《リーフ》を転がして私がため息を漏らすと、アーシェが大袈裟に目を瞠《みは》った。

「なんと！　お嬢様にも宝石を綺麗と感じる感性が⁉」

「あるよ⁉　それにお金を使うのはもったいないと思っているだけで」

私はほとんど宝飾品《ほうしょくひん》を身に着けないけれど、貴族として最低限は持っているし、興味もないわけじゃない。それでも欲しがらないのは、単純に優先度の問題である。

辺境にあるシンクハルト領は決して裕福《ゆうふく》ではないし、領地の開発だってまだまだ途上《とじょう》。

領民が苦労しているのに私が贅沢をするとか、どう考えても悪徳貴族だもの。

「なら、葉晶《リーフ》は持っておくと良い。たまにしか落ちないから、それなりに貴重だぞ？」

「眺《なが》める以外の使い道がないので、売ることはできませんしねぇ」

お姉様の言葉に同意するように頷き、アーシェも肩を竦める。

「これだけ綺麗なら宝石としても一級品だと思うんだけど、加工できないんだっけ？」

「はい。非常に硬《かた》くて脆《もろ》いので加工は難しく、影魔《シャドウ》を斃した人以外が身に着けていると、短期間で曇《くも》ってしまう性質もあるそうで。さすがは神が創られた物といったところでしょうか」

「試練を乗り越えた褒賞《ほうしょう》みたいな物かな？　図書迷宮《ライブラリ》で手に入る物だし、他にも何か用途はありそうだけど……。これもまた、人の愚かさによって失われた知識かも」

「可能性はありますね。お嬢様、お預かりします」

アーシェの申し出に私は頷き、持っていた葉晶《リーフ》を差し出しつつ尋ねる。

「他人が持っていても大丈夫なの？」

「持っているだけなら。宝飾品のように見せびらかすとダメみたいですけど」

なるほど。やっぱり図書迷宮《ライブラリ》には不思議が多い。

でも逆に言えば、多くの可能性が残っているということでもあり。

私はアーシェの手に葉晶《リーフ》を載せると、気合いを入れ直して図書迷宮《ライブラリ》と対峙した。

《強化》の図書迷宮《ライブラリ》は一般的な図書迷宮《ライブラリ》よりも深く、一〇層で構成されている。

これは副祭壇の先にある階層を第一層とした数え方で、副祭壇までの距離は考慮《こうりよ》されない。

各階層の構造は図書迷宮《ライブラリ》によって異なるけれど、一般的には簡単な迷路のようになっていて、影魔《シャドウ》を斃しながらそこを抜け、本祭壇へ至ることが試練ということになる。

もっとも、今回は踏破《とうは》経験者が二人もいるため、問題となるのは影魔《シャドウ》のみ。

ただ、その出現頻度《ひんど》はそこそこ高く、最初こそ一匹《ぴき》ずつだった数も、進むにつれて二匹になり、三匹になり——個体の強さも少しずつ上がったが、私はそのすべてを一人で斃して進んだ。

これが魔法を得るための試練ならば、自分にできる最大限のことはしておきたい。

そう考えて、お姉様たちの手助けを拒《こば》み、数度の夜を越えて辿り着いた一一回目の階段。

そこを下りた先にあったのは、副祭壇の所で見たものと非常によく似た扉だった。

「ここが目的地——で良いのかな？」

「はい。その扉の先が本祭壇となります。お嬢様、お疲《つか》れさまでした」

微笑むアーシェにそう言われ、私は肩の力を抜いて改めて扉を眺めた。

全面に施された装飾、中央にある四角い窪み。詳細に比較すれば差異があるのかもしれないけれど、私の記憶力《きおくりよく》では何日も前に見た扉との違いを見つけることはできなかった。

「さぁ、ルミ。あそこに魔導書《グリモア》を填めて、扉を開けると良い」

「……？　はい」

なんだか楽しそうなお姉様とアーシェ。二人の様子に疑問を覚えつつも、顕現させた魔導書《グリモア》を填めると、あの時と同じような光が扉全体に広がり、ゆっくりと扉が動き出す。

そしてできた扉の隙間《すきま》から、アーシェの操《あやつ》る《光》が部屋の中へと入り込み――

「――っ！」

照らし出された光景に、私は息を呑んだ。

広さ自体は副祭壇と大差ないが、あちらを体育館とするならば、こちらは荘厳《そうごん》な神殿。

中央に見えるのは四メートルはありそうな大きな女神像であり、そこを中心にして正面の壁に施された彫刻は精緻、且つ典麗《てんれい》。女神像の前に置かれている書見台も、副祭壇とは比較にならないほど手の込んだ物で、正に本祭壇の名に相応しかった。

しかし、それらの祭壇よりも私の目を惹《ひ》いたのは、両側の壁だった。

双方《そうほう》の壁の端から端、下から上まで埋め尽くしていたのは、本に満たされた巨大《きょだい》な本棚《ほんだな》。

圧倒《あっとう》的な存在感を持った大量の本が、両側から迫《せま》るように存在していた。

「ふふっ、驚いたか？　ルミ」

あえて黙っていたのだろう。こちらを見て悪戯っぽく笑うお姉様に私は素直《すなお》に頷く。

「はい、驚きました。本祭壇って、どこの図書迷宮《ライブラリ》でもこうなんですか？」

「いや、図書迷宮《ライブラリ》によって違うな。ここの本祭壇がこのような形なのは、おそらくこの図書迷宮《ライブラリ》を守護されているのが、知の女神イルティーナ様だからだろう」

魔導書《グリモア》を人に授けたのがイルティーナ様であることは、広く知られている。

しかし、各所に点在する図書迷宮《ライブラリ》については、他の神々も関わっているようで、お姉様はそれらの図書迷宮《ライブラリ》も訪れたことがあるらしい。

「納得です。でも、図書迷宮《ライブラリ》の名前の由来は、絶対にこれですよね」

「そうでしょうね。ただ残念ながら、ここの本に触れることはできないのですが」

私の言葉に頷いたアーシェが、右側の壁際《かべぎわ》に近付いて本棚に手を伸ばすけれど、その手は本棚の前三〇センチぐらいの位置で透明な壁にでもぶつかったように止まる。

「ご覧のように。もっとも背表紙のタイトルを見る限り、ここにある本は神代《かみよ》文字で書かれているみたいですから、触ることができたとしても読めないと思いますけど」

「それは残念。でも、この本祭壇の構造って何かに……あ。ウチの礼拝室。もしかして……?」

「はい。おそらくはここをイメージして作られたのかと。規模は全然違いますけど」

私がきっかけを作り、お父様たちによって完成した礼拝室。

その左右の壁には、手持ちの本を収めるには立派すぎる本棚が据《す》えられている。

寂《さび》しく見えるぐらいに空きが多くて、少し不思議だったんだけど……そういうことかぁ。

「お父様たちは、できれば本で埋めたかったようだが、さすがに厳しいと断念したらしいぞ?」

「賢明だと思います。あれだけの本棚、下手したら身代《しんだい》を潰《つぶ》してしまいます」

この世界での本は稀少で高い。小さな本棚を一つ埋めるだけでも冗談じゃなく家が建つ。

内容を問わなければ集めることはできるけど、そんなのはただの無駄遣《むだづか》いだしねぇ。

「さて。それじゃ、やってみようかな」

私は祭壇の方へと歩み寄り、書見台を見る。

副祭壇の書見台は、ただ石灰岩のブロックを切っただけのような手抜《てぬ》き感があった。

対してこちらは、大理石に似た素材で脚の部分が細くなった形状、全体に彫刻も施されている。

「祈りの言葉も副祭壇とは違うんだね。これを唱えれば良いのかな？」

「はい。お嬢様、頑張ってください！」

「ルミ、お前の頑張りはイルティーナ様もご存じのはずだ。きっと大丈夫だ」

私は顕現させた魔導書《グリモア》を書見台の上に置き、正面のイルティーナ様を見上げる。

副祭壇では『おそらくダメだろう』と考えていたし、本祭壇という希望があったので、さほど緊張はしなかった。しかし今回は本命も本命。これで魔法を授かることができなければ……。

もちろん、それで諦めるつもりはないけれど、やはり不安は大きい。

視界の隅《すみ》に映るのは、普段の飄々《ひょうひょう》とした姿とは対照的に、目をギュッと瞑り、両手を合わせてイルティーナ様の像に向かって祈るアーシェと、私を真剣な顔で見守るお姉様の姿。

そんな二人に支えられるように、私は祈りの言葉を紡《つむ》ぐ。

「『私の意志は盟約と共にあり、それを成し遂《と》げることを誓います。知の女神イルティーナ様、お力《ちから》添《ぞ》えくださるならば、どうか私に魔法をお与えください』。――っ！」

祈りが終わるや否《いな》や、まるで待ちかねていたかのように祭壇が光を放った。

直後、私の魔導書《グリモア》が宙に浮かび上がると、パタリと開かれ、何もない中身が曝された。

しかし、まるで魔導書《グリモア》を授かった時のように、その上に光が集まって球体を形成し……。

「やった！　――はぁぁぁぁ」

ゆっくりと私の手元に戻ってきた魔導書《グリモア》には、確かに新たなページが生成されていた。

それはわずかに一ページ。されど一ページ。私は喜びと、それ以上の安堵を込めて息を吐く。

「おめでとう！　ルミ‼」

「はい、ありがとうございます、お姉様。ご心配を――ぐえぇぇぇ」

感極《かんきわ》まったようにお姉様が私を抱き竦める――が、私とお姉様の身長差は三〇センチ近い。

必然、私の顔はお姉様の胸に埋《うず》まることになり、その柔らかさを感じるよりも先に息が詰まった私の口からは、女の子としてはちょっとアレな呻き声が溢れ出た。

「あ、とと、す、すまない！　ルミ、大丈夫か？」

「だ、大丈夫です。ちょっと苦しかっただけで……喜んでくれて嬉しいです」

慌てて身体を離すお姉様に微笑み返し、私は改めて手の中にある魔導書《グリモア》を見る。

「はぁ……。感無量――というか、安堵しました。これで私も魔法が使えるんですね」

「おめでとうございます、お嬢様」

「うん、アーシェもありがとう。――けど、さすがは神の御業《みわざ》。凄く神秘的だね」

一歩離れて私たちを見守っていたアーシェにもお礼を言い、私は改めて祭壇に目を向ける。

未《いま》だ淡《あわ》い光を放ち続ける祭壇はとても美しく、光に照らされているイルティーナ様の像は神々《こうごう》しい。

これはもしかして、本祭壇まで足を延ばした人へのご褒美なのかな……？

――と思ったのだけど、アーシェとお姉様は訝《いぶか》しげに眉根を寄せていた。

「いえ、普通はこんなことはない、はずなんですが……」

「お姉様、そうなんですか？」

「あぁ、私が魔法を授かった時も、光はすぐに収まったぞ？　こんな現象は――っ！」

まるで私たちが一息つくのを待っていたかのように、光がイルティーナ様の像の前に集束。

青白く光る球体が現れ——それが突如《とつじょ》、私に向かって飛んできた。

「お嬢様っ‼」

私と球体の間にアーシェが割り込む。

その動きは素早く、確実に私を庇《かば》う位置に立っていたが、起きた現象は目を疑うものだった。

「えっ——⁉」

速度を緩めることなくアーシェにぶつかった球体は彼女の身体を透過《とうか》、そのまま私に迫る。

私は衝撃を覚悟《かくご》して思わず目を瞑るが……何もなし。

後ろを振り返ってみても……目を丸くしたお姉様がいるだけで、やっぱり何もなし。

「……あれ？　今、ぶつかりましたよね？　光の球はどこへ？」

私の問いに、お姉様とアーシェが顔を見合わせる。

「私の見間違いでなければ……ルミの胸の中に吸い込まれたな」

「私にもそう見えました。申し訳ありません、お嬢様」

「別に謝《あやま》る必要はないけど……。えっと、本祭壇ではたまに起きること、だったりは……？」

たぶんないだろうな、と思いつつ一応訊いてみるけれど、やはり二人は首を振る。

「少なくとも私の時には起きませんでしたし、そういう話を聞いたこともありません」

「う〜ん、そっか。よく判らない現象だけど……ま、いっか」

「ええ⁉　ず、随分あっさり受け入れますね？」

「うん。あんまり不安は感じないし」

得体の知れない洞窟に潜《もぐ》っていたのならまだしも、ここは神様の造った図書迷宮《ライブラリ》である。

魔法を授かることも含めてすべては神の御業であり、先ほどのことを不安に思うのなら魔法を授かる方を不安視するべきだと思う。だって、魔法が使えるように身体が変化するのだから。

「お嬢様の護衛としては、大きな失態なんですが……」

「いやいや、あれは無理でしょ？　アーシェは身を挺してまで庇ってくれたんだから」

私としては、そこまでして庇われることに不満もあるけれど、私とアーシェは友人でありつつも雇用《こよう》関係であり、それが仕事と言われれば、元社会人としては尊重するしかない。

「それでもお守りするのが、私の役割なのですが……何か変化はありませんか？」

「う〜ん、それは難しい質問だね、アーシェ。魔法が使えるようになったわけだし？」

それはとても大きな変化。万能感《ばんのうかん》とまでは言わないけれど、これまでの自分とは違うことがはっきりと判る。それと間を置かずして光の球が当たったのだから、何か違和感があったとしても、それが魔法を得たことで齎《もたら》されたのか、それとも光の球が原因なのか、区別は難しい。

「確かにルミの言う通りだな。だが、何か不調があればすぐに言うんだぞ？」

「はい、解りました。そして改めてお姉様、アーシェ、支えてくれてありがとうございました」

万感の思いを込めて私が微笑むと、お姉様は私をもう一度優しく抱き寄せ、少し涙《なみだ》を浮かべたアーシェもまた、私とお姉様を纏めて抱きしめたのだった。

帰宅した私たちを出迎えた両親の喜びは、大変なものだった――ちょっと面倒なほどに。

盛大にパーティーをしようとするお父様を制止し、苦しいほどに私を掻《か》き抱くお母様を宥《なだ》め。

家族や屋敷にいる使用人を集めて、少し豪華な食事会をした日の夜。

私はベッドで布団《ふとん》に潜り、顕現させた魔導書《グリモア》を何度も確かめていた。

「ふふふっ。ふふ、やった、やったぁ。私の魔導書《グリモア》、私の魔法……！」

もう一度魔導書《グリモア》を開いてみれば、そこには確かに《強化》と書かれたページが一枚。

現状ではとても本と言えるようなページ数ではないけれど、それは確かに前に進んだ証《あかし》。

他の図書迷宮《ライブラリ》に潜ればページはまた増えるのか、それが可能ならば、限界は何ページなのか。

まだまだ疑問点は多い。でも、努力が実るのであればこれからも頑張れる。

「そしていつか、私だけの魔導書《グリモア》が完成したなら……」

未熟な身体に引っ張られている感はあるけれど、私の精神は成熟した大人のもの。

魔法で無双《むそう》したいとか、誰かに自慢したいとか、そんな気持ちはまったくない。

――と、言い切ってしまうと嘘になるかな？

私たち地方貴族が、文字通りに血と汗《あせ》で安全を購《あがな》っているのに、それに守られている中央貴族が暢気《のんき》に権力争いに明け暮れているのを見ると、見返してやりたいとは思ってしまうから。

でも、私の一番の目的は、家族と領民の安全。

その目的への道が閉《と》ざされなかったことが、今は素直に嬉しい。

思えば魔導書《グリモア》の存在を知ってから、常に時間に追いかけられているような感覚があった。

一区切りになるかと思っていた成人の儀式でも、授けられた魔導書《グリモア》は特殊な物。

アーシェとお姉様のおかげで立ち直りはしたものの、それでも本当に魔法を得られるのか不安は大きく、正直に言うなら、あまりよく眠れない日々が続いていた。

「でも、こうして……うん。間違いなく、ある」

それは、たった一つの魔法。

普通の人なら魔導書《グリモア》を授かった時点で初期魔法が一つか、二つあることを考えると、ようやくスタート地点に立ったにすぎないけれど、ゼロと一では大きく違う。

私は改めてそれを噛み締《し》め、魔導書《グリモア》を胸に抱いて久し振りに幸せな眠りに就くのだった。


――翌朝、アーシェの悲鳴によって、強制的に覚醒《かくせい》させられるその時まで。

第二章　伴侶

「お、お、お、お嬢様《じょうさま》────っ⁉」

「ふぇっ⁉　な、何事っ⁉」

近年稀《まれ》に見る心地《ここち》好い眠《ねむ》りを腹心に邪魔《じゃま》されて、私はビクリと目を開け、目に入ったアーシェを睨《にら》む──が、彼女《かのじょ》は私よりも鋭《するど》い視線でキッと睨み返し、私の胸元《むなもと》を指さした。

「お嬢様！　そ、それはいったい⁉」

「それって……んんぅぬ？」

視線を下に向けて、最初に目に入ったのは黒──いや、紫紺《しこん》と言うべき？

窓から入る朝日を浴びて艶《つや》やかに流れる髪《かみ》の色は、ある意味でとても馴染《なじ》み深いけれど、今世の私の髪は綺麗《きれい》なプラチナブロンド。当然ながら私の物ではない。

更《さら》に視線を下げていくと、次に目に入ったのは、染《し》み一つない綺麗な肌《はだ》。

腕《うで》に感じるそれは柔《やわ》らかく、そして温かで、形は人に似ていて……。

──いや、誤魔化《ごまか》すのはやめて、はっきり言おう。

私の胸の中にすっぽりと収まっていたのは、どう見ても人。

昨日、一人で寝《ね》たはずの私が抱《だ》きかかえていたのは、一糸纏《まと》わぬ幼女だった。

「わ、私という者がありながら、女色に走ってしまわれるとはっ！　その上、そんな幼女がお相手だなんて！　趣味《しゅみ》が良すぎますよ⁉」

「待って？　色々とおかしい――どころか、ツッコミどころしかないが？」

明らかに錯乱《さくらん》している――いや、むしろ錯乱していなければ、色々とマズいことを口走っているアーシェはあえて放置し、私は少し身体《からだ》を起こして、その女の子を見る。

年齢《ねんれい》は一〇歳《さい》よりも下。はっきりとは判《わか》らないけれど、八歳ぐらいかな？

目を瞑《つぶ》って眠るその顔は芸術品のように整っていて、あまり幼さを感じさせず、一度見たら忘れられないほどに美しいが、それでいて冷たさを感じないのは、その仕草故《ゆえ》か。

私が身を離《はな》したことで寒くなったのか、モゾモゾと身体を動かして私にすり寄ってきて――

「……可愛《かわい》い」

「ですね……。はっ⁉　まさか、お嬢様、攫《さら》ってきちゃったんですか？　ダメ。ダメですよ。いくら可愛くても、略奪婚《りゃくだつこん》は認められません」

「なんでそうなる⁉　アーシェ、いいかげんに正気に戻《もど》れ？」

「いえ、最初から正気ですけどね。ただちょっと、信じがたい事態に頭が痛くなっただけで」

「私としては、正気のアーシェからあの発言が出ることに頭が痛いよ」

ただ、彼女の気持ちも少しは解《わか》る。

ここは領主の館。当然警備はされているし、アーシェも隣《となり》の部屋で控《ひか》えていた。

そんな状況《じょうきょう》で私のベッドに潜《もぐ》り込《こ》むなんて真似《まね》、私自身が連れ込まなければ成し得ない。

そう考えるのは、少なくともその点に於《お》いてだけは、とても真っ当な思考なのだから。

「ねぇ。親戚《しんせき》が来るなんて話は……聞いてないよね？」

「はい、聞いていません。昨晩はあの状況でしたので、伝え忘れたという可能性もありますが」

「さすがにそれは……ないんじゃないかな？　いくらお父様でも」

貴族ともなると、親戚同士の付き合いも政治となる。

少々親馬鹿《おやばか》なところもあるお父様だけど、お仕事に関しては凄《すご》く真面目《まじめ》であり、お祝いのパーティーで浮《う》かれていても、他の貴族が訪問するという予定を伝え忘れるとは考えにくい。

「そもそも、この年代の子供は親戚にいなかったよねぇ」

この世界では、旅をするのも命懸《いのちが》け。親族といえど顔を合わせるのは簡単ではないけれど、さすがに家に招くほど親しければ、存在すら知らないなんてことはまずない。

「……考えていても仕方ないか。アーシェはこの子が着られそうな服を持ってきてくれる？」

起こして話を聞くにしても、さすがに素《す》っ裸《ぱだか》はマズい。

そう思ってアーシェに頼《たの》むけれど、彼女は厳しい顔で首を振《ふ》った。

「いえ。さすがに得体の知れない子供とお嬢様を、二人きりにすることはできません。外見は子供で武器も持っていないようですが、それでも安心はできませんから」

「そう？　たぶん、心配はないと思うけど……ま、良《い》いか」

普通《ふつう》なら、いきなり見知らぬ人がベッドに潜り込んでいれば、なにかしらの危機感を覚えるはずだけど、不思議なことにこの子に対しては、そういった気持ちがまるで湧《わ》いてこない。

しかし、護衛はアーシェの仕事。無理は言わず、少女の肩《かた》を優《やさ》しく揺《ゆ》するが……。

「──む～」

そんな声を漏《も》らしながら、寝足りないとばかりに、私のお腹《なか》に顔をぐしぐしと押《お》し付ける。

その猫《ねこ》のような仕草に、そのまま寝かせてあげたくなるけれど、さすがにそうもいかない。

私が「起きて」と声を掛《か》けると、少女はようやく顔を上げ、眩《まぶ》しげに目を細めた。

瞼《まぶた》の隙間《すきま》から覗《のぞ》くのは、透《す》き通るように綺麗な紅《くれない》の瞳《ひとみ》。

その瞳に魅入《みい》られるように、じっと見る私を少女も見返し、暫《しば》し見つめ合う私たち。

やがてゴソゴソと布団《ふとん》から這《は》い出した少女は、私と向き合うようにベッドの上に座《すわ》り直す。

「起きた。おはようございます」

「あ、おはよう」

普通に挨拶《あいさつ》され、私も思わず普通に返す。

うん。きちんと朝の挨拶ができて偉《えら》い！　――じゃなくて。

「アーシェ、取りあえず私の下着と服を」

「かしこまりました」

いくら幼いとはいえ、素っ裸でいられるのは落ち着かない。

私が部屋のチェストを指さすと、アーシェもすぐに頷《うなず》き、下着とワンピースを取り出す。

「色々聞きたいことはあるけど、取りあえず服を着て？」

「解った」

アーシェが差し出した下着に脚《あし》を通し、ワンピースを頭からスポッと被《かぶ》り。

小柄《こがら》な私の服でも少女には大きいけれど、なんとか格好《かっこう》をつけて、私は改めて尋《たず》ねる。

「それで、あなたは何者なの？」

「我は司書」

「……司書。え、司書？　もしかして、図書迷宮《ライブラリ》の管理者？」

司書と聞いて連想するのは図書館。そして図書館といえば、図書迷宮《ライブラリ》。

だが少女は首を振り、おもむろに私の胸の辺りを指で示す。

「えっと……私？」

「違《ちが》う。でも、惜《お》しい」

「……まさか、お嬢様の魔導書《グリモア》ですか？」

懐疑《かいぎ》的なアーシェの言葉に、しかし幼女は頷き、私に向かって手を差し出す。

「出して。魔導書《グリモア》」

「う、うん」

不思議と逆らう気になれず、私は魔導書《グリモア》を顕現《けんげん》させる。

胸元にふわりと浮かび上がるその様は、ここ数日で何度も見た光景。

しかし、それを取ろうと伸《の》ばした私の手は空を切り——魔導書《グリモア》は少女の手に収まっていた。

「「あっ」」

私とアーシェの声が重なるが、少女は気にした様子も見せずに魔導書《グリモア》の表紙を開いた。

そこにあるのは、一ページだけの本文。少女はそれをペラッと捲《めく》って小さく頷く。

「——っ！　この子が特別であるのは、間違いないみたいですね」

本来、魔導書《グリモア》に触《ふ》れることができるのは、その持ち主のみ。

だが彼女は間違いなく、私の魔導書《グリモア》を手に取って見せた。

「司書は資格ある者に神から遣《つか》わされる。あなたは認められた。誇《ほこ》って良い」

淡々《たんたん》と告げられたその言葉にアーシェが息を呑《の》み、興奮したように身を乗り出す。

「そ、それはつまり、あなたは神使《しんし》であると？　お嬢様は神に選ばれたと――!?」

「厳密には違うけどそんな感じ。司書は魔導書《グリモア》の持ち主を導いたり、導かなかったりする」

言葉を失うアーシェとは対照的に、随分《ずいぶん》と適当な感じであっさり告げられた。

「えっと、正直、まだ呑み込めてないんだけど……」

でも、神の御業《みわざ》であれば、少女が突然《とつぜん》現れたことも理解できる。

なぜにベッドの中だったのかという疑問は残るけれど、それはさておき、私は尋ねる。

「ちなみに司書って、魔導書《グリモア》に関する疑問に何でも答えられたりするの？」

「しない。必要な情報は既《すで》に与《あた》えられた。神はそんなに甘《あま》くない――というか、呆《あき》れている」

魔導書《グリモア》や図書迷宮《ライブラリ》には疑問点、不明点が多すぎる。

情報も少ないし、私たちが調べても判らなかったことが判るかと期待したのだけど……。

少女の口調は無感情ながらも、その目にもやはり呆れが見える。

その理由はおそらく、過去に行われた人間同士の権力争い。

神様からすれば、魔物に対抗《たいこう》するために魔法を与えたにも拘《かか》わらず、その脅威《きょうい》が去る前に争いを始めた人間たち。しかもその過程では、ほぼ確実に魔法も使われたことだろう。

私たちからすれば大昔のことだけど、神様の尺度からすれば、おそらくは最近のこと。

「それじゃ、何も教えてもらうことはできない……？」

「そんなことはない。でも、努力しない者に祝福は与えられない。具体的には魔導書《グリモア》がショボい」

「うぐっ⁉︎」

やめて！　その言葉は私に刺《さ》さる。

しかも、一ページしかない以上、それについては反論もできないし。

「な、なら、なんで私の所に？　お姉様とか、もっと良い魔導書《グリモア》を持つ人もいるのに」

「もっと良い魔導書《グリモア》？」

「うん。ほら、例えばアーシェだって」

小首を傾《かし》げる少女に隣を示すと、アーシェは小さく頷いて自身の魔導書《グリモア》を顕現させる。

しかし、それを見た少女は「ふぅ」と息を吐《は》いて、首を振る。

「そんなのは子供が使う擬《まが》い物。我らのような大人には相応《ふさわ》しくない」

「へ、へぇ、そうなんだ……？」

大人とか、この子の外見で言われると違和感《いわかん》が凄い。『我ら《そこ》』に私も入っているなら尚更《なおさら》に。

だが、それはそれとして微妙《びみよう》にショックを受けているのが、擬い物と言われたアーシェである。

「え、私の魔導書《グリモア》って、子供用だったんですか……？」

「本来、魔導書《グリモア》とは自身で作り上げる物。与えられた物を使うだけなら子供でもできる。対して、あなたの魔導書《グリモア》には将来性がある。ショボくても諦《あきら》めちゃダメ」

「いや、諦めるつもりはまったくないけどね？　えっと……」

なぜ私が選ばれたのか、司書という仕組みは何なのか、本来の魔導書《グリモア》とは何なのか。

疑問点は多いけれど、今、最も気になるのは――

「あなたは何ができるの？　例えば魔導書《グリモア》みたいに消えたり、現れたり――」

「できるわけない。常識的に考える」

うん、そうだね。普通はそうだよね。この子に言われると、釈然《しゃくぜん》としないけどっ！

「それじゃ、いったいどんな役割と能力が……？」

「将来性に期待。我と魔導書《グリモア》、そして所有者は一心同体で一蓮托生《いちれんたくしょう》。いうなれば伴侶」

使えない魔導書《グリモア》から、超《ちょう》凄い魔導書《グリモア》へ。

一気に昇格《プロモーション》する私の希望は、あっさり断たれた。

――私、なんかこういうの多くない？　拾われた時に続いて。

いや、少し微妙なだけで、昇格はしてるんだけどね？

捨てられた赤子から貴族の子供、魔法がない魔導書《グリモア》から将来に希望が持てる魔導書《グリモア》へ、と。

「では、今のあなたは、お嬢様の魔導書《グリモア》にただ触《さわ》れるだけの人？　食事などは？」

「我の仕事は魔導書《グリモア》の管理。我の管理はあなたの仕事」

そう言いながら私を見る少女。ふむ……、なるほど。……なるほど？

「アーシェ、お父様とお母様に、ペットを飼って良いか訊《き》かないと」

「さ、さすがに神様のお遣いをペット扱《あつか》いするのは……」

少し焦《あせ》ったようにアーシェが私を窘《たしな》めるが、少女は気にした様子もなく平然と頷く。

「別に構わない。よろしく」

冗談《じょうだん》だったのに、あっさり受け入れられてしまった。

とはいえ、さすがにそういうわけにもいかない。お母様にも怒《おこ》られそうだし。

「取りあえず、妹扱いということで。お姉ちゃんって呼んで？」

「解った。お姉ちゃん」

こっちもあっさり受け入れられた。しめしめ。

「……お嬢様。この機会に、自身の欲望を満たそうとか思ってません？」

「ま、まさか～。私もお姉様みたいに、慕《した》ってくれる妹が欲《ほ》しかったとか――思ってるよ」

「思ってるんですね……。別に良いんですけど」

アーシェは呆れ気味だけど、前世も一人っ子だった私は、妹という存在に憧《あこが》れがあるのだ。

でもさすがに、お母様に『妹が欲しい！』なんて、言えないじゃん？

何も知らない子供ならまだしも、精神的には大人なんだから。

「いろんな意味で、これは千載一遇《せんざいいちぐう》のチャンスだからね。ちなみに名前は？」

「ない。好きに呼ぶ」

「良いの？　じゃあ………アーシェ、何か案は？」

「彼女の言うことが本当なら、彼女はお嬢様と不離《ふり》の存在。お嬢様がお決めになるべきかと」

アーシェに即座《そくざ》にそう返され、私は改めて少女を見る。

特に印象的なのは、前世を思い出すような黒に近い紫紺の髪と、宝石のような紅の瞳。

「夜空、星、神様……うん。ミカゲってのはどうかな？」

「その連想は謎《なぞ》ですが、音としては良いと思いますよ？」

私が前世の記憶《きおく》から連想したと考えたのか、アーシェは特に反対はせず、少女もまた頷く。

「解った。ミカゲと名乗る」

やっぱり素直《すなお》。若干《じゃっかん》、自我が薄《うす》いように感じるのは、普通の人じゃないからかな？

まあ、お父様たちを説得するには、生意気よりも素直な方が良いんだけど。

「残る問題は、お父様たちが受け入れてくれるか。こんな突拍子《とつぴようし》もないこと、信じてくれるとは到《とう》底《てい》──いや、仮に信じてくれなくても、受け入れてくれたら良いんだけど」

「それは……心配ないと思いますよ？」

「そうかな？　私ですらまだ受け入れきれていないのに？」

私はミカゲに対して警戒心《けいかいしん》が湧かないし、なんとなく嘘《うそ》は言っていないと感じる。

でもそれは、私と彼女に繋《つな》がりがあるからで、おそらく他の人は違うはず。

犬や猫を飼うことですら簡単ではないのに、突然現れた人と一緒《いつしよ》に暮らしたいと頼んでも、お父様たちが簡単に頷いてくれるとは到底思えないのだけど……。

「大丈夫《だいじようぶ》ですよ。だって、この容姿ですから」

私の懸念《けねん》に対して、アーシェの返答は自信に満ちていながら、イマイチ要領を得ない。

しかし、それが意味するところは、すぐに明らかになった。

◆　◆　◆

「まぁ！　まぁ！　まぁ！」

私たちがミカゲを連れて食堂に入ると、座《すわ》っていたお母様が瞠目《どうもく》して、すっくと立ち上がった。

「あ、あの、お母様、この子は──」

「ルミ！　どこで見つけてきたんですか⁉　こんな可愛い子を！」

私は慌《あわ》てて説明しようと口を開くが、つかつかと歩いてきたお母様は私の話を遮《さえぎ》るように声を上げると、泰然自若《たいぜんじじゃく》としているミカゲをむぎゅっと抱きしめた。

──なるほど。アーシェが言ったのはこういうことね。

ミカゲはこの辺りではあまり見かけない黒《くろ》に近い髪《かみ》色と、小柄でありながら整った容姿を持つ。しかも着ているのは、お母様の趣味が多分に反映された私のワンピース。少々オーバーサイズで、だぼっとしているけれど、それもまた可愛く、この格好がお母様に刺さらないはずもない。

これは半ば落ちたも同然かな？　ついでに、同じ嗜好《しこう》を持つお姉様も……うん。

お母様に先を越《こ》されたからか、椅子《いす》から腰《こし》を浮かせた状態で、所在なさげに両手をわきわき。しかし、私の視線に気付くと、気まずそうに咳払《せきばら》いをして椅子に座り直した。

その反応を見るに、お姉様の方も問題なさそう。

となると、最後の障害はお父様だけど……。

「ふむ。ルミと一緒に並べば……映《は》えるな。アリだ。また絵を描《か》かせねば」

私が目にしたのは、顎《あご》をさすりながらミカゲと私を見比べ、そんなことを呟《つぶや》くお父様だった。

私の髪がプラチナブロンドであるに対し、ミカゲの髪は紫紺。

それはとても対照的であり、映えることはその通りかもしれないけど……気にするはそこ？

知らない子供が屋敷《やしき》内にいることを気にするべきじゃ──って、このままじゃ話が進まないね。

「あの、お父様、お母様？　私の話を聞いて頂けますか？　信じられない話なんですが」

私はそう言って二人の注意を引き、先ほどミカゲから聞いた話を簡単に纏めて伝える。

そして、最後に『この子を家に置いて頂けませんか』と付け加えたところ……。

「構いませんよ」

「もちろん、簡単に認められないでしょうが――って、良いんですか？　そんな簡単に」

私の言葉を遮るような速さで認められた。

予想外の反応に驚《おどろ》き、私は確認《かくにん》するようにお母様を見返すが、お母様は平然と頷く。

「だって、ルミにはこの子が必要なんでしょう？　であれば、拒否《きょひ》する理由はありません」

「そうだな。さすがに本当の妹にはできないが、遠縁《とおえん》の子供を預かっていることにしよう。それならばルミと同じ扱いでもそう変ではないし、貴族の血縁《けつえん》関係を追及《ついきゅう》する者もいないだろう」

お母様のみならず、お父様まであっさり同意してしまった。

さっきの反応からして、説得すればいけるかな、とは思っていたけれど……。

「えっと、本当に構わないのですか？　かなり怪《あや》しい話だと思うのですが」

「その子が持っているのはルミの魔導書《グリモア》だろう？　それだけで普通でないことは解るし、であるならば話の信憑性《しんぴょうせい》は高い。神のご意志を尊重するのは当然のことだ」

お父様が示すのはミカゲが抱《かか》えている魔導書《グリモア》。その言葉通り、ミカゲの特殊性《とくしゅせい》を示して説得材料にするために持たせていたのだけど、私が言及《げんきゅう》するまでもなく気付いていたらしい。

「第一、ルミが連れてきたのだ。保護者がいない子供を受け入れる程度の甲斐性《かいしょう》はあるぞ？」

「あっ――」

ここでただ頷き、お礼を言うのが分別のある大人なのだろう。

でも、言葉が喉《のど》に引っ掛かった。

昔から気になっていた。

私はなぜ拾われたのか。記憶にある光景は夢ではないのか。

それを口にすることで、私と両親の関係が変わるかもしれない。

恐怖《きょうふ》はあるけれど、今を逃《のが》せば今後、訊く機会は訪《おとず》れるのか、訊く勇気を持てるのか。

言葉を詰《つ》まらせた私を、お父様、そしてお母様が不思議そうに見る。

そんな二人の顔を見て、私はゆっくりと息を吸うと、意を決してその言葉を口にした。

「……それは、私と同じように、ですか？」

「「──っ」」

お父様たちが息を呑んで視線を鋭くし、視界の隅《すみ》でアーシェが瞠目するのが見える。

覚悟《かくご》して口にした言葉ではあるけれど、お父様たちの様子に心が揺らぐ。

「……そんな話を誰《だれ》に吹《ふ》き込まれた？」

暫しの沈黙《ちんもく》を経て、お父様から発せられた声色《こわいろ》は思った以上に硬く──

「い、いえ、その、記憶違いかもしれませんけど、拾われた時の光景を覚えていて……」

私が慌てて言葉を継《つ》ぐと、お父様とお母様は顔を見合わせて小さく息を吐いた。

「そうか。ルミなら、そういうこともあるのかもしれないな。──カティア？」

「はい。ルミはもう大人です。良い機会かもしれませんね」

お父様の問いかけにお母様が頷き、ミカゲと私の手を引いて共にソファーに腰を下ろした。

「ルミ、あなたには話したことがありませんでしたが、今の私は子供を産むことができません」

「えっ⁉」

──よ、良かった！　不用意に妹が欲しいだなんて、言わなくて！

「もちろん、この年齢ともなれば大した問題ではありませんが、それが判ったのはシルヴィを産んで数年後。まだ子供が欲しかった私としては、大きなショックでした」

解る。多くの貴族にとって結婚《けっこん》とは、跡継《あとつ》ぎを作るということ。

いくらお姉様が優秀《ゆうしゅう》であったとしても、子供が一人しかいないというのは望ましくない。

特に危険な辺境伯《へんきょうはく》家ともなれば、リスク管理として予備となる子を作っておくのは重要である。

言葉は悪いけれど、それが貴族としての現実なのだ。もっとも子供好きなお母様のこと。子供が欲しかったのは、貴族としての義務だけが理由ではないと思うけど。

「お義父様たちは仕方ないと仰《おっしゃ》ってくださいましたが、それでも私は諦めきれませんでした。そのような折、私はある夢を見ました」

それは、どこか見覚えのある森の中で、赤ん坊《ぼう》が泣いている夢。

普通に考えれば、ただの夢。しかし、その光景はあまりにもリアルであり、自身の状況も相まって言いようのない焦燥感《しょうそうかん》に駆《か》られたお母様は、お父様と共に記憶にある森へと向かったらしい。

「そこで見つけたのが、ルミ、あなたなのです」

「そう、ですか……」

私は自分が捨てられた場面は覚えていない。

だからお母様の実子である可能性も、わずかながらあったんだけど……確定しちゃったかぁ。

覚悟はしていたし、そのことをお母様から直接聞いても何も変わらないと思っていた。

でも現実になると、思った以上にダメージを受けている自分に驚く。

そして、そんな私の心情をお母様も察したのか、私の肩に手を回して優しく引き寄せた。

「あなたは赤ん坊の頃《ころ》から私が育てた大切な子供です。誰が産んだかなど、些細《ささい》な問題ですよ？」

――いや、血筋が重要な貴族にとって、それは結構重要な問題じゃないかな？

私の冷静な部分はそうは言うけれど、お母様の気持ちは堪《たま》らなく嬉《うれ》しく、私は小さく頷く。

「このことはシルヴィにも話したことはありませんでしたね。驚きましたか？」

お母様のその言葉通り、お姉様は驚きを顔に表すけれど――

「え？　当然、気付いてはいましたよ？　特に言及するようなことでもなかっただけで」

その驚きは別の意味だったようで、逆にお母様たちが驚いたように目を丸くした。

「そうだったのか？　誰かに聞かされたのか？　知っている者には口止めしているはずだが」

「いいえ、普通に覚えてますし。むしろ、いきなり赤ん坊が増えて気付かない方が変では？」

さすがに小さな頃は疑問に思わなかったそうだけど、ある程度成長して思い返せば、『お母様が妊《にん》娠《しん》していないのに妹が増えた』という違和感に気付く。

そうなれば、『少なくともお母様が産んだ子ではない』と理解するのは難しくない。

「あの頃はシルヴィも小さかったのに……覚えているんですね」

「はい。印象的なことぐらいなら。そして、ルミの存在は私にとって印象的なことですから」

お姉様はそう言って私を見ると、優しく微笑《ほほえ》む。

私との年齢差《ねんれいさ》や誕生日を考慮《こうりよ》すると、私が拾われた時のお姉様は二歳半ばぐらい。

その年代の子供ならある程度の記憶は残るし、知能が高いほどその傾向《けいこう》は強いらしい。

お姉様の優秀さを見るに、可能性は高いと思っていたけれど……やっぱりかぁ。

「ですので、それを改めて知ったところで何も変わりません。ルミは私の妹です」

胸を張ってそう言ったお姉様に、お母様は瞳を潤《うる》ませ、お父様は嬉しそうに深く頷く。

「シルヴィ……。ありがとうございます。あなたが優しく育ってくれて嬉しいです」

「まったくだ。だからルミ、俺《おれ》たちにとってお前とシルヴィには何の違いもない。お前は貴族の義務を気にしていたそうだが、理由がそこにあったのなら、考え違いというものだぞ？」

「それは……正直に言うと、否定はできません」

血縁という明確な繋がりを持たない私にとって、義務を果たすことは家族である証《あかし》の一つ。

それに加え、お姉様が失われて私が生き残るようなことは、絶対に許されないとも考えていた。

私が小さく頷くと、お父様は困ったように眉根《まゆね》を寄せる。

「やはりか。もちろんルミがそうしたいのなら、止めるつもりはない。だが領主として言えば、別の活躍《かつやく》を期待したい。現実としてお前は、成人前ですら高い成果を出しているのだから」

「そうですね。今となっては、無理に戦いの前線に出ようとは思っていません」

この領地の現実を知って、義務の代行はあまり意味のないことだと理解したから。

「ただ、ミカゲのこともありますし、魔導書《グリモア》については極《きわ》めていきたいと考えています」

「それについては俺も反対しない――というよりも、是非《ぜひ》そうしてほしい」

「そうですね。神様がルミを選んだのであれば、そこには何か意味があるのでしょう。そもそも私たちの下《もと》にルミが来てくれたことも、神様の思《おぼ》し召《め》しだと思いますし」

お母様が夢を見たことと、その夢の場所に私が捨てられていたこと。

これを偶然《ぐうぜん》と片付けてしまうのは、さすがに無理がある。

それは子供を望んだ母親に対する温情なのか、それともなにかしらの意図があるのか。

ミカゲのことからも解る通り、神はその意志を明確には示さないが、人に魔導書《グリモア》を与えたことだけは確かな現実であり、私の目指す方向性はそう間違っていないはず……あれ？

「どうかされましたか？　お嬢様。怪訝《けげん》な顔をされて」

「今更《いまさら》だけど、図書迷宮《ライブラリ》での儀式《ぎしき》が少し引っ掛かって。祈《いの》りに『盟約』って入ってたよね？」

祈りの言葉なので、一種の定型句のようなものかと思って祈ったけれど、よく考えればそれは、利用規約も読まずに『はい』を選択《せんたく》するかの如《ごと》き所業。とってもダメな行為《こうい》である。

「我々の祖先は神々とどのような盟約を結んだのでしょう？　その盟約の内容こそ神々が望むことであり、それを果たすと誓《ちか》うことで魔導書《グリモア》を授《さず》かったんですよね？」

『魔物を斃《たお》すために授けられた』と伝わっているけれど、これを盟約と言うには曖昧《あいまい》すぎる。

例えば大半の平民は、魔物と直接戦ったりはしない。

しかし、それによって魔導書《グリモア》を取り上げられた、なんて話は聞いたこともないわけで。

詳《くわ》しい内容はどうなのかとお父様を見るけれど、お父様は困ったように首を振る。

「そのはずだが……正確には判らない」

「え、本当にですか？　神殿《しんでん》にも残っていないのですか？」

「ないと言っているな。自分たちに都合が悪い内容なら、隠《かく》している可能性もあるだろうが」

「神殿は必ずしも清廉《せいれん》ではありませんからね。むしろ今の神殿は立派な方ほど地位が低い傾向にあります。心ある神官は人々を助けたいと前線に赴《おもむ》いて、短命に終わることも多いですから」

現場で働く人より組織内政治だけをする人が上に立つ。

そんな組織は前世でも存在した。

もちろん、現場の実務能力と組織のマネジメント能力は別物だから、上に立った人が上手《うま》く組織を運営して、現場が働きやすくなるならそれも良いんだろうけど……そう上手くはいかないよね。

大抵《たいてい》は自身の利益のために組織を使い、全体を腐《くさ》らせていくことになる。

「今の神殿は良くないのですか？」

「個々の神殿はともかく、組織全体としては決して良いとは言えないな。一部の図書迷宮《ライブラリ》を占有《せんゆう》し、入れる者を制限しているという話も聞いている」

具体的には回復魔法に関する図書迷宮《ライブラリ》。神殿関係者、もしくは多額の寄付を収めた人だけに利用を許可し、資金稼《かせ》ぎと影響力《えいきょうりょく》の強化を図《はか》っているらしい。

「幸い回復魔法を得られる図書迷宮《ライブラリ》は複数ある。すべてを神殿が占有しているわけではないが……」

「そうであっても、神殿の理念とは相容《あいい》れない気がします」

「その通りだ。回復魔法の有無《うむ》は前線で戦う者たちの生存率に大きく影響《えいきょう》する。それを私欲で制限しようなど、本来は許されることではない！」

お父様は語気を荒《あら》らげて吐き捨てるけれど、お母様から咎《とが》めるような目を向けられると「うっ」と息を呑んで大きく深呼吸。表情を緩《ゆる》めてから、改めて私に問いかけた。

「それで、ルミは今後、どうするつもりだ？」

「神殿や盟約についても気になりますが、まずは使える魔法を増やすことを優先しようと思います。そうすればミカゲも成長して、できることが増える……んだよね？」

祝福とぼかしていたけれど、おそらくはそういうこと。

確認するようにミカゲを見ると、彼女はどこか自慢《じまん》げに胸を張る。

「うん。間違いない。我は将来有望」

「ということです。今のところ、私の魔導書《グリモア》は魔法の数に制限がなさそうなので」

「そうか、その点は羨《うらや》ましいな。どの魔法を覚えるか、本来はそれが非常に重要だからな」

魔導書《グリモア》の空きページ、魔法によって異なる必要なページ数、それぞれの魔法の相乗効果。それらの組み合わせを考えることは、まるで前世に存在したカードゲームのデッキ作りに近いけれど、一度授かった魔法は消せないという制約があるため、調整はとても難しい。

なので、一般的《いっぱん》には既に実証された定番パターン——『五ページの火系攻撃《こうげき》セット』、『三ページの攻撃支援《しえん》セット』などを組み合わせて、魔法を覚える人が多い。

しかし、その組み合わせや余ったページの使い方には頭を悩《なや》ませるわけで、それを無視できる私は恵《めぐ》まれている——と思ったのだけど、ミカゲはお父様の言葉を否定するように首を振った。

「魔法とは本来、とても扱いが難しいもの。初心者には制限が必要」

「初心者、ですか……？」

「えっと、ミカゲが言うには、他の魔導書《グリモア》は、その……子供用だ、と」

不思議そうなお母様にそう説明すると、それを聞いたお父様も少し考えて頷く。

「……そう言われると納得《なっとく》する部分はあるな。剣《けん》で戦おうとするなら、何年も訓練せねば魔物を斃すことなどできない。それに対して魔法は——」

「努力もせずに覚えられ、その日から実用レベルで扱えますね。そうすると……ミカゲさん、私たちの魔導書《グリモア》が大人用になることはあり得るのですか？」

「努力次第《しだい》」

とても端的《たんてき》な答え。それを聞いて、お父様とお姉様が唸《うな》る。

「う～む、言われてみれば俺も魔法の訓練はあまりしていないな。努力不足か」

「私もそうです。覚えている魔法が少ないこともありますが……」

脳筋《のうきん》とまでは言わないが、ウチの騎士《きし》団の訓練は基本的に武器を使った戦いが主体。

魔法を使う場合も魔法自体の訓練というより、魔法を使った戦い方の訓練という方が正しい。

それは、魔法を授かった時点で普通に使えるようになることが、大きく影響しているのだろう。

「あなた、場合によっては騎士団の訓練内容も変更《へんこう》が必要かもしれませんね。もちろん、多くの魔法を覚える必要があるのか、それも考えないといけませんが」

「そうだな。検討してみよう」

お母様の提案にお父様が頷き、私もミカゲに尋ねる。

「……ねぇ、ミカゲ。私も魔法の訓練をした方が良い？　多く覚えるだけじゃなく」

「当然。両方頑張《がんば》る」

「そ、そう……。頑張るね？」

宇宙の真理を口にするかのような真顔で言われ、私は若干顔を引き攣《つ》らせつつ頷く。

――まぁ、ミカゲは大抵真顔なんだけど。

「では、ルミは各地の図書迷宮《ライブラリ》に潜ることになるのですね。寂《さび》しくなります」

「そうだな。ルミは覚えたい魔法の希望はあるか？　場所によっては交渉《こうしょう》が必要となるが」

「まずは、お隣のハーバス子爵《ししゃく》領を訪ねようと思っています」

ほぼ誰でも入れる当家とは異なり、図書迷宮《ライブラリ》の利用に制限を設けている貴族は少なくない。

利用料を取るだけならまだしも、政治的な交渉材料にする貴族もいて……ホント、嫌《いや》になる。

その点、ハーバス子爵はシンクハルト家と仲が良いし、必要なのも利用料だけ。

領内に二つの図書迷宮《ライブラリ》を抱えていることもあり、最初に向かう先としては最適だろう。

「そうか。あそこであれば危険性は低いと思うが、ルミとアーシェの二人だけでは――」

その言葉を遮るようにミカゲが「我もいる」と存在を主張、お父様が眉根を寄せた。

「……ミカゲさんも付いていくのか？」

「うん。お姉ちゃんから長く離れることはできない」

「となると、ますます護衛がアーシェ一人だけでは――ん？『お姉ちゃん』？」

「あ、私のことです、お父様。折角だし、そう呼んでもらおうかなって……」

お父様の疑問に私が小さく手を上げると、それに反応したのはお姉様だった。

「ほう。お姉ちゃん。その呼び方も良いな。ミカゲ、私のことはシルヴィお姉ちゃんで――」

「シルヴィ、後にしなさい。一応確認しますが、ミカゲさんは戦えませんよね？」

お姉様の発言をぶった切ってお母様が尋ねると、ミカゲは少し考えて頷いた。

「……そう考えてくれて良い」

「ルミだけではなくミカゲまで……うぅ、心配だ。やはり私が学校をやめて――」

「落ち着きなさい。さすがにそれを許すことはできません。アーシェはどう考えていますか？」

再度お姉様の発言を遮ったお母様はため息をつき、アーシェに目を向けて尋ねた。

「私見となりますが、図書迷宮《ライブラリ》は問題ないと思います。ですが、私たち三人だけで行動するとなると、面倒事《めんどうごと》は多くなりそうです。他の領の平民は、ここほどお行儀《ぎょうぎ》が良くないでしょうから」

「むっ、ルミに薄汚《うすぎたな》いゴミが近寄ることなど許されん！　騎士団から一部隊を護衛に——」

「クロードも落ち着いてください。ハーバス子爵の所はまだしも、これからルミが訪ねるすべての図書迷宮《ライブラリ》に騎士団の護衛を付けるつもりですか？　確実に抗議《こうぎ》が来ますよ？」

「私としても騎士団を引き連れて行動するのは、さすがに……」

腰を浮かせたお父様を即座にお母様が抑《おさ》え、私もそれに同調する。

前世の感覚で喩《たと》えるなら、国の要人が軍隊を連れて他国を訪問するような感じかな？

この世界では魔物や盗賊《とうぞく》などのリスクも高いので、交渉すれば認められるだろうけど、あまり良い顔はされないし、当然のように行動は制限され、時間もかかりすぎる。

できるだけ多くの図書迷宮《ライブラリ》を訪れたい私としては、避《さ》けたい方法である。

「お父様、一つ確認したいのですが、最近は魔物の動きが活発という噂《うわさ》は本当ですか？」

お姉様が漏らした話や氾濫《はんらん》の周期に加え、実は宿場町でもそういう噂を耳にした。

実際はどうなのかと尋ねてみれば、お父様は苦虫を噛《か》み潰《つぶ》したような顔で頷く。

「……まだ確定的ではないが、否定はできないな」

「であれば、騎士団から腕利《うでき》きを引き抜《ぬ》くのは避けたいですね。やはり、傭兵《ようへい》でしょうか？」

護衛として私に同行するのであれば、どうしてもその期間は長くなる。

魔物の氾濫という不確定要素がある以上、私の事情で騎士団の戦力を減らすのは避けたい。

「ぐぬぬ……。だが、男はダメだぞ！　ルミの可愛さにやられかねんっ」

「その条件では、ますます厳しくなるのですが……」

とはいえ、お父様の懸念も理解はできる。

私も未婚の貴族女性。将来のことを考えれば、外聞にも気を遣う必要がある。

「大々的に募集《ぼしゅう》をしてみましょうか？　女性で強い人も見つかるかもしれません」

内部で人が用意できないなら、外部に人材を求める。

とても妥当《だとう》な方法だと思ったのだけど、それに待ったを掛けたのはアーシェだった。

「お嬢様、それは危険です。下手をすると、騎士団を辞めて手を挙げる者が出かねません」

「さすがにそれは……ないのでは？」

騎士団に所属できるのはシンクハルト家に仕える家臣の親族か、極《ごく》一部の選ばれた平民のみであり、そこを辞めることはエリート街道《かいどう》からドロップアウトするに等しい。

私のためにそんな決断をする人なんて、いるとは思えないんだけど……。

「いや、そんなことはない！　許されるなら、私だって学校をやめて付いていく所存だ！」

「だからシルヴィ、それは許しませんって。学校は王族との関係もあるのですから」

我《わ》が家の大事なストッパーはお母様。ある意味で一番の常識人である。

そんなお母様は呆れたようにお姉様を抑え、そのまま私の方にも目を向けた。

「ですが、ルミが自身の人気を過小評価していることは、間違いないですね。男性たちはもちろん、女性騎士たちの間でもあなたは人気があるのですよ？　努力している姿が母性を擽《くすぐ》ると」

「そ、そこまで年齢差はないはずなんですが」

女性騎士の多くは三〇歳までに引退する。

そのため彼女たちは私と同年代から二〇代半ばまでが多く、実年齢の差は大きくない。

「絶対、外見で言われてますよね。しかも、努力している姿って……」

強いとか言われていないのがミソである――お姉様と違って。

お姉様の方は単純に強くて凜々《りり》しいと、騎士団に慕われてるからねぇ。

「しかし、募集ができないとなると、私には護衛の心当たりがなくなるのですが」

シンクハルト家の家臣を除くと、私と交流があるのは町の開発に関《かか》わる人ぐらい。

何か心当たりはないかとアーシェに目を向けると、彼女は明らかに嫌々《いやいや》手を挙げた。

「……あまりお薦《すす》めしたくはないのですが、一応、心当たりはあります」

「アーシェの推薦《すいせん》なら信用できそうですが。なぜ、そんなに嫌そうなのですか？」

「それはですね、お嬢様。私とお嬢様の二人旅に不純物が入るからです！　苦渋《くじゅう》の決断です！」

「だから三人。我、忘れられがち？」

なぜか力説するアーシェと、自分が数に入っていなくて不満げなミカゲ。

しかしアーシェは、平然と首を振る。

「もちろん覚えていますが、ミカゲさんとお嬢様は一心同体。まったく邪魔にはなりませんし、むしろ可愛いが増えて嬉しいまでであります。――私の魔導書《グリモア》にも司書が来ないでしょうか」

「む。その通り。お姉ちゃんと魔導書《グリモア》は不可分であり、魔導書《グリモア》と我も不可分。とても重要」

――大丈夫かな？　私のメイドは。

そんな不安を覚えるけれど、ミカゲは「アーシェはよく解ってる」と凄く満足そうである。

「むむむ、ルミ第一主義のアーシェが推薦する人物か。それであれば、下手な人物を付けるより余程安心はできそうだが……。アーシェ、大丈夫なんだろうな？」

「はい。腕は立ちますし、お嬢様に手を出すようなことは決してないと保証できます」

お父様の確認にアーシェは断言するが、その苦々しい表情に私は少し不安を覚えるのだった。

◆　◆　◆

お父様たちと話し合いをした日から、私たちは旅の準備を始めた。

食料、着替《きが》え、情報収集。今後のことも考え、お父様たちの手は借りずに自分たちで。

その間には、王都に戻りたがらないお姉様を、宥《なだ》め賺《すか》して送り出すというイベントもあったのだけど、それは予定通りなので割愛《かつあい》――いや、いつもよりも少し大変だったかな？

今回のお姉様は『ミカゲとも離れたくない！』と駄々《だだ》を捏《こ》ねたので。

ま、お姉様のスキンシップの対象がミカゲにも広がったので、その分は楽になったかな？

愛情の証なので嫌ではないんだけど……別れが近付くと、やや過剰《かじょう》になるんだよねぇ。


さて、そんなイベントを経つつも無事に準備は整い、お父様たちに見送られて家を出た私たちが護衛との待ち合わせ場所に向かうと、そこには二〇歳前後の男性が立っていた。

剣を佩《は》き、革鎧《かわよろい》を身に着けたその姿は、いかにも傭兵といった出《い》で立ち。

それ自体は事前に聞いていたので特に驚きはないけれど、意外だったのは彼《かれ》の容姿だった。

アーシェのことだから、女性は無理にしても、落ち着いた年齢の男性を探してくる。

そう思っていたのだけど、目の前の彼は予想外に若くてイケメン。無精髭《ぶしょうひげ》が少々野性味を感じさせるものの、顔立ちは整っていてどこか親しみを覚えさせ、女性にもモテそうである。

そんな彼は、爽《さわ》やかな笑《え》みを浮かべると、私に手を差し出した。

「ごきげんよう。ルミエーラお嬢様。俺はラルフと申します。よろしくお願いします」

「あ、はい。ルミエーラ・シンクハルトです。こちらこそ、お願いします」

ラルフの口から丁寧《ていねい》な言葉が出てきたことに少し面食らいつつ、私も手を差し出すが、私と彼の手が触れ合う前に、顔を顰《しか》めたアーシェが間に割り込んできた。

「お嬢様に近付くな、この軽薄《けいはく》男。私、髭を剃《そ》ってこいって言いましたよね？」

「おっと、すまないな。若干、準備に手間取った。ははっ」

普段《ふだん》とは異なる厳しい口調で非難し、アーシェはラルフを睨む。

しかし、ラルフの方は応《こた》えた様子もなく笑い、引っ込めた手で自身の顎をさすった。

先ほどとは違う軽い口調も彼には似合っているし、おそらくこちらが普段の話し方なのだろう。

「えっと、アーシェ？　彼が護衛ということで良いんですよね？　険悪そうですが」

関係性がよく解らず尋ねると、アーシェは少し困ったようにため息をつく。

「はい。こんなのでも一応、私の知る中では腕利きの護衛となります」

「お？　そんなふうに思ってくれていたのか？　嬉しいねぇ」

ラルフが笑いながらアーシェの肩に手を置くが、彼女はそれを鬱陶《うっとう》しそうに払《はら》いのける。

しかし、嫌悪感《けんおかん》がある様子ではなく、むしろどこか気安い感じで……。

「えっと……、ラルフはアーシェの好《い》い人だったりしますか？」

「や、やめてください、お嬢様！　これはラルフ・グラバー。嘆《なげ》かわしくも私の兄なんです」

もしかして、と尋ねた私にアーシェが叫《さけ》ぶように声を上げ、酷《ひど》く顔を顰めた。

「兄？　……あぁ、どおりで」

アーシェの血縁となれば、色々と納得がいく。

整った顔立ちも、アーシェが信用するのも、彼を見た時にどことなく親しみを覚えたのも。

無精髭とボサボサの髪で判りづらいけれど、よく見れば二人の顔には共通点もあり、ラルフがきちんと身形《みなり》を整えていれば、二人が兄妹《きょうだい》であることもすぐに判ったことだろう。

「アーシェのお兄さんなら、私のことはルミで構いませんよ。言葉遣《ことばづか》いも普段通りで」

「お、良いのか？　助かる。丁寧な言葉も使えないわけじゃないんだが、傭兵だからな」

私が許可するなりラルフは口調を崩《くず》し、アーシェが困り顔でため息をつく。

そんな普段は見せない彼女の顔に、私は思わず笑いを零《こぼ》した。

「ふふっ。アーシェって、お兄さんがいたんですね。知りませんでした」

グラバー家は昔から、シンクハルト家に仕えてくれている家である。必ずしも全員が出仕するわけではないけれど、アーシェはもちろん、彼女の両親もウチで働いている。

普通に考えればラルフも、その方が安定して稼げると思うんだけど……。

「俺は気ままな風来坊《ふうらいぼう》、グラバー家の汚点《おてん》だからな。親父《おやじ》たちも話題に出さなかったんだろうさ」

ニヤリと笑って肩を竦《すく》めるラルフを軽く睨み、アーシェは困ったように笑う。

「汚点とまでは言いませんが、この通り自由すぎでして。無理して仕えさせても上手くはいかないだろうと、両親も半ば諦めている状態なのです」

「領主様は尊敬できる方だが、せこせこ働くのは俺の性《しょう》には合わないんだよ」

「この様《ざま》でして。申し訳ありません、お嬢様。こんな兄で」

「まぁ、別に良いのでは？　ご両親が考えた通り、無理に働かせても良い結果が出るとは思えませんし。こうして私の護衛を引き受けてくれただけでも、ありがたいことです」

「お、さすがよく解ってるな、ルミお嬢様は」

私のメンタリティは未《いま》だ前世の影響が大きく、職業を自由に選択することを異端《いたん》とは思わない。

しかし、ラルフには意外だったようで、彼は嬉しげに笑い、対照的にアーシェは顔を顰めた。

「調子に乗るな、クソ兄貴。お嬢様が大変お優しいだけです」

そう悪態をつきつつも、アーシェはどこか諦めたようにため息をつく。

「もっとも私としては、こんなのが傍《そば》にいるとお嬢様が穢《けが》れそうなので、帰ってこなくても良いんですが。お父様とお母様は、たまには顔を見せろと言っていましたよ？」

「顔を見せたらまた説教じゃねぇか。勝手にやってんだから、ほっといてくれれば良いんだよ」

「お父様たちとしては、そうはいかないでしょう。一応はグラバー家の跡取《あとと》りなんですから」

「そんなのはお前に任せる。適当な婿《むこ》でも取って継いでくれ」

一般的に家督《かとく》は長男が継ぐが、娘婿《むすめむこ》に家督を譲《ゆず》ることも稀にはある。

そこまでおかしな提案ではないけれど、しかしアーシェはそれを鼻で笑った。

「はっ、私が婿を？　何を馬鹿なことを。私がお嬢様から離れることなどあり得ません。――お嬢様の子供であれば、いくらでも産みたいと思っていますけど」

「我が妹ながら、無茶苦茶言ってんなぁ……。よくこれまで解任されずに済んだな？」

「私のお嬢様への愛の賜物《たまもの》です。ですよね、お嬢様？」

「……あまり頷きたくないですが、否定することも難しいですね」

確認するように私を見るアーシェに私は渋々《しぶしぶ》頷くが、アーシェはそれでも満足げに胸を張る。

「ということです。解りましたか？　兄さん」

「アーシェ、今の返答でよく言えるな？　すまない、ルミお嬢様。こんな妹で」

「いいえ、アーシェに助けられているのは、本当ですから」

私が苦笑《くしょう》気味に応えると、ラルフは諦めたようにため息をつき、アーシェに目を向けた。

「はぁ……。それでアーシェ、俺は何をすれば良いんだ？　詳しい話は聞いていないんだが？」

「え？　アーシェ、何も説明していないのですか？」

「はい、お嬢様を護衛しろとしか。人を介《かい》して下手に詳しいことを伝えると、どこから情報が漏れるか判りません。その点、兄さんなら、何も言わなくても呼び出せますから」

さっきから思っていたけど、アーシェのラルフに対する扱いが酷い。

これは信頼《しんらい》というのか、それとも甘えというのか。

でも、最初に感じたよりも二人の仲が良好そうなのは、良かったのかな？

「詳細《しょうさい》は教えてもらえるのか？　黙《だま》って護衛だけしろと言うなら、それも吝《やぶさ》かじゃないが……」

「もちろん、お話しします。何も伝えないのでは不誠実ですから」

私はラルフのことを知らないけれど、アーシェやその両親はよく知っている。

他の人ならともかく、グラバー家の人間である彼が不用意に情報を漏らすとは思えないし、今後のことを考えれば、事情は知っておいてもらった方が都合が良い。

「事の始まりは、私の成人の儀式なのですが――」

そして、最近の出来事を簡単に説明すると、ラルフは驚きに目を瞠《みは》り、「なるほど」と頷く。

「なかなかに衝撃《しょうげき》的な情報だな。特殊《とくしゅ》な魔導書《グリモア》に司書……普通の人にしか見えないが」

ラルフが目を向けたのは、自分が話題になってもあまり反応を見せないミカゲ。

興味深そうなその視線は、そこまで不快というわけではないのだけど……。

「兄さん？　ミカゲさんに失礼なことをしたら、私のメイド殺法《さっぽう》が光って唸りますよ？」

私が何か言う前に、アーシェが握《にぎ》った拳《こぶし》でラルフの肩をポンと叩《たた》いた。

「するか！　つか、何だよ、メイド殺法って」

「お嬢様に近付く不埒者《ふらちもの》に対処するための技術です。人として殺すか、男として殺すかは状況次第ですけど。……もしかして兄さんは、別の意味でミカゲさんに興味が？」

「ねぇよ！　どう見ても子供だろうが！　俺の好みはもっと豊満な女性だ‼」

「このクソ兄貴！　お嬢様の魅力《みりょく》が解らないとか、万死《ばんし》に値《あたい》します！」

ラルフの返答にアーシェが柳眉《りゅうび》を逆立てる――けど、ちょっと待って？

今、私の話題、出てなかったよね？

それ、私が子供って言ってるに等しいよね？

「いや、ルミお嬢様は可愛いと思うぞ？　単にぺたんこは趣味じゃないというだけで」

「何を言ってるんですか、兄さん！　そこもお嬢様の魅力でしょうが！」

だから待て。本気で待て。理不尽《りふじん》に私がダメージを受けているからっ。

「……アーシェ？」

「あ、お嬢様。少々お待ち頂けますか？　今、この物知らずに世の道理というものを――」

「黙れ。今、そういう状況じゃないよね？　全然、関係ないよね？」

私がにこりと笑うとアーシェは即座に口を噤《つぐ》んで背筋を伸ばし、ラルフはそんなアーシェと私を見比べて、苦笑気味に話を元に戻した。

「あ～、護衛が必要なのは、図書迷宮《ライブラリ》以外の場所ということで良いのか？」

「はい。図書迷宮《ライブラリ》は試練ですから、できるだけ自分でなんとかしたいと思っています。もちろん危険そうなときには助けて頂きたいですけど。難しいと思いますか？」

「影魔《シャドウ》の強さは図書迷宮《ライブラリ》によって差が大きいからなぁ。アーシェ、ルミお嬢様の実力は？」

「お嬢様に武術の才能はありませんが、並の兵士よりは戦えます。少なくともシンクハルト領の図書迷宮《ライブラリ》では、私が手を出す必要はありませんでした」

「それはシンクハルト領の兵士基準だよな？」

「当然です。中央貴族の弱卒レベルであれば、さすがに止めます」

「ふむ、ルミお嬢様もシンクハルト家の人ということか。なら、大抵は大丈夫だと思うが……。目的地はハーバス子爵領だよな？　どちらの図書迷宮《ライブラリ》に行くんだ？」

ハーバス子爵領にある図書迷宮《ライブラリ》は二つ。一つは《火弾《かだん》》の図書迷宮《ライブラリ》で、その使い勝手の良さと派手さ、消費するページ数の少なさから、貴族を含《ふく》めて多くの人に人気がある。

もう一つは、《観察《ていさつ》》の図書迷宮《ライブラリ》。こちらは地味で使い道が限られることもあり、一般的には不人気な魔法。ただし偵察兵、猟師《りょうし》、研究者など、一部の人には重宝されているらしい。

普通なら魔導書《グリモア》の空きページと相談して、本当に必要か検討するんだろうけど……。

「もちろん、両方ともです。ラルフは本祭壇《ほんさいだん》まで潜った経験はありますか？」

「《火弾》なら本祭壇まで潜ったし、《強化》も数え切れないぐらい潜ったな。新人傭兵を鍛《きた》えるのにちょうど良いんだ。実家で訓練を受けられた俺と違って、ほとんどの奴《やつ》は素人《しろうと》だから」

そんな後輩《こうはい》たちに戦い方を教えるため、頻繁《ひんぱん》に引率《いんそつ》しているらしい。もっとも、近場で気軽に入れるのは《強化》の図書迷宮《ライブラリ》ぐらいなので、単純に経験豊富とも言えないようだけど。

「そんな俺からすれば、『そんな服と剣で戦うとか、正気か？』って感じだが……」

今日の私の服もフワフワのドレス、腰に佩いているのは細剣《レイピア》である。

明らかに戦いに向かない私の格好にラルフは胡乱《うろん》な目を向けるが、アーシェはニヤリと笑う。

「ふふっ、心配は無用です。お嬢様がお持ちの細剣《レイピア》は、旦那《だんな》様がお嬢様のために、特別に誂《あつら》えた代物《しろもの》。もちろん、服の方も普通の服じゃありませんよ？」

「だろうな。俺もあまり詳しくないが……鉄山羊《アイアン・ゴート》か？」

「その通りです。ミカゲさんも同じですが、お嬢様と違って戦えないので確実に守ってください」

「うん。我はまったく戦えない。要注意」

ちなみにミカゲが着てる服は、私のお古のリメイク品。お母様は『似合う物を作りたい！』と言っていたんだけど、さすがに時間がなかったのでサイズ調整だけにしてもらった。

「了解《りょうかい》だ。危険があるとすれば、道中で襲《おそ》ってくるかもしれない魔物や盗賊か」

「だと思います。騎士団から護衛をつけるという話もあったのですが……」

「それは避けて正解だろうな。シンクハルト家の騎士は腕利きばかりだが、集団で戦うのが本業だ。部隊単位ならまだしも、少人数なら俺たちのような傭兵の方が対応できる範囲《はんい》が広い」

「期待しています。これからしばらくの間、よろしくお願いします」

「任せてくれ。全力を尽《つ》くさせてもらう。――手抜《てぬ》きなどしようものなら、そっちの怖《こわ》い妹や両親から、ぶっ殺されるからな」

苦笑しながら答えるラルフに、私の後ろで腕組《うでぐ》みをしていたアーシェは満足そうに頷いた。

◆　◆　◆

スラグハートを出発した私たちが最初に向かったのは、ハーバス子爵領の領都ラントリー――ではなく、シンクハルト領からラントリーの間にある《観察》の図書迷宮《ライブラリ》だった。

本来ならハーバス子爵への挨拶を優先すべきなんだろうけど、普段から親しくしていることや位置的な問題から、手紙で先に許可だけ貰《もら》い、会いに行くのは後回しにさせてもらったのだ。

そんなわけでスラグハートから徒歩で数日、到着《とうちゃく》した図書迷宮《ライブラリ》は寂《さび》れていた。

道は荷車がなんとか通れる程度、入り口を守るのも数人の警備兵と小屋だけ。

当然のように近くに宿場町も存在せず、しっかりと下調べをしておかなければ、辿《たど》り着くのも困難と思えるような場所にあったが、私たちが訪れることは事前に知らされていたようで、警備兵たちは私たちの姿を見ても少し驚いただけで、すぐに図書迷宮《ライブラリ》の入り口に案内してくれた。

そうして入った、人生二度目の図書迷宮《ライブラリ》は――

「思った以上に、自然ですね……？」

外の様子から想像はついたけれど、地面はまったくの未整備で凸凹《でこぼこ》した岩が剥《む》き出しの状態。

当然、当家の図書迷宮《ライブラリ》のような歩道も存在せず、かなり歩きづらそうである。

唯一《ゆいいつ》手が入っているのは、順路に沿って張られた縄《なわ》。

逆に言えば、これがなければただの洞窟《どうくつ》との区別は付かなかっただろう。

「ルミお嬢様、むしろこれが普通だぞ？　《強化》の図書迷宮《ライブラリ》が異常なだけだ」

「それは理解していますが、これだと普通の人は副祭壇まで行くことすら難しいのでは？」

しかし、そんな私の言葉にアーシェとラルフは、兄妹揃《そろ》って苦笑した。

「お嬢様、普通の人はこの図書迷宮《ライブラリ》に入ったりはしません」

「……そういえば、そうでしたね」

《強化》の図書迷宮《ライブラリ》を領民に開放しているのは、魔法の汎用性《はんようせい》が高く、使い勝手が良いから。

対して、ここで覚えられる《観察》は用途《ようと》が限られ、普通の人が活用できるかは微妙だろう。

「この魔法を活用できる猟師や兵士なら、この程度は問題ないしな。ルミお嬢様は大丈夫か？」

「私もそれなりには鍛えていますから、大丈夫だと思います。ただ、ミカゲは……」

「厳しそうなら、俺が負ぶっていくが？」

これまで平然と私たちについて来たミカゲだが、その外見は明らかに子供。

ラルフが気遣《きづか》うように提案してくれるが、ミカゲはあっさり首を振った。

「問題ない。実は我、戦う技術はないけど、身体能力はお姉ちゃんとほぼ一緒」

それはラルフに対しての言葉だったけれど、それを聞いた私とアーシェは顔を見合わせた。

「そうだったの？　初耳、だよね……？」

「――？　ちゃんと言った。一心同体って」

「……あ。え？　そ、それって、そういう意味もあったの⁉」

確かに聞いた。ミカゲが出現した、その日の朝に。

ミカゲの管理する魔導書《グリモア》が私の物だから、比喩《ひゆ》的な意味で言っているのかと……。

「うん。お姉ちゃんが死んだら、我も消える。だから、気を付ける」

「そ、それはもちろん気を付けるけど……。私も死にたくないし」

死なないように気を付けるのは当然のこと。

やや戸惑《とまど》いながらも頷く私に対し、ハッとしたように声を上げたのはアーシェだった。

「ま、待ってください！　ではもしかして、ミカゲさんの身に何かあれば、お嬢様も？」

「そっちはたぶん大丈夫。でも、魔導書《グリモア》は使えなくなるかも？」

ミカゲの返答にアーシェは安堵《あんど》したような、それでいて困ったような複雑な表情になる。

そして、それとは対照的に、明確に呆れた様子を見せたのはラルフだった。

「おいおい。ミカゲさんは連れ歩かず、安全な場所にいてもらった方が良いんじゃないか？」

私の護衛としては真っ当な提案。

しかし、それを受け入れることができない理由もあって……。

「それは無理。我とお姉ちゃんは、そんなに離れることはできない」

そう。以前、ミカゲが『長く離れることはできない』と言った時は、司書の信条的なものかと思ったのだけど、改めて確認してみると、現実として物理的に離れられないという意味だった。

その距離《きょり》と時間は明確ではないけれど、何週間も遠く離れることはまず無理らしい。

「地味にデメリットも多いんですよね、私の魔導書《グリモア》って。ミカゲは可愛いですけど」

私がラルフに肩を竦めると、ミカゲは少し不満そうに「むぅ」と言葉を漏らす。

「司書が与えられるのは、とても名誉《めいよ》なこと――たぶん。それにデメリットを補って余りあるほどのメリットがある——きっと。我の可愛さもその一つ——かも？」

「曖昧だな、おい。ま、ルミお嬢様が決めたなら俺は従うだけだが。じゃ、行くか」

苦笑と共にこちらを見るラルフに私たちは頷き、図書迷宮《ライブラリ》の奥《おく》へ足を進めた。

想像していた通り、副祭壇への道は少し険しかった。

単に歩きにくいというだけではなく、岩をよじ登ったり、裂《さ》け目を越えたり。

身体能力は私と同等というミカゲも、手脚は私よりも短く、体格的に難しい場所ではラルフの手を借りて先へ進み、半日ほど。幸い距離は短かったようで、私たちは副祭壇に到着していた。

「あまり……代わり映えはしませんね」

「副祭壇はどこも同じだぞ？　違うのは祈りの言葉だけだな」

本当に完全に同じかどうかは判らない。けれど、すぐに気付けるほどの違いはない。

ラルフの言う通り、明確に違うのは書見台に刻まれた祈りの言葉、その神様の名前だけだった。

「風の女神《めがみ》トゥラール様。それがこの図書迷宮《ライブラリ》を守護する神様ですか」

「そのようです。神様の違いにどのような意味があるのかは、判りませんが」

「祈りの言葉が違うだけだからなぁ。ご丁寧にも書見台に書いてくれているし、文字さえ読めれば覚えておく必要もない。罰当《ばちあ》たりかもしれないが、大半の奴らは忘れてるぜ？」

実際、ラルフの言葉はその通りなのだろう。

魔法を使う度《たび》に祈る必要があるなら別なんだろうけど、魔法は一度授かれば自由に発動できる。

一度しか口にしない以上、余程信心深くなければ、忘れるのも仕方ないのかもしれない。

「もしかすると、何らかの意味があるのかもしれませんが……」

そう言ってアーシェがミカゲを窺《うかが》うけれど、ミカゲは口を噤んで何も言わない。

言えないのか、それとも何の意味もないのか……取りあえず、今の私には関係ないか。

「ところで二人は、ここの魔法は？」

折角なので覚えるかな、と話を振るとラルフの方はすぐに首を振った。

「いや、俺は既に覚えている」

「まぁ、そうだったんですか。では、アーシェは？」

「どうしましょう？　お嬢様の可愛いところをしっかり観察するために、覚えても良いかな、とは思うんですけど、どうせなら――」

「了解です。覚えなくて良いってことですね。先に進みましょう」

そんなどうでも良いことに魔導書《グリモア》のページを消費するのは、あまりにもったいない。

私はアーシェの言葉をさらりと流し、本祭壇へ続く扉《とびら》まで移動、そこに魔導書《グリモア》を填《は》め込んだ。

「兄さん、お嬢様がつれないです」

「お前がふざけるからだろうが。それで、《観察》は本当に要《い》らないのか？」

「ええ、取りあえずは。どうするかは、本祭壇までに考えておきます」

アーシェたちが背後でそんな話をしている間に、ゆっくりと動いていた扉は開ききり、その先に見えたのは、これまた《強化》の図書迷宮《ライブラリ》と大差ない、ごく普通の通路だった。

別に観光に来ているわけではないけれど……ちょっと残念。

「さて。ここからが本番ですが、ラルフ、何か情報はありますか？」

「八層の図書迷宮《ライブラリ》ということぐらいは知っているが、俺もここは副祭壇までだからなぁ。一応、どんな影魔《シャドウ》が出るかだけは調べたが。小さな雲のようなものらしいぞ？」

その影魔《シャドウ》の特徴《とくちょう》は普通の攻撃が効きづらいこと。闇雲《やみくも》に斬《き》り付けてもすり抜けるだけでダメージは与えられず、核《かく》となる部分を見極《みきわ》めて攻撃しなければいけないらしい。

「もっとも、特別強いわけじゃない。大きめの鈍器《どんき》でぶん殴《なぐ》れば核に当たる確率は高いからな。力業《ちからわざ》でも対処できるが……試練の目的としては的外れだろうな」

「お嬢様の武器とは、ある意味でとても相性《あいしょう》が良く、見方によっては相性が悪いですね」

私の持つ細剣《レイピア》はとても良い物ながら、武器の種類としては護身用の意味合いが強く、例えば熊《くま》のように大きく頑強《がんきょう》な敵には効果が薄い。その点、今回の影魔《シャドウ》は当たりさえすれば斃せるようなので安心だけど、細剣《レイピア》でまぐれ当たりを狙《ねら》うのは効率が悪く、核を的確に狙う必要がある。

「つか、ルミお嬢様はハーバス子爵と親しいだろ？　この程度の情報は聞いてるんじゃないか？」

「はい、聞いています。ついでに、攻撃魔法を使えば簡単に斃せるということも。ただ、市井《しせい》には他にも情報があったりしないかと、そう思っただけです」

私が頷き、そう答えると、アーシェがラルフに冷たい視線を向けた。

「お嬢様に有益な情報を提供できないとか、役立たずな兄さんです。しかも、副祭壇で引き返すなんて……。図書迷宮《ライブラリ》に入ったなら、本祭壇まで行くのが筋というものですよ？」

「妹が理不尽すぎるんだが。試練とは魔物と戦うための訓練、影魔《シャドウ》を斃すより本物を斃した方が人助けになって金にもなる。どちらを優先すべきか言うまでもないだろ？」

「斃せる能力があるなら、あえてここで斃す必要はない。正論ではあります。逆にその能力がない私にとっては、確かに試練ですね。でも、攻撃魔法がないと大変そうです」

――核とか意味が解らないし。

「お姉ちゃん、影魔《シャドウ》の種類には何らかの意図がある。頑張って！」

私が弱音を漏らすと、ミカゲが両手を握って鼻息も荒く、且《か》つ可愛く応援《おうえん》してくれる。

――うん、なんだか頑張れるかもしれない。

「意図、ですか。ここで授けられる魔法は《観察》です。もしかすると『ここで核となる部分を見《み》抜《ぬ》けるようになれ』と、神々はお考えなのかもしれませんね」

「関連はありそうですね。魔力を見るとか、そんな感じでしょうか……？　ラルフ、プロとしての意見を聞きたいのですが、《強化》の魔法は使うべきだと思いますか？」

私のその問いにラルフとアーシェが相談するように視線を交《か》わし、困ったように笑う。

「新人傭兵相手なら、実戦で魔力がなくなったらどうするつもりだ、と言うところだが――」

「お嬢様が魔力がなくなるほど戦い続けている状況って、確実に護衛に失敗してますよね」

魔法を使用する場合、威力《いりよく》や回数に応じて使用者の魔力を消費する。

休めば自然と回復するものだけど、戦い続ければ足りなくなるのは当然であり、そんな状況を避けるためにいる二人としては、なんとも言いづらいということなのだろう。

「なるほどです。では、両方を試《ため》してみましょう。訓練ですからね」

まずは普通に戦ってみようと細剣《レイピア》を抜いて扉をくぐると、間を置かず影魔《シャドウ》が現れた。

それは一見すると黒い綿菓子《わたがし》。雲よりも実体感があるが、目や口などはない。

私はふわふわと近付いてくるそれを見据《みす》え、中心部分を狙って細剣《レイピア》を振るが、その剣先《けんさき》は抵抗《ていこう》もなく影魔《シャドウ》をすり抜け、何の変化も起こさなかった。

「さすがに簡単にはいきませんか。──ふっ」

近付いてくる影魔《シャドウ》を避《よ》けつつ、更に細剣《レイピア》を振ること十数回。剣先にコツンと感触《かんしょく》があった。

それが核だったのだろう。次の瞬間《しゅんかん》、影魔《シャドウ》が空気に溶《と》け、地面に葉晶《リーフ》が転がった。

「ふぅ。なんとかですか。──やはりここでも出るんですね」

「葉晶《リーフ》か。俺も多少は持っているが、使い道が判らないし、記念品だよな」

「ですよね。ミカゲは何か知っていますか？」

「……それはお姉ちゃんが頑張った証。大切にするべき」

私の問いにミカゲが少し沈黙、口にしたのは歯切れの悪い答え。

──つまりはそういうこと……なのかな？

「そうですか。では、大事に取っておきましょう。いつか役に立つかもしれません」

私は頷き、葉晶《リーフ》を拾い上げてアーシェに渡《わた》すと、腕を組んで「むむむ」と唸る。

「一応斃せましたが……う～ん、ダメですよね、今の方法では」

「当然だな。我武者羅《がむしゃら》に剣を振るだけなら子供でもできる。見極めるとは言えない」

正論ではある。しかし、新人傭兵の引率と同じ感覚だったのか、言葉がやや強い。

それが癇《かん》に障《さわ》ったのか、アーシェの顔が険しくなり──ラルフは慌てたように前に出た。

「ちょ、ちょっと見ていてくれ。ルミお嬢様」

ラルフは剣を水平に構えると、程なくして現れた影魔《シャドウ》をじっと睨み付け──突《つ》き出した。

二撃《げき》目はなかった。

ただそれだけで影魔《シャドウ》が消え、アーシェの表情も緩み、ラルフは安堵したように息を吐く。

彼の安堵の理由がどちらにあるかは……言うまでもないか。

「核を上手く捉《とら》えればこうなる。力は必要ないから、頑張ってみてくれ」

「さすがですね。何かコツのようなものはあったりしますか？」

「先ほどのルミお嬢様の言葉が正解だ。魔力の動きを見れば良い。最も濃《こ》い場所を狙うだけだ」

「それが難しいんですけどね」

魔力を感じ取ることはできるし、魔導書《グリモア》を授かってからその感覚はより鋭くなった。

だからといって、魔力の塊《かたまり》のような影魔《シャドウ》の核を見極めることなんて……。

「ま、本祭壇までは八層もあるんだ。ゆっくり頑張ってみてくれ」

前回の《強化》の図書迷宮《ライブラリ》では、何やかんやで一層あたり一〇〇体ぐらいの影魔《シャドウ》と遭遇《そうぐう》した。

それと同等なら、本祭壇までに遭遇する影魔《シャドウ》は八〇〇体。

それぐらい戦えばコツは掴《つか》めそうな気もする――いや、しないかも？

というか、改めて考えると凄い数だよね。この前は夢中だったから、意識しなかったけど。

「怪我《けが》をする心配がないのは、幸いでしょうか」

ここの影魔《シャドウ》の攻撃で削《けず》られるのは魔力で、最悪でも意識を失うだけらしい。

一人ならそれも十分な脅威だが、フォローしてくれる人がいる状況であれば危険性は低い。

こちらの攻撃が当たらないのは、やっぱり面倒だけど――あれ？

「ふと思ったのですが、こういう影魔《シャドウ》が出るということは、現実にも似た魔物が存在するのでしょうか？　物理的攻撃が効かないのはかなり怖いのですが」

「いるな。滅多《めった》に遭遇することはないが」

私の思い付きに頷いたのはラルフ。そして、首を振ったのはアーシェだった。

「心配せずとも、お嬢様が戦うことはありません。それが私の仕事ですから」

これでも私は伯爵《はくしゃく》家の令嬢《れいじょう》。普通なら守られるような立場なんだよね。

地政学的なこともあって、お姉様は自ら戦うことを選んだけれど、本来ならやるとしても全体的な指揮や後方支援がせいぜいで、直接剣を振るうようなことにはならない。

だから戦闘《せんとう》技術を鍛えることに、どれほどの意味があるのかと言われると、反論は難しい。

「我は応援する。魔力を感じ取ることは魔法を使う上でも重要」

少し悩む私をミカゲが激励《げきれい》してくれるが、それを聞いたラルフは訝《いぶか》しげに眉根を寄せた。

「ん？　一度覚えてしまえば、魔法の発動は難しくないだろう？」

「それはあなたの魔導書《グリモア》が子供用だから。お姉ちゃんは違う。大人は色々考えないとダメ」

「あれ？　そうなの？　普通に使えているけど？」

魔法を覚えた直後、私は当然のように何度も使ってみた。

最初こそ少し戸惑ったけれど、慣れたら発動に苦労するようなこともなかったし、魔法を授かったら普通に使えるというのは知っていたので、こういうものだと思っていたんだけど。

「実はそんなに簡単じゃない。お姉ちゃんは才能がある。さすが」

「つまり、才能がないと魔法を使うのは面倒臭《めんどうくさ》いと。俺は子供用で良いな」

どこか満足そうに私を見ていたミカゲは、ラルフの言葉を聞いて呆れ気味にため息をついた。

「プライドがない人間は己《おのれ》を高めることも、人を導くこともできない。ラルフは落第」

「言われてますよ、兄さん」

アーシェが揶揄《からか》うように言ってラルフを見るが、彼は気にした様子もなく肩を竦めた。

「俺にとって主体は剣、魔法は補助だからな。何も考えずに発動できる現状が楽なんだよ」

「そう言われると、私は魔法が主体となりそうですね。——頑張ってみましょう」


それから私たちは、腰を据《す》えて図書迷宮《ライブラリ》を潜っていった。

魔力を感じ取る。それは言うほど容易《たやす》いことではない。

何と言えば良いのかな？　えっと、ピントの合っていない眼鏡で球技をするような……？

球を見つけるのも難しければ、それに的確にヒットさせるのも難しい。

難易度だけで言えば、棒の先っぽだけを使って卓球《たっきゅう》をする方がまだ簡単かもしれない。

それでも私には一〇年以上に及《およ》ぶ訓練の積み重ねがあったし、一〇〇回、二〇〇回と戦闘を繰《く》り返せば正確性も上がる。なので、本祭壇が近付く頃には……。

「——っ」

じっと見極め、一息で突き出した細剣《レイピア》が影魔《シャドウ》の核を一撃で捉え、それを霧散《むさん》させた。

コロリと落ちた薬品《リーフ》を確認し、私は拳をギュッと握って「よしっ」と小さく声を漏らす。

「これで一〇回連続成功です。かなり正確に見極められるようになってきました」

「ご立派です、お嬢様。わずか数日で、ここまで上達されるなんて！」

「そりゃ、こんだけの回数、戦えばなぁ。まさか本当に全部一人で斃してしまうとは……。ルミお嬢様、貴族の令嬢のくせにストイックすぎないか？」

「ふふっ、剣は得意じゃないですが、努力だけなら私でもできますから」

素直に褒《ほ》めてくれるアーシェと感心したようなラルフの言葉に、ちょっと良い気分になる。

大人になると、褒められる機会ってあんまりないからね！

突き抜けた才能がない私も、前世で培《つちか》われた忍耐力《にんたいりょく》だけはそれなりに誇れるのだ。

「いや、これだけ続けられるのも十分な才能だ。アーシェは才能がないと言っていたが――」

「クソ兄貴！　私が言ったのは『剣術の突出《とっしゅつ》した才能はない』という意味です。お嬢様が努力家であり、才能の塊であることは言うまでもありません。貶《おとし》めるようなことを言うと潰しますよ⁉」

「ブチ切れすぎだろ⁉　せめて最後まで話を聞いてくれ……」

言葉を遮るようにして凄むアーシェに、ラルフが肩を落とす。

色々と頼《たよ》りになるアーシェだけど、私に関することでは沸点《ふってん》が低いのが玉に瑕《きず》。

彼女自身は結構、私を揶揄ったり、好き勝手言ったりするんだけどね？

「アーシェ、落ち着きなさい。ラルフは褒めてくれているんですから。それに『才能の塊』は言いすぎです。私はみんなに助けられて、なんとかやっているにすぎないんですから」

領地の開発などがそれなりに順調なのも、私に前世の経験があることと、アーシェを筆頭に周りのみんなが手伝ってくれているからで、私自身に特別な才能があるわけじゃない。

それを理解しているからこそ過剰な期待は逆に辛《つら》く、私は話を打ち切るように前を指さした。

「そんなことより到着したようですよ、アーシェ。今回はどんな本祭壇でしょうか」

目の前に現れたのは、本祭壇に続くと思われる扉。

前回の本祭壇が素晴《すば》らしかったので、私は高鳴る胸を押さえつつ、扉を開くけれど……。

「あれ？　これが本祭壇、ですか？」

扉の先にあった本祭壇は、《強化》の図書迷宮《ライブラリ》とは明確に異なっていた。

良く言えばシンプルで機能的。有り体《てい》に言うとあまりにも簡素。

前回、本棚《ほんだな》が並んでいた左右の壁《かべ》は、石が剥き出しのままで飾《かざ》り気は皆無《かいむ》。

風の女神トゥラール様の像が飾られた正面の祭壇も、荘厳《そうごん》さはあるものの、知の女神イルティーナ様の物と比べるとやはりシンプルで、神秘を感じるようなものは何もない。

「ちょっと拍子抜《ひょうしぬ》けですね。何か特別な物が見られるかと思っていたのですが」

機能が同じなら外観は関係ないんだけど、ファンタジーを期待していた私としては少し残念。

そう思って小さく息を吐いた私の肩を、天井《てんじょう》を見上げたアーシェがポンと叩いた。

「……いえ、お嬢様。上を見てください」

「上？　……わぁ」

そこにあったのは空だった。

宵闇《よいやみ》と青空が混ざったような幻想《げんそう》的で不思議な色合い。

まるで吸い込まれるように遠く、高く、大きく広がっていて——。

「これは、映像？　いえ、魔法的な……？」

「見事だな。本当の空ということはないと思うが……。石でも投げてみたくなるな」

「やめろ、クソ兄貴。神様に喧嘩《けんか》を売るつもりですか？」

うん。前回の本棚のことを考えると普通に撥《は》ね返されそうだけど、さすがにやめてほしい。

妹から拳でツッコミを受ける兄を横目に見つつ、私は書見台へと向かう。

「書見台はほとんど一緒。祈りの言葉も神様の名前が違うだけか」

「お姉ちゃん、早くやる」

「そうだね。――顕現」

一緒についてきたミカゲに促《うなが》され、私は魔導書《グリモア》を書見台へ載《の》せて祈る。

すると、前回同様に書見台が光を放ち、浮かび上がった魔導書《グリモア》に新たなページが追加された。

その光景はやはり神々《こうごう》しかったけれど、私はそのことに感動するよりも、前回が特別でなかったことに胸を撫《な》で下ろし、ホッと安堵の息を吐《つ》いた。

「おめでとうございます、お嬢様。やはり魔法は問題なく得られるのですね」

いつの間にかすぐ傍に来ていたアーシェを見上げ、私は「うん」と頷く。

「ありがとう。今回は光の球が飛んできませんでしたが、あれはやはり……」

アーシェと二人してミカゲを見るが、彼女は一ページ増えた私の魔導書《グリモア》を持って、閉じたり開いたり、満足げな表情。しかし、私たちの視線に気付くと、不思議そうにこちらを見返した。

「――？　お姉ちゃん、どうかした？」

「……いいえ、なんでも。それより、ミカゲは何か変わった？」

魔法が増えたことで、司書に変化があるかもしれない。

そう思ったのだけど、動きを止めたミカゲから返ってきたのは呆れ声だった。

「お姉ちゃんは期待しすぎ。まだ、たった二つ」

うっ。確かにそう。アーシェなんて初期魔法の時点で、既に二つあったわけで。

見方によっては、やっとスタート地点に立ったような感じなのかも？

「まだまだ頑張るしかない、ということですね。アーシェは結局どうするのですか？」

本祭壇までに《観察》の魔法を授かるかどうか決める、と言っていた彼女に目を向けると、既に決めていたらしく、すぐに自らの魔導書《グリモア》を顕現させた。

「はい。授かろうと思います。やはり、お嬢様とお揃いという誘惑《ゆうわく》には逆らえませんでした」

「……魔法を授かるって、そんな服を買うみたいに気軽なものだった？」

空きページは本来、貴重なもの。微妙すぎる理由にちょっと困惑《こんわく》。

しかし、図書迷宮《ライブラリ》に入れる機会が限られることを考えると、ダメとも言いづらい。

「アーシェが考えて決めたのなら、別に構わないのですが」

「ご安心ください。お揃いは半分冗談です。さて、『私の意志は盟約と共にあり——』」

半分は本気なことに頭痛を覚えつつも、それ以上は言わずにアーシェを見守っていると、彼女の祈りが終わると同時に書見台が淡《あわ》く光り、魔導書《グリモア》の空きページが黒い文字で埋《う》まった。

「他の人が魔法を授かる場面は初めて見ますが……私とは少し違いましたね」

ページが追加されないのは当然として、書見台の光も弱く、魔導書《グリモア》が宙に浮くこともない。

先にこちらを見ていれば、十分に神秘的と感じられたんだろうけど……。

「——というか、一切《いっさい》戦わなくても魔法は授けて頂けるんですね」

「影魔《シャドウ》の役割は試練。必要ない人はあえて斃さなくても良い——かも？」

「確かにアーシェなら、あの影魔《シャドウ》だって普通に斃せますよね」

顎に指を当てて小首を傾げるミカゲだけど、その言葉には説得力がある。逆に言えば、私が戦いもせずにここまで連れてきてもらっていたら、魔法を授かれなかったのかもしれない。

わざわざ試してみる気には、到底なれないけれど。

「ちなみに、既に魔法を授かっている人がここで祈ると、同じページに上書きですか？」

「私はそうでした。どんな感じかは――兄さん、お嬢様がご所望《しょもう》です。やっちゃってください」

至極《しごく》当然とばかりにアーシェが書見台を指さし、ラルフは困ったように私とミカゲを見比べる。

「……何かデメリットがあるなら、やりたくないんだが？」

「それはない。気にせずやるといい。本祭壇まで来るのは努力の証。むしろ評価されること」

「ふむ……。神様に評価されるのなら、悪いことはないんだろうな」

ミカゲが断言したからか、ラルフも魔導書《グリモア》を顕現させて祈るが……。

「光が少し控えめですね……？　これは既に魔法を授かっていたからでしょうか？」

「単に兄さんが残念なだけでは？　私の場合はもう少し明るかった気がしますし」

「残念とか酷いな、オイ。これでも橙色《オレンジ》の魔導書《グリモア》、平均以上だからな？」

私と違って遠慮《えんりょ》のないアーシェの言葉に、ラルフが肩を落とした。

実際、ラルフの魔導書《グリモア》の表紙は赤に近い橙色で、かなり良い物であるのは間違いない。

しかし、魔導書《グリモア》のランクは少々センシティブな問題。私はそこには触れず、話を続ける。

「ラルフ、ありがとうございました。簡単に実験できることじゃないので、助かります」

「なに、ルミお嬢様の役に立ったなら幸いだ。――妹に馬鹿にされた甲斐《かい》もある」

チラリと妹を見るラルフと、そっぽを向くアーシェの表情に、私は小さく笑う。

不明な点の多い図書迷宮《ライブラリ》だけに、検証を行うことはとても重要。

今回は他にも『試練を受けて本祭壇に来れば、私でも魔法を授かれる』ことがほぼ確定し、『人によっては試練を受けなくても、本祭壇で魔法を授かれる』ことも判った。

ただ、私たちだけで調査や検証をするのは……厳しいよねぇ。所詮《しょせん》は素人だし。

「しかし、本当に図書迷宮《ライブラリ》の情報は少ないですね。神の神秘と言えば聞こえは良いですが――」

「単に失われただけ。司書だってもっといた――はず？」

立場上断言はできないのか、ミカゲは微妙に語尾《ごび》を濁《にご》すけれど、その不満そうな表情からして、おそらくは真実。実際それは納得のいく話であり、私は頷き、言葉を続ける。

「そう考える方が妥当でしょうね。私だけが特別と考えるよりは」

「お嬢様は間違いなく特別です。が、お嬢様をサポートする立場としては、その可能性も考慮して、あまり目立たない範囲で情報収集を継続《けいぞく》してもらっています」

「ありがとうございます。そういうアーシェの冷静なところは好きですよ？」

私がそう言って微笑むと、アーシェが驚いたように少し目を瞠る。

「お、お嬢様がデレました！　今日は一緒に寝ますか？　いえ、その前に一緒にお風呂《ふろ》を――」

「できれば、図書迷宮《ライブラリ》を専門に研究している人を招聘《しょうへい》したいところですが……」

招聘できるか、という以前に『そんな研究者が存在しているのか』という問題があるわけで。

平常運転のアーシェの戯《ざ》れ言を聞き流しつつ、私は祈るように本祭壇を見上げた。

◆　◆　◆

図書迷宮《ライブラリ》を出て二日、私たちは何事もなくラントリーに到着していた。

ハーバス子爵領の領都であるこの町を簡単に表現するなら、『普通の田舎町』かな？

魔境に面していないこともあり、町を囲む街壁《がいへき》は人の背丈《せたけ》を少し超える程度。

門を通って中に入れば、石畳《いしだたみ》で舗装《ほそう》された大通りが目に入るが、そこまでしっかりとした道になっているのは大通りぐらいで、他の多くの道は土が剥き出しのままになっている。

建ち並ぶ家々も多くは平屋で二階建て以上は珍《めずら》しく、所々には空き地も見受けられる。

漂《ただよ》う雰囲気《ふんいき》もどこかのんびりなのは、この領の主な産業が麦の生産と酪農《らくのう》だからだろうか。

シンクハルト領が防壁《ぼうへき》となり、魔物の被害《ひがい》が少ないこともあって、ラントリーの街壁の外には麦畑が広がり、領内の他の町も含めて多くの場所で放牧が行われているのだ。

つまり、シンクハルト家とハーバス家は一種の補完関係にあり、昔から仲が良い。

私自身、ハーバス家の娘《むすめ》であるジゼルとは幼馴染《おさななじ》みで、時々遊びに行ったり、ウチに来てもらったり。郊外《こうがい》の牧場で彼女と一緒に乳搾《ちちしぼ》りをさせてもらったのは、良い思い出だ。

「さて、ルミお嬢様、これからどうする？」

「しばらくはここで待機ですね。先ほど門番の人に頼まれましたし」

門の所で立ち止まり尋ねるラルフに言葉を返しつつ、こちらを見ている門番に目を向ける。

私は徒歩で行くつもりだったのだが、残念ながらそれは許されず、門番の一人が慌てて『迎《むか》えを呼んできます！』と、ハーバス子爵のお屋敷に知らせに行ってしまったのだ。

「門番の人、驚いていましたね。お嬢様の顔を二度見していましたよ？」

「普段は馬車を使うからねぇ。連絡《れんらく》はしたけど、歩いてきたのは予想外だったんだろうね」

ハーバス領には何度も訪れているため、門番の人とも顔見知り。名前までは知らないけれど、向こうはこちらの顔をしっかり覚えていて、私と認識《にんしき》した後、しばらく固まっていた。

「俺としては門番に同情する。曲がりなりにも辺境伯の令嬢が徒歩とか……なぁ？」

「もちろん他の貴族の家を訪ねるのなら、もっと形式を大事にしますよ？」

まずは宿を取って身体を清め、先触《さきぶ》れを出して約束を取り付け、馬車も用意する。

でも、ハーバス子爵相手にそんな迂遠《うえん》なことをしていると、遠慮しすぎと逆に文句を言われる。

両家の間はそれぐらいに関係が深いのだけど、末端《まったん》の兵士の立場としては……難しいか。

「もっと気軽に接してくれれば、楽なんですけどね」

「なかなか、そうもいかないだろ。何かあれば責任問題だぜ？」

私が意図したものではないけれど、シンクハルト領に於いて私はお姫様《ひめさま》扱い。私が常にドレスやそれに近い服を着ていることもあって、物を知らない子供であってもそれは変わらない。

一応、『親しみのあるお姫様』って立ち位置を目指しているけど、自領ですら気軽に話せる人は案外少なく、頻繁に訪れるとはいえ、他領の兵士となると……。

「実はラルフのような人は珍しいんですよ？　私が許可した途端《とたん》、その口調でしたし」

「すまないな、育ちが悪くて」

ラルフはそう言って肩を竦めるが、そんな彼にアーシェはジト目を向けた。

「兄さん、その言葉、そのまま父さんと母さんに伝えて良いですか？」

「やめてくれ！　連れ戻されて、扱《しご》かれるだろうが⁉」

言うまでもないことだけど、ラルフの実家はアーシェと同じグラバー家。

教育水準の高さは想像に難《かた》くなく、ラルフは途端に焦りを顕《あら》わにして縋《すが》るようにアーシェに手を伸ばすが、アーシェはその手をパシンと払い、呆れたようにため息をつく。

「はぁ。きちんとしていれば、兄さんもそれなりなんですけどねぇ。なんでこうなったのか」

「ご先祖様の血だな。グラバー家は確かにシンクハルト家に仕えているが、時々俺みたいなのが出てくる家でもあるんだぜ？　それに、お前が言うから身形は整えているだろ？」

実際、ラルフの見た目は最初に会った時よりも清潔感が増し、スッキリしていた。

その功績の多くは《清浄《せいじょう》》などの魔法を持つアーシェのものだけど、ラルフ自身もアーシェに言われるまま、毎日髭を剃ったり、服を変えたりと気は使っている。

特に今日はハーバス子爵に会うこともあり、見た目だけなら貴公子っぽいんだけど……。

「――なぁ、やっぱり俺も、ハーバス子爵の屋敷に行かないとダメなのか？」

それはこの町に入る前にも聞いた言葉。

しかし私がそれに答える前に、呆れ気味のアーシェが口を挟《はさ》む。

「何度も言わせないでください。当然でしょう？　兄さんの仕事は護衛ですよ？」

「貴族の屋敷は苦手なんだよ。そもそもこの町の中に、お前が対処できない脅威なんてあるか？」

確かに町の外ならまだしも、ここは友好関係にある貴族が治める町の中。

あえて危険な場所に行かなければ、見るからに貴族の私に近付く人はいないだろうし、護衛が必要な事態にはならないとは思うけれど、どこの世界にもおかしな人は存在する。

万が一、ナンパでもされようものなら、命が危ない――声を掛けてきた方の。

「アーシェは頼りになりますが、男のラルフがいるだけで避けられるトラブルもあります。我慢《がまん》してください。――もっとも実は私、アーシェが戦う場面は見たことがないんですけどね」

護衛なので弱くはないと思う。でも、実際にどの程度なのか。

幸いにもその機会がなかったので、私の知るアーシェの凄さはメイドの能力だけである。

「ん？　アーシェがルミお嬢様の御側《おそば》について、随分経《た》つと思うが……」

ラルフが問うような視線を向けると、アーシェは小さく笑う。

「ふふふ、実戦はないですね。……少なくとも表では」

――裏では色々ある、みたいなことは言わないでほしい。

権謀術数《けんぼうじゅつすう》とは無縁《むえん》な地方貴族で良かった、と思って生きてきたんだから！

「そもそも護衛の仕事は、護衛対象が危険な状況に陥《おちい》らないようにすることです。お嬢様の前で戦っていたら、半分護衛に失敗しています。もちろん私もそれなりには戦えますけどね？」

なるほど、それは至言。戦わずに済むならそれが一番安全だよね。

そう思って私は頷くけれど、ラルフは目を眇《すが》めて首を振る。

「なにが『それなり』だ。グラバー家の天才、異端児《いたんじ》、化け物。全部お前のことだろうが。なんというか……一線を越えているんだよな、我が妹ながら」

「それは初耳です。――別の意味で一線を越えていそうなのは、理解していますけど」

先ほど言った通り、私が把握《はあく》しているのはアーシェのメイドとしての能力のみ。

しかしその過程では、色々なものを見聞きしてきたわけで……。

「お嬢様、そんなに熱い視線を向けられると、私、身体が火照《ほて》ってしまいます」

こんなふうに。お願いだから、頬《ほお》に手を当てて身を捩《よじ》らないでほしい。

「……これは興味本位ですが、ラルフとアーシェが戦ったらどうなりますか？」

「俺とは戦い方が違うし、最近は手合わせをしていないが、殺し合いなら俺の負けかもな」

「本当、ですか？　ラルフは戦いの専門家なのに？」

私程度ではラルフの実力も正確には測れないけれど、かなりの腕利きであることは判る。

それなのに、アーシェがそれ以上だなんて……一見すると強そうには見えない美少女なのに。

「だって、こいつ、ルミお嬢様を守るためなら、俺相手でも欠片《かけら》も容赦《ようしゃ》なんかしないだろ？」

「当然です。お嬢様とクソ兄貴。同じ天秤《てんびん》に乗るとでも思っているんですか？」

「ほらな？　肉親相手ですらこれだぜ？　そうじゃなければ、言うまでもないだろ？」

「お嬢様を守るために、これでも日々努力を重ねていますからねっ」

豊かな胸を張り、アーシェが私にドヤ顔を向ける。

でもアーシェって、ほとんどの時間、私と一緒にいると思ったんだけど……。

「しかし、お前もよくやるよな。本来、メイドとしての仕事は――」

「おっと、兄さん、余計なことは口にしないことです。努力は見せないことが美しいんですから」

アーシェがにこりとラルフの言葉を遮り、「とはいえ」と肩を竦める。

「シンクハルト領にいる限り、私の出番なんてほぼないんですけど。地元で襲われるとか、衛兵がどれだけ無能かって話です。〝議会〟の耳と目がない場所なんて存在しないのに」

「あのヤバ――ステキな紳士《しんし》と淑女《しゆくじよ》の団体か。シンクハルト領内で、アレの目を逃れてルミお嬢様に危害を加えることなど、普通は無理だろうな」

どうやら彼も〝議会〟の存在は知っているらしい。しかも、言葉を飾る必要がある団体として。

目を逸《そ》らしておこうかと思っていたけど、逆に気になってきたかもしれない。

「そういうことです。けれど、シンクハルト領を出るとそうはいきません。兄さんの存在はこういうときにこそ生きるのですよ？　一応は男で見てくれも悪くない。虫除けには最適です」

「それなりに安全な男として、価値があると？」

「ええ。それに今後は貴族と会う機会も増えます。その貴族がお嬢様の色香《いろか》に迷って強硬《きようこう》手段に出たらどうするんですか？　いいえ、むしろ迷わないはずがありません！」

「ルミお嬢様に色香って……」

拳を握って力説するアーシェと私を見比べ、何か言いたげなラルフだが、私はただ苦笑を返す。

この程度を気にしていてはアーシェとは付き合えない。聞き流すことが肝要《かんよう》である。

「……仮にそんなことがあったとして、貴族相手に正面から争うことは避けたいんだが？」

「心配しなくても、普通の貴族はシンクハルト家を相手に実力行使を選択しません。真っ当な手段なら、私とお嬢様で対処します。兄さんはとち狂《くる》った人が出た場合の保険ですね」

「貴族は資金力がある。破落戸《ごろつき》どもを雇《やと》われたら、さすがにアーシェ一人じゃ厳しいか」

納得したように頷くラルフに、アーシェもまた頷く。

「はい、蜥蜴《とかげ》の尻尾《しっぽ》は必要です」

「切り捨て前提かよっ⁉　この妹、酷すぎじゃないか⁉」

「私も心苦しいんですが、優先すべきはお嬢様、そしてミカゲさんの安全です。諦めてください」

「俺も傭兵。その優先度は否定しない。だが、お前の表情には心苦しさが欠片も見えないが？」

呆れ混じりのラルフの視線を受けても、アーシェは「気のせいです」と悪びれない。

そして、ラルフが再度、助けを求めるようにこちらを見るのだけど――

「あ、二人とも、迎えの馬車が来たようですよ？」

私は彼から目を逸らし、遠くから近付いてくる立派な馬車に目を向けるのだった。


「お姉様！　よくおいでくださいました」

ハーバス子爵の屋敷に到着して馬車を降りた私は、一人の美少女に抱きしめられていた。

彼女の名前は、ジゼル・ハーバス。私の親友で一歳年下の幼馴染みなのだけど、身長は彼女の方が一〇センチ以上高く、女性らしい体つきという点に於いても大きな違いがある。

年齢を考えると、この差は今後広がりこそすれ、縮むことはないのだろう。

それに不満はないけれど、ジゼルのお姉様っぽくなれないことだけは、少し残念かもしれない。

「久し振《ぶ》り、ジゼル。元気そうだね？」

「はい、おかげさまで。お姉様もお元気そうで……。良かった……」

ホッと安堵の息を吐いたジゼルは私から身体を離し、改めて私たちを見て小首を傾げた。

「アーシェさんもお久し振りです。そちらがお手紙にあったミカゲさんで――お姉様、後ろの素敵《すてき》な方は……？　お目にかかったことはありませんよね？」

ジゼルが視線で示すのは、私たちの後ろに立つラルフ。

彼を客観的に見ると、確かに格好いいけど……ジゼルはこういうのがタイプなのかな？

「うん。彼はアーシェの兄で私の護衛だね。ラルフ、挨拶を」

私が促すとラルフは姿勢を正し、微笑みと共に思った以上に綺麗な所作で一礼した。

「お初にお目にかかります、ジゼル・ハーバス様。ラルフ・グラバーと申します」

「まぁ。アーシェさんのお兄さん……」

イケメンが浮かべた柔らかな笑みで、ジゼルが微《かす》かに頬を染める。

なるほど。私のように擦《す》れていない、初心《うぶ》な少女にはちょっと毒かもしれない。でも――

「私と会った時より丁寧なような？　ラルフって、あんなこともできたんだね」

「お嬢様もご存じの通り、グラバー家は貴族に仕えるメイドや執事《しつじ》を輩出《はいしゅつ》する家ですからねぇ。兄さんもそれなりに躾《しつけ》はされているんですよ。ほとんど生かしていませんけど」

「いいんだよ。俺は。傭兵をやってる方が性《しょう》に合うんだから。それよりルミお嬢様、ここまで来たら護衛は不要だろう？　ルミお嬢様がここに滞在《たいざい》する間、俺は町の方に宿を――」

アーシェはそう言って残念そうにため息をつくが、ラルフは小さく笑って肩を竦めた。

どうやらまだ諦めていなかったようだが、その言葉を遮るようにジゼルが声を上げる。

「まぁ！　そんなこと仰らず、お姉様方共々、当家にご逗留《とうりゅう》ください」

「い、いえ、私は平民の身。子爵様のお屋敷でお世話になるわけには……」

面倒だから泊《と》まりたくない、というのが本音なのだろうけど、善意のジゼルにそれを言えるはずもない――というか、言ったらアーシェが、そして私も許さない。

それを解っているだろうラルフは遠回しに断るものの、ジゼルは笑顔《えがお》で首を振る。

「アーシェさんのお兄さんなら、何の問題もありませんわ！」

「兄さん、ジゼル様のご厚意《こうい》を無下にするつもりですか？」

ここしばらくで理解したのだけど、ラルフは基本的にアーシェに弱い。

ジゼルに加え、そんなアーシェにまで言われ、ラルフは諦めたように小さく肩を落とした。

「……ご厚情に感謝致《いた》します」

「いいえ。お気になさらないでください」

ジゼルが浮かべるのは、裏のない微笑み。

そんな彼女にラルフは何も言えずに微妙な表情となり、私は小さく笑いを漏らす。

「ふふっ。──ところでジゼル、今日はどうしたの？」

ジゼルが私を出迎《でむか》えてくれるのはいつものこと。

でも、わざわざ家から出てきて、馬車の前で待ち構えていることは滅多にない。

ううん、幼い子供の頃以来かな？　普段はお父様たちと一緒だからかもしれないけど……。

「そうでした！　こうしている場合ではありません。取りあえず、私の部屋へ──」

ハッとしたように目を丸くしたジゼルに急《せ》かされ、私たちはお屋敷へと入り、彼女の部屋に向かおうとしたのだが、それを遮るように第三者の声が玄関《げんかん》ホールに響《ひび》いた。

「おやおや、誰かと思えば、田舎《いなか》貴族の落ちこぼれじゃないか！」

声の方を見れば、階段の途中《とちゅう》にこちらを見下ろすように立つ、私と同年代の少年。

「足止めをお願いしましたのに……。お父様、使えませんね」

ジゼルの苦々しい呟きが耳に届くけれど、私はむしろ困惑の方が強かった。

視線の向きからして、私に喧嘩を売っているようなのに……顔に見覚えがないんだよねぇ。

「誰……？」

図らずも漏れた私の声は、静かな玄関ホールでは思った以上に響いたようで、少年の顔が引き攣り、ジゼルが笑いを堪《こら》えるように口の端《はし》をピクピクさせる。

「ヨーダン・ディグラッド。身の程知らずにも、お嬢様に婚約《こんやく》を打診《だしん》してきた男です」

「………………あぁ。ディグラッド伯爵家の」

アーシェがこそっと後ろから囁《ささや》き、私もようやく思い出す。

でも、それも当然。直接的な面識はないし、婚約もお父様から事後報告で『断っておいたぞ』と言われただけなので、名前すらほとんど覚えていなかった。

そもそも私に一言もなかった理由が、『ヨーダンの素行が悪く、婚約者として相応しくない』というものだったので、私としては関係ない話という感覚が強かったし。

「初めまして、ディグラッド様。意外な所でお会いしますね。ハーバス子爵に御用事ですか？」

相手がどうであれ、礼儀《れいぎ》は重要。私は愛想笑《あいそわら》いを浮かべ、淑女としての礼を行うが、さすがは素行不良、こちらの言葉を無視して階段を下りてくると、私の顔をじろじろと覗き込んだ。

「……ふん。肖像画《しょうぞうが》など、どうせ美化されたものだと思っていたが、実物も見られる顔をしているじゃねぇか。以前は無礼にも俺様の申し出を断りやがったが、お前が頭を下げて頼むなら、婚約してやっても良いぜ？　魔法も使えない落ちこぼれなど、どうせ結婚もできねぇだろ？」

「――まぁ。貴族たるもの、一度決めたことを覆《くつがえ》すことは致しませんわ」

あまりにも意味不明な発言に一瞬《いっしゅん》思考が止まるが、これでも私は貴族である。

ニヤニヤと嫌らしい目付きで私の（とてもスレンダーな）身体を舐《な》め回すように見るヨーダンを前にしても、きちんと笑みを貼《は》り付けて明確に告げる――というか、この男がそういう趣味だと困るので、ラルフに後ろ手で指示し、ミカゲを背後に隠させる。

私が合法ロリなら、ミカゲは違法《いほう》ロリ。

こんな気持ちの悪い視線に曝《さら》すのは可哀想《かわいそう》だもの。

しかし、お父様が婚約を却下《きゃっか》した理由が一瞬で解るのも、ある意味で凄いかも？

私としては『普段からとても一貫《いっかん》した行動をしているんだねぇ』と面白《おもしろ》みすら感じたけれど、ジゼルとしては我慢できなかったようで、あからさまに顔を顰めてディグラッドを睨み付けた。

「ディグラッド様、辺境伯家のご令嬢に対して、あまりにも失礼ではありませんか？」

それは半ば詰問《きつもん》するような口調だったが、ディグラッドは馬鹿にするように鼻で笑う。

「事実だろ？　王都では有名だぜ？　コイツの魔導書《グリモア》は平民以下、魔法も使えない欠陥品《けっかんひん》だと」

あらら。どうせ噂になるとは思っていたけど、やっぱり有名人になっていたらしい。

ま、私は社交界にはほぼ出ないので、あんまり気にならないけど。

ただ、王都で暮らすお姉様に悪影響が出ていないか、それだけが気になる。

もし不利益を被《こうむ》っているなら、お父様たちとも相談して、私が魔法を使えることを公開すべきかもしれない――と、無言でそんなことを考えていると、ディグラッドはジゼルにも目を向けた。

「お前も付き合いを考えた方が良いんじゃねぇか？　魔法を使えてこそ貴族。魔法が使えない貴族なんて、まともな貴族とは言えねぇんだからな！」

なるほど。ディグラッドの言葉は悪いけれど、それはある面では事実である。

義務を果たすことがこの国の貴族の証であり、そのために必要なのが魔法。義務の方は形骸化《けいがいか》されつつあるけれど、魔導書《グリモア》と魔法が貴族の間で重要視されていることは変わっていない。

しかし、ディグラッドにそう言われても、ジゼルはきっぱりと首を振った。

「関係ありませんわ。お姉様は努力されていますし、たとえお姉様が魔法を使えなかったとしても、私の尊敬するお姉様であることに変わりはありません！」

「――っ、ふんっ、馬鹿が。無駄《むだ》な努力だな」

ジゼルの強い言葉と視線に、ディグラッドは怯《ひる》んだように目を逸らして私を見る。

「ルミエーラ、気が変わったら言え。愛人ぐらいにはしてやる」

おっと。婚約から愛人に格下げされちゃった。まったくどうでも良いけど。

しかし、気持ち悪い笑みと共に私の顔に伸ばされる彼の手は、どうでも良くない。

嫌悪感が湧き上がる――が、私が何かする前に、その手はアーシェによって阻《はば》まれた。

「……たかがメイドが俺の邪魔をするなど、どういうつもりだ？」

アーシェに掴まれた手首を見て、ディグラッドは顔を顰めて振り払おうとするが、それはまったく動かず、アーシェは平然と言葉を返す。

「私はお嬢様の護衛です。お嬢様の許しも得ずに触れようとすれば、誰であろうと阻止《そし》します」

「くっ、ぬっ、ルミエーラ、メイドの躾がなっていないんじゃないか？」

「ディグラッド様、彼女は私の最も信頼する護衛。彼女の言葉は私の言葉と思って頂いて差し支《つか》えありません。つまり、私に触れようとするな、ということです。ご理解頂けましたか？」

私のその言葉にアーシェが微笑み、軽く押すようにしてディグラッドの手を放すと、彼は蹈鞴《たたら》を踏《ふ》んで下がり、私とアーシェを睨み付けた。

「主《あるじ》が無能ならメイドも無能ということか。シルヴィ・シンクハルトは天才という話も聞くが、妹が無能なんだ。どうせ誇張《こちょう》された噂、同じように無能なんだろうな！」

「――は？　叩き潰すぞ？」

私のことは別に良い。しかし、お姉様を侮辱《ぶじょく》するのは許されない。

口から自然と漏れた低い声に、ディグラッドがビクリと震《ふる》え、視界の隅でジゼルとラルフも目を丸くする。対して平常運転なのはアーシェ。澄《す》まし顔で私に苦言を呈《てい》した。

「お嬢様。お言葉が汚《きたな》いです。せめて『ぶち殺して差し上げますよ』ぐらいになさってください」

「あら、失礼。少々口調が荒《あ》れてしまいましたね」

思わず漏れた前世の言葉遣いに、私は口元を押さえる。

――もちろん前世だって、普段からそんな口調だったわけじゃないけどね？

「では改めて。ご希望とあれば、下半身の害悪を取り除いて差し上げましょうか？」

私がさり気なく腰の細剣《レイピア》に手を置くと、ディグラッドは焦ったように目を泳がせるが、この場は完全にアウェイ。私の背後に控えるラルフや厳しい表情のジゼルを見て歯軋《はぎし》りをする。

「ク、クソがっ！　後悔《こうかい》することになるぞ！」

それは完全な負け惜しみ。顔を歪《ゆが》めて吐き捨てたディグラッドは荒々《あらあら》しい足取りで屋敷を出て行き、それを見送った私たちは揃って息を吐いた。

「はぁ……。お姉様、申し訳ありません。不愉快《ふゆかい》な思いをさせてしまって……」

「気にしないで。悪いのは完全にあの男、ジゼルは全然悪くないんだから」

むしろ、因縁《いんねん》があったのは私の方。ここで出会ったのは運が悪かったと言うしかない。

「でも、なんであの男がここに――あ、話せないことなら、無理には訊かないからね？」

貴族同士の付き合いには、他家には言いにくいことも色々ある。

訊いちゃダメなことかもしれないと付け加えたのだけど、ジゼルはすぐに首を振る。

「いいえ、お姉様であれば別に。ですが、まずは場所を移しましょうか。ここはお話をするのに適した場所ではないですから」

街門《がいもん》に迎えを寄越《よこ》すと同時に、準備を始めていたのだろう。

招かれて入ったジゼルの部屋には、既にお茶の準備が整っていた。

私は彼女に勧《すす》められるまま椅子に座り、ミカゲもその隣へ。アーシェとラルフが私の後ろ、少し離れた位置に立つと、ジゼルは自らお茶を淹《い》れて私たちの前に並べた。

「改めて、お姉様。ご迷惑《めいわく》をおかけ致しました」

「さっきも言った通り、気にしなくて良いんだけど……ジゼルの立場だとそうもいかないか。はい、謝罪は受け入れます。でも、原因は私たちの方にありそうなんだけどね」

仲の悪い貴族が顔を合わせないように調整するのもホストの役割だけど、それもきちんと連絡をしていればこそ。突然訪問した私たちにも責任はある。

ただそれでも、迎えの馬車で調整することはできるし、トラブルになれば仲裁する責任もある。

そしてそれは本来、ジゼルではなくハーバス子爵の役割なんだけど……顔を出さなかったのはあえて、かな？　辺境伯の娘である私と、ディグラッド伯爵家の息子《むすこ》であるあの男。どちらに味方をしても角が立つし、下手をすると貴族家同士の争いとなりかねないから。

でも、爵位を持つ子爵本人がいなければ、何かあっても子供の喧嘩で収めることもできる。

最善とは言えないけれど、子爵家の当主としては悪くない選択だろう。

「お姉様は悪くありません。あの男、非常識にも先触れもなく、突然訪ねてきたんですよ⁉」

「あはは……それで言うと、私たちもだけどね？」

「一緒にしないでください！　私とお姉様は竹馬の友、いつ何時《なんどき》来られても大歓迎《だいかんげい》ですが、当家とディグラッド家にはまともな交流もないんですよ？　まったく非常識です！」

凄く不満そうに頬を膨《ふく》らませ、鼻息も荒いジゼルである。

「だよね。辺境には見向きもしないような家だし。そんな伯爵家が何で？」

「要求自体はよくあることです。『《火弾》の図書迷宮《ライブラリ》を使わせろ』と」

「あぁ、貴族には人気だもんね。――え、今更？　あの人、私より二、三歳は上だったよね？」

貴族は魔導書《グリモア》を授かるとすぐに自身の方向性を決め、数年ほどで定番の魔法を覚える。

そして、火系攻撃魔法を主体とする人なら、《火弾》は最初に覚えるような基本の魔法である。

もちろん空きページに余裕《よゆう》があれば、別系統の魔法を覚えることもあるのだけど……。

「ディグラッド、実はとても優秀だったり？」

「私が調べたところ、あの男の魔導書《グリモア》は白色《ホワイト》と判明しています」

「あんな男に高ランクの魔導書《グリモア》は授けられない」

アーシェが苦笑して首を振り、それに同意するようにミカゲも深く頷く。

「だよね。少なくとも平均以下だろうとは、思ってた」

小太りで鍛えられている様子もなく、お父様が問答無用で却下するほど素行が悪い。

あんな男にも良い魔導書《グリモア》が授けられてしまうなら、私が努力した意義を見失うところだよ。

「そんな人物が今更ですか。なんだか嫌な感じですね。あの品性ですし……」

やや不安げにジゼルが眉《まゆ》をひそめ、申し訳なさそうに私を見る。

「それでお姉様、大変申し訳ないのですが、図書迷宮《ライブラリ》に入るのは、少しお待ち頂けますか？」

「うん、やっぱりそうなるよね」

一組しか入れないほど図書迷宮《ライブラリ》が狭《せま》いというわけじゃない。ただ、それなりに爵位の高い貴族が入る場合には、無用なトラブルを避けるために貸し切りにしてしまうことはよくある話。

特にディグラッドのように素行が良くない人物だと、安全策を取るのは当然のことだろう。

「本来であれば、お姉様の方を優先すべきなのですが……」

「急いでいるわけじゃないから、気にしないで。あの男が本祭壇まで潜るとは思えないし、数日程度のことでしょ？　身体を休めるのにはちょうど良いよ」

侯爵《こうしやく》に匹敵《ひつてき》するとも言われる辺境伯ならまだしも、子爵と伯爵では分が悪い。

下手に要求を突っぱねるより、先に入らせて、さっさとお帰り頂く方が面倒も少ないだろう。

「よし！　嫌な奴の話はもう終わり！　折角、ジゼルに会えたんだから」

楽しい時間を不愉快な話で浪費《ろうひ》するのはもったいない。

私がポンと両手を合わせると、ジゼルも気を取り直したように笑顔になった。

「ですね！　お姉様、久し振りにお会いできて嬉しいです」

「私もだよ。最近は成人の儀式に絡《から》んで、ちょっと忙《いそが》しかったから」

私としてそれは、何も考えずに漏らした言葉。

しかし、ジゼルの顔は一転曇《くも》り、彼女は視線を下に落とした。

「あっ……、お姉様、この度のことは、その……何と言えば良いか……」

「うん？　もしかして私の魔導書《グリモア》のこと、何か聞いてる？」

「えっと……はい。宮廷《きゅうてい》の雀《すずめ》はなかなかに囂《かまびす》しいようで。私の所にまで……」

私が王都で成人の儀式を受けてから、それほど日は経っていない。この世界の情報伝達速度やハーバス領と王都の距離を考えれば、必然的に各種噂話《うわさばなし》が耳に入るのも遅《おそ》くなるはずで。

「う～ん、あの男も何か言ってたけど、思った以上に広がってるねぇ。ちなみにどんな噂？」

「そ、その……」

言いづらそうに口を濁すジゼルに「別に怒らないから」と促すと、彼女は重い口を開く。

「要約すると、お姉様の魔導書《グリモア》は『魔法を一つも覚えることができない欠陥品』と」

「そっか、そんな話に。ホント、下らない噂話が好きだよねぇ、貴族って。暇《ひま》なのかな？」

他人の弱みが大好物な貴族社会とはいえ、私の情報なんて大した価値もない。

私がため息混じりに言葉を漏らすと、ジゼルは苛立《いらだ》たしそうに組んだ両手に力を込める。

「まったく無責任に……。魔法を得たいというお姉様のお気持ちは知っていましたので、当家の図書迷宮《ライブラリ》に入りたいというお話も、どのように捉えるべきか悩んでいたんです」

「あぁ……、そうだよね。その噂を聞いていたら、困るよね」

噂が本当なら、図書迷宮《ライブラリ》に入る理由なんてない。でも、私は入る許可を求めていて。

「もしかして、噂は嘘だったのでしょうか？　そうであれば嬉しいのですが……」

「嘘というわけでもないんだけど……。ジゼル、ここだけの話にしてくれる？」

「もちろんです。私がお姉様との約束を破ったことなど、ありませんよね？」

「ないね。一度も」

それが他愛《たわい》ないものであっても、私との約束事は必ず守るのがジゼルという人物。

その点に於いては、アーシェよりも信頼度《しんらいど》が高いかもしれない。

もっともアーシェは自身の判断で柔軟《じゅうなん》に対応してくれるので、それが悪いわけではないのだけど。

「えっとね、私の魔導書《グリモア》にページがなかった、というのは本当なんだけど――」

私の事情を簡単に話すと、ジゼルは困惑したように私とミカゲを見比べた。

「司書、ですか？　あのミカゲさん、触れても良いですか？　――普通の人にしか見えません」

頷いたミカゲの手を握ったり、揉《も》んだり、髪を撫でてみたり。

違いが判らず首を捻《ひね》るジゼルに私も頷きつつ、顕現させた魔導書《グリモア》をミカゲに差し出す。

「うん、解る。でも、これを見れば納得できるかな？」

「それがお姉様の魔導書《グリモア》――え⁉」

私の魔導書《グリモア》をミカゲが普通に持ったことで、ジゼルは瞠目して声を上げた。

「お、お姉様、私も少しだけ良いですか……？」

ジゼルが私に許可を取り、恐《おそ》る恐るミカゲが持つ魔導書《グリモア》に手を伸ばすけれど――

「……やっぱり触《さわ》れません。な、なるほど、本当に普通の人ではないのですね」

「ん。我はお姉ちゃんの司書。人じゃない」

「もっとも、私の魔導書《グリモア》に触れるだけで、何ができるわけでもないんだけどね？」

自慢げなミカゲに私が揶揄うような言葉をかけると、彼女はやや不満げに頬を膨らませた。

「それはこれから。お姉ちゃんの努力次第」

「ふふっ。でも良かったです。お姉様も魔法を使えるのなら」

そんなミカゲの様子がおかしかったのだろう。ジゼルも表情を緩めて少し笑い声を漏らすが、すぐに真面目な顔に戻ってしばらく考え込み、やがて口を開いた。

「でも、扱いには注意を要する情報ですね。公《おおやけ》にはされない方が良いかもしれません」

「もちろん、大々的に宣伝するつもりはないよ？　でも、他の貴族にも図書迷宮《ライブラリ》の利用許可は取らないといけないし、知られることにはなりそうなんだよねぇ」

「何か理由を付けて秘密にされては？　お姉様が侮《あなど》られるかもしれませんが、わずかな可能性に縋っているとか、魔法を使えないから従者に覚えさせようとしているとか」

「そうだねぇ、侮られることについては、別に気にしないけど……」

中央に関わる気がなく、結婚にもあまり興味がない私からすれば、そういった方面で貴族社会での評判が多少悪くなったとしても、大した問題ではない――というか、望むところ？

できればこのまま、実家にいられたら良いなぁ、とか思っているぐらいだし。

「であれば、尚更です。魔法を覚えられる数に制限がないとなると、嫉妬《しっと》する人もいるでしょうし、図書迷宮《ライブラリ》の利用を許可しない貴族も出てくると思います」

「う～ん、私の魔導書《グリモア》、現状だとそこまで強いわけでもないんだけどねぇ」

――魔法をたくさん覚えられる。

それだけ聞くといかにも有用そうだけど、初期魔法はゼロで、本祭壇まで行かないと魔法を覚えられないという制限があり、今使えるのも《強化》と《観察》の二つのみ。

ミカゲが以前言った通り、将来性には期待が持てるけれど、見方によっては成人の儀式で与えられる魔導書《グリモア》よりも弱い――少なくとも、今のところは。

それに、覚えられる魔法の数にしても、単純に多ければ有利というものでもない。

例えばゲームのように、魔法をレベル一から順に覚える必要があるならまだしも、この世界では希望する魔法を選んで覚えることができるし、定番パターンも存在する。

普通の人はそれに特化して魔法を覚えるため、平均的な魔導書《グリモア》を持っていれば、騎士にしろ、職人にしろ、その分野に於いて必要な魔法は十分に覚えられるのだ。

例外を挙げるなら、アーシェみたいにメイドと護衛を兼任《けんにん》するような職業だけど、それにしたって二〇ページもあれば十分。きちんと考えて魔法を覚えれば、あまり困ることはない。

「下手をすれば器用貧乏《びんぼう》、上手くやっても、高ランクの魔導書《グリモア》を持つ人と同等だよね」

「それでも、です。無意味に魔導書《グリモア》のランクでマウントを取り、勝った、負けたと喜んでいるのが中央貴族なのですから。実のところ『あの麒麟児《きりんじ》、シルヴィ・シンクハルトの妹は無能だった。所詮は田舎者だ』と溜飲《りゅういん》を下げている人も多いそうです」

「むっ。そう言われると、お姉様が馬鹿にされているみたいで気になるね」

紅色《カーマイン》という高ランクの魔導書《グリモア》に加え、剣の腕前《うでまえ》も人並み以上。

加えて、妹の贔屓目《ひいきめ》なしでも抜群《ばつぐん》の美少女ともなれば、嫉妬の対象となるのは理解できる。

でも、理解できることと、受け入れられることは別の話。

先ほどのディグラッドのように、それに絡めてお姉様が侮辱されるようなことになれば……。

「お気持ちは解りますが、耐《た》えてください。結果的にその方がシルヴィ様のためにもなると思いますよ？　――もっとも、シルヴィ様の方が暴走しそうで怖いですけど」

「あ。ははは……否定できないね、それは」

シスコン気味なお姉様、私のことに関しては沸点が低くなりがちだから。

「シルヴィ様の性格を考えると、あまり笑えませんが……取りあえず事情は理解しました。ハーバス家はいくらでも支援致しますので、当家の管理する図書迷宮《ライブラリ》は自由にお使いください」

「それは嬉しいけど……良いの？　図書迷宮《ライブラリ》の利用料も大事な収入源でしょ？」

《観察》はまだしも、《火弾》の方は訪れる貴族も多く、そこから得られる利用料は少なくない。

私だけを特別扱いしていることが判ると、他の貴族から『自分も無料にしろ』と難癖《なんくせ》を付けられたりはしないか、と尋ねる私にジゼルはきっぱりと首を振る。

「お姉様から取るお金はありません。当家の安寧《あんねい》はシンクハルト家あってのものですから」

「ありがとう。でも、ウチが魔物対策に専念できるのも、ハーバス家が支えてくれてるからだよ」

同じ国の貴族でも権力争いは日常茶飯事《さはんじ》、油断できない貴族なんて決して珍しくない。

だからこそ背後を気にしなくても良いというのはとても大きく、ハーバス家は食糧《しょくりょう》供給の面でも支援してくれている。現実として、私たちは持ちつ持たれつの関係なのだ。

「そう言って頂けると、少し気が楽になります。それに、何か言ってくる貴族がいれば『平民と一緒に潜るのであれば、ご自由に』と返しますから、ご安心ください」

「あぁ、それなら引っ込みそうだね」

当然だけど、私は平民がいても気にしないので図書迷宮《ライブラリ》を貸し切りにする必要はないし、同時に潜っている他の人たちと問題を起こすつもりもない。

しかし、それができない貴族もいるわけで、どうせ文句を言うようなのはそのタイプだろう。

「はい。まったく、辺境の苦労も知らず勝手なことばかり！　――もっとも、お姉様はお姉様で頑張りすぎだと思いますが……。この数日はお休みされますよね？」

少し心配そうにこちらを窺うジゼルに、私は微笑《ほほえ》んで頷く。

「うん、《火弾》の図書迷宮《ライブラリ》に入れるようになるまでは休むつもり。しばらく泊めてくれる？」

図書迷宮《ライブラリ》から戻ったばかりで疲《つか》れがあるのは事実だし、実家に戻るにも中途半端《ちゅうとはんぱ》。

私がそうお願いすると、ジゼルは表情を輝《かがや》かせて深く頷く。

「えぇ、もちろんです！　私、お姉様に聞いてほしいことが色々あるんです」

私は矢継《やつ》ぎ早に話し始めた彼女に微笑み、少し冷めたお茶で喉を潤《うるお》した。

◆　◆　◆

その日の夕食の席では、ディグラッドを優先したことや、彼と鉢合《はちあ》わせしたことで嫌な思いをさせてしまったことについて、ハーバス子爵本人からも謝罪を受けた。

しかし私は、厚意に甘えている立場。まったく問題ないことと、逆にしばらくお世話になる感謝を伝え、夕食を終えたその日の夜、ジゼルの希望で開かれたのは――

「ふふっ、お姉様と久し振りのパジャマパーティー、嬉しいです！」

「そうだね、私も。最近はなかなか遊びに来ることもできなかったしね」

小さな頃は頻繁に遊びに来て、ハーバス家の所有する牧場で一緒に遊んだりしたものだけど、自身を鍛えたり、領地の開発に手を出したりするようになって以降、その頻度《ひんど》は下がった。

ここ数年は特に忙しく、ジゼルと遊ぶような余裕もなかったんだよねぇ。

「はい！　そのことだけはあの男に感謝です。お姉様にとっては災難でしょうけど」

「お嬢様は近年、少々働きすぎでしたし、ちょうど良いお休みの機会だと思います」

パジャマパーティーの参加者は私とジゼル、アーシェ、ミカゲで、もちろんラルフは不参加。

ただ、子爵に『酒でも酌《く》み交わしながら、図書迷宮《ライブラリ》の様子を聞きたい』と呼び出されていたので、今頃《いまごろ》は二人で飲んでいるのかもしれない。――控えめに言って、地獄《じごく》かな？

「しかし、よろしいのですか？　私は使用人ですのに」

「まったく問題ありませんわ！　以前からアーシェさんと仲良くなりたいと思っていたのです」

ハーバス家を訪れたとき、私とジゼルが（そして、たまにお姉様も）一緒に寝ることはよくあることなのだけど、これまでそこにアーシェが加わることはなかった。

親しくしていてもハーバス家は他家であり、使用人としての分《ぶん》を弁《わきま》えての行動だったのだろうけど、今回の訪問はシンクハルト家としてではなく、私の個人的な訪問。ミカゲがいることもあってか、ジゼルに誘《さそ》われたアーシェは遠慮しながらも参加を決めていた。

「ありがとうございます。それに、寝間着《ねまき》まで貸して頂いて……」

「お気になさらず。それはお姉様用に用意しておいた物、使わないともったいないですわ」

私とアーシェの身長差は約二〇センチ。そして私は成人済み。

――用意はしたけれど、今後使われることはないだろうと言いたいのかな？

と、ツッコみたい気はするけれど、私の冷静な部分が否定できないと囁いているため、私はそこから目を逸らし、寝間着姿のミカゲを見る。

彼女が着ているのは――いや、私を含め全員が着ているのは淡い色合いのネグリジェ。

細部や色に違いはあれど、概《おおむ》ねお揃いと言って良いほど似通っていた。

そうなった理由は単純で、ジゼルが自分とお揃いで仕立てたネグリジェを、私の寝間着として常備してくれているから。しかし、ミカゲの寝間着も似ている理由は――

「ミカゲのネグリジェって、私が昔着ていた物だよね？」

「はい。お姉様が小さい頃に。お姉様とは髪の色が違いますが、よくお似合いですね」

「嬉しい。我もこの服は好き」

　自分のネグリジェを見下ろしながら、ミカゲはどこかご満悦《まんえつ》である。

　でも、私がそれを着ていたのは、少なくとも五、六年は前だよね……？

「そんな昔の服、まだ残していたんだ？」

「当然です。お姉様がお召しになった服ですよ？　簡単に売ったりなんてできません！」

「えぇ……？　今回はたまたま使い道があったけど、死蔵しておくのは無駄じゃないかな？」

　ファストファッションなんてないこの世界、衣服は高価な物であり、大切に扱うのは当たり前だけど、物理的に着られなくなれば、古着屋に売るなどして処分するのが一般的。

　しかしジゼルは、少し不満そうに口を尖《とが》らせる。

「でも、私やお姉様の子供にも着させたいと思って……」

「それは、いくらなんでも気が長すぎ――でもないのかな？」

　さすがに私の年齢で子供がいる人は滅多にいないけれど、婚約者がいる人は少なくないし、結婚している人だってそう珍しくはない。加えてあまりに高価な服は、古着であっても庶民《しょみん》が手を出せる物ではなく、実際私の服も箪笥《たんす》の肥やしとなっている。

　そう考えると、私やジゼルの子供のために取っておくのも、変ではないのかな？

「そういえば、お姉様から婚約の話題が出たことはありませんが、あの男、まさか……？」

「あぁ、うん。以前、打診があったみたい？　お父様が即断《そく》ったけど」

「お姉様に対して⁉　なんて身の程知らずな！」

「ははは……、身の程知らずかどうかはさておき、不思議ではあるよね。面識もないのに」

貴族は政治で婚約者を決めることもあるけれど、お父様が即断っている時点でそれはない。

つまり、恥《は》ずかしながら、私が見初《みそ》められた可能性が高いんだけど……。

心当たりがまったくなく、なぜかと首を捻る私を見て、ジゼルは苦笑する。

「お姉様は一部で、辺境の美姫《びき》として有名ですからね」

「……それは、初耳だね？」

「一部ですから。お姉様にそれを言う人はいないでしょうし。それに、お姉様は社交界にお出にならないので、直接会った人が少ないのが『一部で』ある理由ですね」

そのため、私の容姿は人伝《ひとづて》で聞いた話か、肖像画でしか確認できないが、前者は主観であり、後者は改変が可能。曖昧な評価となっているのは、そこに原因があるらしい。

「肖像画って……もしかして、ウチの領地で売られているという、私の姿絵のこと？」

「はい。ちなみに私も持ってますよ？　クロード様から頂きました」

「……それも、初耳だね？」

嫌というわけではないけれど、ちょっと気恥ずかしい。

喩えるならば、親が自分の写真を友達《ともだち》に配っていたような気分。

友達が端《はし》っこにでも写っているならまだしも、私の肖像画は基本的に私一人。

たまに両親やお姉様も入るけれど、友達——つまりジゼルは、間違っても入っていない。

そんな物を貰って喜ぶのは祖父母、百歩譲っても親戚までじゃないかな？

——なぜか、ジゼルは喜んでいるけど。

「私は誇張がないと知っていますが、王都では『クロード小父《おじ》様が親馬鹿』と『本当に美しい』で世論が二分されていますね。シルヴィ様が褒めそやすので、後者が優勢みたいですが」

「お、お姉様、王都でそんなことをしてるんだ……？」

「容姿に限らず、凄く持ち上げていることは私の耳にも届いていますね」

「お姉様……」

でも、お姉様ならやりかねない。そんな信頼感《しんらいかん》はある。

「しかし、お姉様。あの男は論外としても、婚約されるおつもりは？　好きな人とか……」

そこは年頃の女の子と言うべきか、興味津々《きょうみしんしん》で私を見るジゼルに私は苦笑して首を振る。

「今のところはないかな。あまり結婚に興味がないし、お姉様も決まってないから」

「そうなんですか……。では、アーシェさんはどうなんですか？」

にべもない私の返答にジゼルは残念そうに肩を落とすが、すぐに狙いをアーシェに変えた。

しかし、そんな彼女も一般的な女子とは違うわけで、笑って首を振る。

「私もその予定はありませんね。今はお嬢様が一番ですし」

ジゼルは最後の希望とばかりにミカゲに目を向けるが——

「我は司書。そういうのとは無縁」

「ですよね。うぅ、これだけ年頃の女の子が集まっているのに、何か間違っている気がします」

まぁ、私たちも一応は思春期。恋《こい》バナに花を咲《さ》かせる年代ではあるけれど、顔触《かおぶ》れが悪い。

「逆にジゼルはどうなの？　婚約者とか」

「私ですか？　今のところは私も……。お父様は自由にさせてくれていますし」

「ふーん。ちなみに好みのタイプは？　例えば、ラルフとか」

他に話題に出せるような男性が身近にいないこともあるけれど、彼が挨拶した時のジゼルの反応を思い出して訊いてみれば、やはりジゼルの目がちょっと泳ぐ。

「ラルフさんですか。確かに格好いいとは思います。アーシェさんに似て整った顔立ちで、しかもお姉様の護衛を任されるぐらいです。当然、強いんですよね？」

「そうですね。兄さんもそれなりに強いですし、鍛えられてもいますが……平民ですからね」

「身分差の恋かぁ。観賞する方としては悪くないかな」

自分が当事者になると、面倒臭そうとは思うけど。

「えっと、お姉様？　私はラルフさんに恋をしているわけではないのですが……」

「でも、ラルフを見た時のジゼルとか、それっぽかったけど？」

ついでに言えば、先ほどの夕食の席でもラルフを気にしているようだったし。

ハーバス子爵がラルフを地獄のサシ飲みに誘ったのも、おそらくはそれを見たから。

私は前世の社会人時代を思い出し、彼は今頃どんな気分なのかと考えると、涙《なみだ》を禁じ得ない。

「そんなことは……こ、この話は私に不利なようですね。お姉様、別の話をしましょう！」

「そう？　別にいいけど。それじゃ、何の話をする？」

ラルフには悪いけど、少し焦ったように言うジゼルが微笑ましい。

実際、格好いい人を見てドキドキしたという程度なのだろう——少なくとも今のところは。

私もあえて二人をくっつけたいわけでもないし、頷いて促すと、彼女は少し考えて口を開いた。

「では、明日からの予定についてお話ししましょう。お姉様たちは当面空いていますよね？」

「うん。図書迷宮《ライブラリ》が使えるようになるまでは、そうかな？」

「それなら、久し振りに当家の牧場に行きませんか？　ミカゲさんも楽しめると思いますし」

「牧場？　動物を見る？」

ミカゲが小首を傾げるが、その表情に浮かぶのは嬉しさよりも疑問。

それはミカゲが普通の子供でないことに加え、牧場に行く楽しさを想像できないことも大きいのだろう。そんなミカゲの反応にジゼルは笑みを浮かべて語りかける。

「それも良いですが、美味《おい》しい牛乳とか、お肉とか、色々ありますよ？」

「美味しい……それは、とても楽しみ」

とても解りやすい『楽しさ』の提示に、ミカゲの頬も緩む。

「懐《なつ》かしいね。シンクハルト領には牧場がないから、ここに来たときの楽しみだったよ」

「私も一緒に遊べるお姉様が来てくれるのが、待ち遠しかったです。立場的に難しいですから」

「護衛である私としては、怪我をしないか気が気ではなかったですけどね」

一見するとお嬢様のように見えるジゼルだけど、その本質は結構活発だったりする。

なので子供の頃は私のお姉様も含め、子供たち全員で牧場を駆け回ったり、橇《そり》で草原を滑《すべ》ったり、乳搾りをしたり、豪快《ごうかい》にバーベキューをしたりして遊んでいた。

貴族の令嬢としては異質かもしれないけれど、シンクハルト家は女の子でも剣を振るうほど尚武《しょうぶ》の気風が強く、ハーバス家は牧場が家業と言っても良いほど力を入れている家。

　共に身内だけであれば、そのあたりの礼儀作法《れいぎさほう》などを五月蝿《うるさ》く言わないだけの寛容《かんよう》さがあり、それがシンクハルト家とハーバス家が仲の良い理由の一つでもある。

「それじゃ、ハーバス子爵の許可が出れば、牧場に行こうか？」

「はい！　必ずや、許可をもぎ取ってきますわ！」


　そんなわけで決まった久し振りの牧場行きは、私たちを童心に返らせた。

　普段の淡々とした様子からは意外なほどに燥《はしゃ》ぐミカゲ、それに釣《つ》られて遊ぶ私とジゼル、新鮮《しんせん》な牛乳とそれを元に作られるバターや料理に舌鼓《したつづみ》を打つ私たち。

　その他にも、魔法の練習も兼《か》ねて牧場を駆け回ったり、ゆっくりお茶とお菓子《かし》を楽しんだり。

　大半の行動は令嬢っぽくなかったけれど、それに苦言を呈す人はここには存在せず。

　ここ数年の忙しさから解放されて、気の置けない人たちと過ごす楽しい休暇《きゅうか》。

　しかしそんな楽しい日々は、私が想像だにしなかった知らせによって、終わりを告げた。

第三章　禍機《かき》

「——え？　《火弾《かだん》》の図書迷宮《ライブラリ》が破壊《はかい》された？　本当に？」

それはあまりにも信じがたい情報。しかし、それをもたらしたジゼルは困り顔で確かに頷《うなず》く。

「はい。私が受けた報告としては、『ディグラッドが出た直後に図書迷宮《ライブラリ》に入った人が、大きく破損した副祭壇《ふくさいだん》を発見。魔法《まほう》を授《さず》かることに失敗し、その報告を受けたハーバス家の兵士が再度確認《かくにん》、扉《とびら》も壊《こわ》れていることが判《わか》った』となりますが」

つまり、人為《じんい》的に壊されたのか、別の理由で壊れたのかは不明。

余計な情報や臆測《おくそく》が含《ふく》まれない、とても良い報告ではあるけれど……。

「図書迷宮《ライブラリ》を破壊するなんて、特大の馬鹿《ばか》。神を冒涜《ぼうとく》している」

ミカゲが珍《めずら》しく、はっきりと怒《いか》りの感情を顕《あら》わにし、強い口調で断言する。司書である彼女《かのじょ》の存在には謎《なぞ》が多いけれど、神様と近しいことは想像できるし、その怒りも当然だろう。

「でもいったい誰《だれ》が、そんなことを？」

「普通《ふつう》に考えれば、あのクソ男がやったと考えるのが自然かと」

「アーシエ、言葉遣《ことばづか》いが汚《きたな》いよ？　——気持ちは解《わか》るけど」

副祭壇は簡単に壊れるほど脆《もろ》くはないし、意図的に破壊しようものなら領主に処刑《しょけい》されることもあり得るほど重要な代物《しろもの》。まともな人であれば壊すなんて考えもしない。

それでも壊すとすれば、余程《よほど》に愚《おろ》かで、ハーバス子爵《ししやく》家から追及《ついきゆう》されても問題ない人物ということになり、忌々《いまいま》しいことに容疑者のヨーダン・ディグラッドは、その条件に当てはまっている。

「ジゼル、ディグラッドへの抗議《こうぎ》や追及は？」

普通であれば最初にやることだけど、しかしジゼルは唇《くちびる》を噛《か》んで首を振《ふ》った。

「本人は図書迷宮《ライブラリ》を出てからすぐに姿を消したようです。当然、ディグラッド伯爵《はくしやく》家には抗議しますが、悔《くや》しいですが、突《つ》っぱねられて終わると思います」

ディグラッドが破壊する現場を見た人がいるわけではなく、可能性はゼロに等しくても、発見した人が壊したとも考えられる。あまりしつこく抗議すれば、逆に濡《ぬ》れ衣《ぎぬ》を着せようとしていると反論されかねず、家の力関係を考えると、非常にリスクが高いと言わざるを得ない。

「不幸中の幸い、祭壇を粉々に砕《くだ》かれたとか、扉が完全に割れているとかではなく、大きく傷付けられたという範疇《はんちゆう》のようですが、機能しなくなっていることは間違《まちが》いないようで……」

ちなみに、扉が開くかまでは確認していないようだけど、傷が付けられている以上、おそらく同じだろう。つまり、私も本祭壇に行くことができなくなったということで。

「もしかして、私に対する嫌《いや》がらせ？　あの時、かなりキツい言葉を使っちゃったし」

本祭壇を壊さずとも、副祭壇と扉を壊すだけで魔法を授かることはできなくなる。

それに、私の事情は知らずとも、私たちが《火弾》の図書迷宮《ライブラリ》に行く予定だったことは知られているだろうし、『取りあえず壊しておこう』と考えても不思議ではない。

「だとしたら……ゴメンね？　ジゼル」

私とディグラッドとの争いに、無関係のハーバス家を巻き込《こ》んでしまったようなもの。

しかしジゼルは、真剣《しんけん》な顔で私を見て強く否定する。

「いえ！　仮にそうだったとしても、お姉様が謝《あやま》ることではありませんわ‼　どんな理由があろうとも、神様が授けてくださった図書迷宮《ライブラリ》を壊すなど、言語道断なのですから！」

「そう言ってくれると……。こういうことって、過去にはなかったよね？」

「はい。多少傷が付くようなことはあったようですが、その時は副祭壇の機能に問題はありませんでしたし、しばらくすると自然と修復されたようです」

つまり、自動修復機能付き。さすがは神様が造ったといわれるだけのことはある。

「なら今回も自然と直るのかな？　でも時間がかかると、損害も大きいよね？」

「正直に言えば。利用料は当家の大きな収入源となっていますし、破壊された規模を考えると、どれほどで直るのか想像も付きません。それに、魔法が得られずに困る人も多いでしょう」

「人気だもんね、《火弾》は。ミカゲ、直す方法とか……判らないよね？」

少し期待を込めてミカゲを見るけれど、彼女は目を伏《ふ》せて小さく首を振る。

「……ごめんなさい。何も言えない」

「いいえ、ミカゲさんが謝ることではありません。壊した人が悪いのですから！　お父様も当家に残る記録などを調べているようですが、如何《いかん》せん、こういう事例は聞いたこともなくて」

「だよねぇ。事故ならまだしも、まともな人なら故意に壊すなんて絶対にしないもの」

魔法は私たちの生活を支える——いや、命を守る基盤《きばん》と言っても過言じゃない。

もし魔法が失われれば、魔物との戦いでは犠牲《ぎせい》が増え、生産活動にも大きな影響《えいきょう》が出る。結果、人と魔物のバランスは崩《くず》れ、過去そうであったように、人は衰退《すいたい》していくだけになるだろう。

そもそも図書迷宮《ライブラリ》とは、人々が生きるために神様から与《あた》えられたものなのだ。

本来は誰もが自由に使えて然《しか》るべきなのに、実際には利用制限がある図書迷宮《ライブラリ》の方が多い。

「私も敬虔《けいけん》な方ではないけど、近年は特に神様への感謝が薄《うす》れているのかなぁ？」

ここまで明確な恩恵《おんけい》に浴しながら、不自然なほど神様を蔑《ないがし》ろにしている気がするんだよね。

「そう言われると、当家としても耳が痛いです」

「いや、ハーバス家は仕方ないんじゃないかな？　中央貴族の支援《しえん》が少なすぎるもの」

国の中心――即《すなわ》ち、王都周辺が安全なのは、当家のような辺境伯やそれに隣接《りんせつ》する領地が血を流して土地を守っているから。だが、それに対する国の支援は驚《おどろ》くほど少ない。

私も領地開発に手を付けるにあたって調べてみたのだけど、軍事的支援は皆無《かいむ》、金銭的支援もわずかで、正直、辺境伯という高い爵位を与えることで、誤魔化《ごまか》している気がしてならない。

その爵位すら、王都では『田舎者《いなかもの》』と蔑《さげす》まれることがあるのだから……。

実際、他の辺境伯領の中には状況《じょうきょう》の悪い所もあるし、シンクハルト家だって堅牢《けんろう》な砦《とりで》や壁《かべ》を造ってくれたご先祖様がいなければ、今のような表面上の平和すらなかっただろう。

「一応、貴族の義務が、負担を分担する仕組みとなっていますが……」

「あまり役に立たないみたいだねぇ。軍務に就《つ》く方としては大変なんだろうけど」

先日、改めてお父様に訊《き》いてみたのだけど、人数が少なすぎて戦力にならないらしい。

現在のシンクハルト家で受け入れているのも片手に満たないし、貴族であっても飛び抜《ぬ》けて強い人など滅多《めった》におらず、良くて当家の騎士《きし》団の平《ひら》団員と同程度でしかない。

しかも、鍛《きた》えたところで数年でいなくなるのだから非効率。そんな背景もあって、派遣先《はけんさき》によっては『失われても惜《お》しくない戦力』として使い潰《つぶ》されることもあるそうだ。

正直私は、貴族の義務を金銭で代替《だいたい》することには批判的だけど、『魔物の脅威《きょうい》を忘れないように』という理念を無視すれば、却《かえ》ってそちらの方がありがたいというのが現実である。

「それを考えれば、ハーバス子爵は頑張《がんば》ってると思うよ？　ここの図書迷宮《ライブラリ》はお金さえ払《はら》えば普通に入れるし、法外な料金ってわけでもない。問題のない範囲《はんい》じゃないかな？」

基本的な料金は、平民もそこまで無理をせずに払える程度の額。

対して貴族の料金は高いけれど、貸し切りにすることを考えれば、それも当然。《火弾》の有用性を鑑《かんが》みれば政治的武器にもなるのに、それをしないのだから善良な運営をしていると言える。

「そう言って頂けると、心が軽くなります」

「そもそも神殿《しんでん》からして、一部の図書迷宮《ライブラリ》を占有《せんゆう》して利用制限をしてるんだから」

「あれは問題ですよね。ミカゲさん、神様はお怒りではないのでしょうか？」

「我の口からは何も言えない。けど、普通に考えれば判る」

ミカゲは断言こそしないものの、その顔は明らかな仏頂面《ぶっちょうづら》。

大昔、神様は人を憐《あわ》れんで魔法を授けてくれたと聞くけれど、今度滅《ほろ》びかけたとしても、手助けは期待できないかも――というか、既《すで》に手は差し伸《の》べられたのだから、あとは人の問題。

「『天は自ら助くる者を助く』なんて言葉もあるけれど、現状は……はぁ」

私が神様なら、絶対に助けない。

それでいて、魔物の脅威は近年、むしろ高まっているだろう。

そんな状況にありながら、人々は神様に対する感謝を忘れつつある。

あまり良くない情勢を思い、ため息と共に考え込む私に、アーシェが耳打ちをする。

「お嬢様《じょうさま》、とても高尚《こうしょう》な思考に耽《ふけ》っておられるようですが、今優先すべきは壊された祭壇かと」

「……そうだね。後悔《こうかい》しないだけの努力はしないとね」

愚か者の巻き添《ぞ》えで死ぬなんてことは、絶対に嫌。

せめて身近な人だけでも守れるように、できる限りの努力はしたい。

「とはいえ、直す方法かぁ。図書迷宮《ライブラリ》の情報は頑張って集めたけど……」

情報収集は何年も前から続けているが、集まった情報は少なく、その中に図書迷宮《ライブラリ》が破損した場合の対処方法はなかった。今更《いまさら》多少力を入れたところで、新たな情報があるとは――

「それなのですが、お嬢様。以前から探していた〝図書迷宮《ライブラリ》の研究〟という本なのですが、本自体はまだ入手できていませんが、著者の所在は判明したと連絡《れんらく》がありました」

「え、本当に？　よく見つけられたね？　というか、存命なの？」

「はい。本の方を頑張って探していたのですが、探すターゲットを著者に変えたところ、思ったよりもあっさりと。それなりに有名な方だったようです」

それは盲点《もうてん》。私の常識では、本を手に入れるために著者の所在を探すなんてマナー違反《いはん》――というか、一歩間違えば犯罪だけど、ここだとそれもありなんだ？

「シンクハルト家が探して手に入らないなんて……それほどの稀覯本《きこうぼん》なんですか？」

私たちの話を聞き、意外そうに小首を傾《かし》げたジゼルにアーシェが苦笑《くしょう》する。

「はい、ある意味では。あまりにも売れなくて、ほとんど写本されていないようです」

売れそうな本は出版時に写本を作って本屋に並べるそうだけど、そうでなければ受注生産。

発注が入らなければ写本されないし、知名度がなければ発注もされない。

また、大手出版社みたいなものがあるわけでもないので、本の存在を知って発注したいと思っても、出版から年数が経《た》つと、どこに頼《たの》めば良いのかも判らなくなる。結果として出版時に売れなかった本は古本としても出回らず、手に入りづらい稀覯本となってしまうのだ。

そして、私たちが探していたのは〝図書迷宮《ライブラリ》の研究〟というタイトルの本。

とても解りやすいけれど、図書迷宮《ライブラリ》に興味がなければ絶対に手に取らない本である。

「みんな、図書迷宮《ライブラリ》に無関心だよね。それとも、当たり前すぎて逆に気にならないのかな？」

「どちらかといえば後者かと。例えば、物が落ちることについて、風が吹《ふ》くことについて、雨が降ることについて、詳《くわ》しく調べようと思いますか？　大金を使ってまで」

「そう言われると……納得《なっとく》できるかも？」

その一つを詳しく調べたニュートンという実例は知っている。

しかし彼《かれ》は歴史に名を残す偉人《いじん》だったし、一般人《いっぱんじん》の私なんて、彼の著《あらわ》した『プリンキピア』を読むことすらしなかった――その気になれば、簡単に買えるにも拘《かか》わらず。

対してここでは、本なんて庶民《しょみん》が手を出せるような物じゃないわけで。

「売れないのも必然かぁ。でも、著者が見つかったのは朗報だね。会いに行きましょう」

本を買うだけなら誰かに頼んでも良《い》いんだけど、今の私には時間がある。

著者と直接会えれば事情を説明して、本に書かれていないような情報も貰《もら》えるかもしれないし、あわよくば、図書迷宮《ライブラリ》の研究者として招聘《しょうへい》できるかも――いや、さすがに難しいか。

残念ながらシンクハルト領は、喜んで移住したいと思えるほど魅力《みりょく》的な土地じゃないし。

「これは当家の問題、できれば私も同行したいのですが……」

「ジゼルには他のアプローチをお願いしたいかな？　著者が情報を持っているとは限らないし」

彼女と一緒《いっしょ》に行動するなら護衛を増やす必要があり、今ほど身軽には動けない。

そのことを理解してか、ジゼルは暫《しば》し沈黙《ちんもく》して頷く。

「……そうですね、解りました。旅に必要な物があれば仰《おっしゃ》ってください。ご用意しますので」

「うん、ありがとう。できるだけ、急いで行ってくるね」


私たちの本来の目的地は《火弾》の図書迷宮《ライブラリ》だった。

必然、旅の準備もそこまでのもの。急に遠出することになり、慌《あわ》ただしく準備を進めた私たちだったけれど、ハーバス家の助けもあり、翌日には無事にお屋敷《やしき》を出発することができた。

しかし、順調だったのはそこまで。問題はその直後に発生した。

具体的にはラントリーの町を出る直前、街門《がいもん》の所。

そこまで送ってくれたハーバス家の馬車から降りると、私たちの前にヨーダン・ディグラッド、つまり私たちが奔走《ほんそう》する原因を作った犯人――に限りなく近い人物が現れたのだ。

思わず汚い言葉が口を衝《つ》きそうになるが、証拠《しょうこ》もなしに糾弾《きゅうだん》はできない。

関《かか》わるだけ無駄《むだ》と、無視して進もうとする私たちの行く手にディグラッドが立ち塞《ふさ》がった。

「こんな所で会うとは奇遇《きぐう》じゃねぇか、出来損《できそこ》ない」

奇遇さなどまったく感じさせず、ニヤニヤと感じの悪い笑《え》みを浮《う》かべる男の姿に、アーシェから静かな怒気《どき》が漏《も》れ、私の顔も引き攣《つ》りそうになるが、これでも私は貴族である。

『コイツ、ぶっ殺してやろうか？』なんて気持ちは胸の内に隠《かく》し、表情を笑顔で固定する。

「ディグラッド様、なぜこのような所に？　既にお帰りになったと思っていましたが」

「あぁ、《火弾》の魔法は覚えたし、いつ帰っても良かったんだが、折角こんなド田舎まで来たんだ。魔法も使えないのに無駄な努力をする愚か者を、もう一度見ておこうかと思ってな？」

ふむ。つまり、私にマウントを取りたいが故《ゆえ》に待ち伏《ぶ》せしていた、と？

――この男、致命的《ちめい》に愚かなだけじゃなく、暇《ひま》なのかな？

「まぁ。愚か者の顔がご覧になりたかったのですか？　それならば、自領に戻《もど》ってから存分にご覧になればよろしいのでは？　――ただ鏡を覗《のぞ》き込むだけで良いのですから」

「……？　――っ、おっ――」

どうやら頭の回転はあまり速くないらしい。

私の皮肉をすぐには理解できなかったようで、ディグラッドは数秒間考えるように眉根《まゆね》を寄せ、ようやく顔を赤くして口を開くが、私はそれを遮《さえぎ》って言葉を続ける。

「ところで、《火弾》の図書迷宮《ライブラリ》の副祭壇が使えなくなったようなのですが、ディグラッド様は何かご存じではありませんか？」

「――っ、知らねぇな。どうせ俺《おれ》の後に入った平民が破壊して、壊れていたと嘘《うそ》をついているんだろ。まったく、ハーバス子爵は平民の躾《しつけ》ができてねぇな」

機先を制されてディグラッドは言葉に詰《つ》まるが、私の問いかけに余裕《よゆう》を取り戻す。

そして、こちらを馬鹿にするような笑みを浮かべたのだけど――

「私は、使えなくなったと言っただけで、破壊されたとは言っていないのですが？」

私が頬《ほお》に手を当てて小首を傾げると、簡単に焦《あせ》りを顕わにした。

「お、俺ほどの天才なら、その程度を推測するぐらいは簡単なんだよっ」

「そうなんですか？　であれば、図書迷宮《ライブラリ》を破壊した豚《ぶた》の名前も教えて頂きたいのですが……」

「ぶっ――そ、それを調べるのはハーバス子爵の仕事だっ」

軽く煽《あお》られただけで感情を顕わにする。

子供であればまだ可愛《かわい》げもあるけれど、貴族としては致命的である。

――いや、仮に子供でも可愛げはないか。やっていることが最低なので。

私が呆《あき》れ気味にため息をつくと、突然《とつぜん》、背後にいたミカゲが一歩前に出て口を開いた。

「神が造った図書迷宮《ライブラリ》を破壊することは許されない。そのような者には神罰《しんばつ》が下る」

その声は平坦《へいたん》で冷たく、とても静かだった。

しかし、普段《ふだん》ミカゲと一緒にいる私たちですら、ドキリとするような威圧感《いあつかん》に満ちていて、それを直接向けられたディグラッドは怯《ひる》んで一歩下がり、慌てたように声を上げた。

「ク、クソがっ！　後悔することになるぞ！」

「先日も同じ言葉を聞きましたが……そのままお返しします。あなたこそ後悔されませんように」

ディグラッドは歯軋《はぎし》りして唸《うな》るように私を見るが、私が冷笑《れいしょう》と共に手を振ると、荒々《あらあら》しい足取りで歩き出し、少し離《はな》れた場所で待機していた柄《がら》の悪そうな男たちの集団に合流。

そこからもう一度、こちらを睨《にら》み付け、彼らを引き連れて街門から出て行った。

「……アイツらで囲んで脅《おど》してこないあたりは、多少マシなのかね？」

小馬鹿にするように笑って肩《かた》を竦《すく》めるラルフに、私は首を振る。

「そこまでしたら、完全にシンクハルト家への敵対行為《こうい》です。そうなれば身の破滅《はめつ》であると理解するぐらいの頭は持っているのでしょう。ここはハーバス子爵領ですしね」

図書迷宮《ライブラリ》の破壊容疑や言葉の応酬《おうしゅう》だけならまだしも、公衆の面前で暴力による脅迫《きょうはく》は言い逃《のが》れができないし、『シンクハルト辺境伯令嬢《れいじょう》を守る』という正当な理由が生まれれば、ハーバス子爵も爵位を気にすることなくディグラッド伯爵家と対立することができる。

そんな紛争《ふんそう》の原因を作ってしまえば、普通の貴族家であれば廃嫡《はいちゃく》待ったなし。

貴族の地位を笠《かさ》に着る彼には、耐《た》えられないことだろう。

私は小さく「ふぅ」と息をつき、後ろで控《ひか》えていたハーバス家の馭者《ぎょしゃ》を振り返る。

「送迎《そうげい》、感謝します。先ほどの遣《や》り取りを一応、ハーバス子爵にお伝え願えますか？」

「かしこまりました。確かにお伝え致《いた》します。ルミエーラ様、そして皆様《みなさま》。お気を付けて行ってらっしゃいませ。旅のご無事をハーバス家一同、祈《いの》っております」

恭《うやうや》しく頭を下げ、馬車に乗って戻っていく馭者を見送り、私はミカゲに目を向けた。

「ところでミカゲ、神罰は本当に……？」

「神が直接何かすることはあまりない。けど、神罰がないわけじゃない」

私の問いにそう答えたミカゲは少し考え込み、やがて小さく「うん」と頷いた。

「本当はもうちょっと成長してから伝えるべきこと。でも、お姉ちゃんは昔から頑張ってるし、状況的に問題ないと判断する。お姉ちゃん、あの男に対して『督促《とくそく》《火弾》』と念じる。急いで」

「え……？　う、うん」

ミカゲが指さすのは、門の外、遠くに見えるディグラッド。

唐突《とうとつ》に言われ、戸惑《とまど》いしかなかったけれど、ぺしぺしと背中を叩《たた》くミカゲに急《せ》かされ、私は言われるまま、ディグラッドの背中を睨むようにしてそれを実行する。

「『督促《火弾》』……あれ？　今、ディグラッドが光った？」

気のせいか、身体《からだ》全体がぼんやりと光を発したように見えた。

しかし、アーシェとラルフは不思議そうに顔を見合わせ、揃《そろ》って首を振る。

「私には何も見えませんでしたが……」

「俺も同じだ。見間違い――って、こともないのか？」

「見えたのはお姉ちゃんだけ。これは司書の能力の一つ。指定した魔法の効果を制限できる。対象者は神によって監視《かんし》され、盟約を守っていないと見なされれば『回収』が可能となる」

「……ミカゲ、その『回収』って？」

「言葉通り。対象の魔法が記された魔導書《グリモア》のページを回収する。当然、魔法は使えなくなるし、空きページも戻ってこない。ついでに『回収』が繰《く》り返されれば、魔導書《グリモア》自体も失われる」

なかなかに衝撃《しょうげき》的な情報に私たちは息を呑《の》み、アーシェが恐《おそ》る恐る尋《たず》ねる。

「ミカゲさん、それはとんでもない能力なのでは？」

魔法が重要な意味を持つ貴族社会で、魔法を消す能力を持つという事実は大きい。

それこそ、下手に知られれば命を狙《ねら》われかねないのだが、ミカゲはちょっと考え首を振る。

「そこまででもない。『督促』してから一定期間は改善する猶予《ゆうよ》が与えられるし、問題ない相手に『督促』を繰り返せば、それをした方の魔導書《グリモア》が失われる」

そもそもの前提として、対象とできるのは盟約を守っていない人物のみ。

魔法を悪用したり、図書迷宮《ライブラリ》を破壊したりしなければ『回収』にまで至ることも少なく、更《さら》に本祭壇で授かった魔法であれば、即座《そくざ》に制限を受けることもないらしい。

もっとも、行動に問題があれば、本祭壇でも『回収』されることに変わりないそうだけど。

「でも、盟約の内容が不明なんですよね。現在の弛《ゆる》んだ貴族相手であれば、十分に対象になりそうな気もしますが。ミカゲさん、司書の能力は他にもあるんですか？」

「もちろんある。でも秘密。今回は特別。あまりにも司書がいなさすぎる」

図書迷宮《ライブラリ》を壊されたから、制裁が必要だと判断したってところかな？

しかし、今の発言や以前の『子供用』などの発言、諸々《もろもろ》考え合わせると……。

「もしかして司書の役割って、盟約を守らない人には強力な魔法を使わせないこと？」

「本来の役割は持ち主――お姉ちゃんの手助け。でも、神は案外忙《いそが》しい」

ミカゲは私の問いに明確には答えず、小さく笑った。

◆　◆　◆

〝図書迷宮《ライブラリ》の研究〟の著者が住む町はハーバス領から、領地を一つ跨《また》いだ先にあった。

ポルローズ。それは湖畔《こはん》に存在する風光明媚《ふうこうめいび》な町の名前として、私も記憶《きおく》していた。

しかし所詮《しょせん》は噂話《うわさばなし》。実際にはどれほどのものかと懐疑《かいぎ》的だったのだけど……。

「綺麗《きれい》……。まさか、噂《うわさ》通りだとは思いませんでした」

見えてきたのは、澄《す》んだ水を湛《たた》えた大きな湖だった。

湖面には若緑の山々が映り、渡《わた》る涼《すず》やかな風は、汗《あせ》ばんだ身体を心地《ここち》好《よ》く冷ましてくれる。

その湖畔に造られた町はそこまで大きくはないものの、整然とした街並みと白っぽい色で統一された壁材も相まって清潔感があり、計画的に造られたことが窺《うかが》えた。

「避暑地《ひしょち》として有名な場所ですからね。湖の波も穏《おだ》やかなので、船遊びなども盛んなようです」

「だからでしょうか、町の傍《そば》でも水は綺麗です。きちんと統治が行き届いているようですね」

文明が未発達だから、綺麗なのは当たり前——と思っているのであれば、それは大間違い。

化学的な汚染《おせん》はないかもしれないが、屎尿《しにょう》などの生活排水《はいすい》はもちろん、冶金《やきん》や炭焼き、食品の生産でも汚染源となる物は排出されるし、それなりの規模の町となればその量も多い。

それらを適切に処理しなければ綺麗な湖を保つことは難しいし、仮に仕組みを作ったとしても、統治者が無能なら、すぐにお座なりになってしまうことだろう。

「良い町です。時間があれば、のんびりと滞在《たいざい》してあちこち見て回りたいほどに。できれば著者の方を招聘したかったのですが……難しそうですね」

辺境にあり、魔物の脅威に曝《さら》されるスラグハートと、風光明媚なこのポルローズ。

どちらに住みたいかと問われれば、おそらく九割九分の人はこの町を選ぶ。

——故郷じゃなければ、私もこっちを選ぶし。

もちろん実際に住んでいれば不満点もあるだろうけど、この町を離れるだけの魅力がスラグハートにあるか、それも外部の人にアピールできるようなものが、と問われると厳しいからねぇ。

「まぁ、一般受けはしないだろうなぁ。俺はシンクハルト領が好きだが」

「領民であるラルフがそう言ってくれるなら、嬉《うれ》しいですね」

この中で一番普通の領民に近いのはラルフであり、彼がそう感じるのなら、私も領地開発を頑張っている甲斐《かい》があるというもの。私が微笑《ほほえ》むと、アーシェも慌てたように手を挙げた。

「同じ！　私も同じですよ、お嬢様！　お嬢様がいるだけで、そこは楽園ですっ！」

「うん、それはあんまり嬉しくないかな。町が関係なくなってるし」

――逆に言えば、どこでも良いってことになるよね？

私がそれを指摘《してき》すると、アーシェは気まずそうに目を逸《そ》らした。


実際に歩いてみたポルローズの町は、遠目から見たときと同様、かなり清潔に感じられた。

少なくとも大通りにゴミが散乱しているようなことはなかったし、近くで見たら建物の壁が薄汚《うすよご》れている、なんてこともなく、選んだ宿の部屋も掃除《そうじ》が行き届いている。

その分、宿代が高めだけど……観光地的な場所と考えれば妥当《だとう》な範囲かな？

「ふう。お疲《つか》れさま。少し長旅だったけど、ミカゲは大丈夫《だいじょうぶ》？」

ベッドに腰《こし》を下ろして尋ねると、ミカゲはコクリと頷き、私の隣《となり》に座《すわ》る。

「我は問題ない。でも、少し疲れた」

「だねぇ。何日か休みたいところだけど……状況的にそうもいかないか」

「ですね。ということで、兄さんは本の著者――リディアという人の住所を調べてきてください」

荷物の整理をしつつ外を指さしたアーシェに、ラルフがうんざりしたような目を向ける。

「いきなりかよ。お前が休暇《きゅうか》を謳歌《おうか》している間も、俺は一人で苦労していたんだぞ？　ラントリーから出て、ようやく羽を伸ばせる町に来たってのに」

「あら？　私も護衛の仕事をしていましたよ？　――楽しんでいたことも否定しませんが。ですが、それを言うなら兄さんも、美味《おい》しいお酒を毎日飲めて楽しかったのでは？」

あの時、ハーバス子爵に目を付けられ、地獄《じごく》のサシ飲みをすることになったラルフであるが、そんな状況でもさすがは傭兵《ようへい》というべきか、生存能力はピカイチだった。

何をどうやったのか、妙《みょう》にハーバス子爵に気に入られ、私たちが牧場などで遊んでいる間、毎日のように酒を酌《く》み交《か》わしたり、騎士団と訓練を共にしたりと忙しくしていたらしい。

ただ、それをラルフが心から楽しめたかどうかは……。

「確かに良い酒は飲めた。だが俺としては、多少安くても気楽に飲める方がありがたい」

「ですよね。アーシェとは違うでしょうし」

立場で言うなら、子爵令嬢であるジゼルと休暇を過ごしたアーシェも似たようなものだけど、ジゼルと私の関係性や付き合いの長さもある。少なくともラルフよりは気楽だっただろう。

私は苦笑して肩を竦めるラルフに、金貨を一枚手渡《てわた》して言葉を続ける。

「明日いっぱいまで時間を差し上げます。それを使ってリディアさんを探してください」

「あ、お嬢様、そんな大金を――」

「さすがはルミお嬢様、話が解る！　ちょっくら頑張ってきますかねっ」

ラルフがアーシェの言葉を遮って声を上げ、そそくさと部屋を出て行く。

それを制止するようにアーシェが手を伸ばしかけるが、すぐに諦《あきら》めてため息をついた。

「はぁ……。お嬢様、さすがに渡しすぎです。情報収集にあそこまでは必要ないかと」

「まぁまぁ。ラルフにも息抜《いきぬ》きは必要だよ。女の中に男が一人、それなりに気詰《きづ》まりだと思うから。ハーバス子爵との酒事《さかごと》で気が休まらなかったのも、本当だと思うし」

相手は貴族なのだ。飲みすぎて失敗すれば命に関わる。

ハーバス子爵であれば大抵《たいてい》のことは許されると思うが、ハーバス家とシンクハルト家の関係、そしてシンクハルト家とグラバー家の関係を考えれば、自制はしてしまうだろう。

「ラルフも男性だし、一人で羽目を外したいこともあるよ。……アーシェも必要？」

考えてみればアーシェは四六時中、上司と一緒にいるようなもの。

たまには息抜きが必要かと尋ねてみたけれど、アーシェは一瞬《いっしゅん》も考えず首を振る。

「いえ、結構です。むしろ、お嬢様から離れる方が気が休まりません」

「そう？　なら良いけど。それじゃ、私たちは普通に美味しい物でも食べよっか。ミカゲ、ここはお魚が美味しいらしいよ？　そこの湖で釣《つ》れるんだって。楽しみだね？」

「お魚……。食べるのは初めて」

内陸でお魚を食べる機会は多くない。

嬉しそうなミカゲに頷き、その日の夕食は三人で少し高めの魚料理に舌鼓《したつづみ》。

早めに就寝《しゅうしん》して、翌日はゆっくりと旅の疲れを癒《い》やすつもりだったんだけど……。

「見つかったぜ、ルミお嬢様」

そう言いながらラルフが戻ってきたのは、翌日の昼頃《ごろ》だった。

早くても夕方、遅《おそ》ければ次の日の朝。最悪、へべれけ状態でのご帰還《きかん》かと思っていたのだが、今のラルフに酒臭《さけくさ》さはなく、むしろさっぱりした表情で清潔感のある格好《かっこう》をしていた。

「もう戻ってきたのですか？　少なくとも今日いっぱいは遊んでくると思っていたのですが」

「一晩あれば十分だ。軍資金はたっぷりあったからな。しっかり息抜きをさせてもらった」

「兄さん、お嬢様から見えない所で何をしようと勝手ですが、成果は出したんでしょうね？」

やや冷たく見えるアーシェの視線だが、それを受けてもラルフは応《こた》えた様子もなく笑う。

「当然だ。リディアを訪ねてくる人物はそれなりにいるらしく、見つけるのはそう難しくはなかった。それにルミお嬢様たちがいない分、自由に動けたからな」

「まぁ、私たち、見るからにお金持ちのお嬢様一行ですからね」

高そうな服を着た女の子二人に、メイドが一人。

それでいて護衛はラルフが一人だけ。

そのラルフも一見すると優男《やさおとこ》に見えるのだから、トラブルが寄ってくる未来しか見えない。

「それでは昼食後を目安に訪問しましょう。早く片が付くに越《こ》したことはないですから」

ジゼルのためにも、できるだけ早く図書迷宮《ライブラリ》を修復したい。

そう考えた私は、その日のうちにリディアの家へと向かったのだけど……。

「ラルフ、本当にここなんですか？」

「間違いない。一度下見にも来ているからな」

その配慮《はいりよ》はラルフの有能さを感じさせるが、目の前の家はそれでも疑いたくなるような代物。

もちろん、荒《あば》ら屋というほどには酷《ひど》くない。少なくとも雨漏《あまも》りはしないだろうし、虫が自由に出入りするなんてことも――いや、微妙《びみよう》かな？　ここで夜を越すのは避《さ》けたいと思う程度には。

やはり景観に関する決まりでもあるのか、薄汚れた外観ではないのだけど、大通りとは異なり、町の隅《すみ》にあるこの家は造り自体が微妙で、何か災害があれば一発で倒壊《とうかい》しそう。

「これが本を出版できるような、研究者の家……？」

「お嬢様、出すことはできても売れてはいません。逆に困窮《こんきゅう》しているかと」

「……そういえば、そうだったね」

考えてみれば、この世界の本の多くは自費出版。

売れれば利益は大きいけれど、ぶっちゃけスポンサーの付かない本は大抵売れない。

しかも本を出すための費用は、前世の自費出版などとは比較《ひかく》にならないほどに掛《か》かるのだから、下手をしたら破産しかねない。それを考えれば、この家の様子は順当なのかな……？

「と、取りあえず、声を掛けてみましょう」

実際に会ってみなければ始まらない。私は扉をノックしようと前に出るが、それをラルフが制して代わりにノック。しばらく待っていると、警戒《けいかい》するように扉が細く開いた。

そこから顔を見せたのは、私とほぼ同じ身長の女の子。髪《かみ》の毛はミディアムボブぐらいで、長い前髪《まえがみ》が目元を隠しているが、その隙間《すきま》から覗く瞳《ひとみ》からは驚きが見て取れる。

この人は果たして大人なのか、それとも子供なのか。

身長的には子供だけど、それでも成人している実例がこの私なわけで。

「「…………」」

互《たが》いに同じことを考えたのか、私たちは暫し沈黙して見つめ合い――私が口を開く前に、彼女はハッとしたようにアーシェ、ラルフと視線を巡《めぐ》らせて、納得したように頷いた。

「どんな魔法の情報が欲《ほ》しいの？　図書迷宮《ライブラリ》一箇所《かしょ》につき、小金貨一枚だよ」

「え？　魔法の情報……？」

「え？　違うの……？」

今度は困惑顔《こんわくがお》で互いに見つめ合う私たち。

――あ、もしかして、図書迷宮《ライブラリ》の場所を訊きに来たと、そう考えてる？

なるほど、確かにそれは商売になるかもしれない。

例えば《火弾》のような定番の魔法は図書迷宮《ライブラリ》の場所もよく知られているが、逆に定番から外れると途端《とたん》に情報が少なくなり、図書迷宮《ライブラリ》の場所はもちろん、詳しい魔法の効果を調べるのにも苦労する。それを簡単に解決できるなら、小金貨一枚分の価値は十分にあるだろう。

しかし、私たちの目的はそれではないわけで。

「突然、申し訳ありません。図書迷宮《ライブラリ》に関する本を著されたリディアさんですか？」

まず確認すべきはそれだろうと訊いてみれば、彼女は訝《いぶか》しそうに頷く。

「そうだけど……あなたたち、図書迷宮《ライブラリ》の場所を訊きに来たんじゃないの？」

「いえ、あなたの著した〝図書迷宮《ライブラリ》の研究〟についてです。素晴《すば》らしい本が出版されていると知り、入手しようと八方手を尽《つ》くしたのですが叶《かな》わず、不躾《ぶしつけ》ながら直接お伺《うかが》いさせて頂いたのです」

「ほ、ほぅ？　そ、そうなの？」

私がそう言うと、リディアは平静を装《よそお》いつつ少し目を逸らし、相づちを打つ。

しかし、その表情はどこか嬉しげで、口角はわずかに上がり、ピクピクと動いている。

……うん。この人、案外チョロいぞ？

「私たちも図書迷宮《ライブラリ》や魔導書《グリモア》について色々と調べているのですが、あまり捗々《はかばか》しくなく、その道で高名な研究者であるリディアさんに知恵《ちえ》をお借りしたいと、訪問させて頂いたのです」

「高名な研究者……？」

リディアがそう呟《つぶや》いて扉の隙間が少し広がり、私は「はい」と頷いて続ける。

「私が知る限り、あなた以上に図書迷宮《ライブラリ》に詳しい人はいないかと。ご協力、願えませんか？」

「し、仕方ないなぁ。そ、そこまで言うなら……良いよ？　入って」

私の倍プッシュに更に頬を緩《ゆる》めたリディアは扉を大きく開き、私たちを招いてくれた。

こちらの顔触《かおぶ》れから警戒心《けいかいしん》が薄れているのかもしれないけど、ちょっと心配になるチョロさ。

こんなに危なっかしい子供、私が保護してあげないと――って、外見は私と同じぐらいでも、実年齢《ねんれい》は私より上だよね、たぶん。でも、心配なのは本当。

彼女の持つ知識が本物なら、なんとか口説いてウチに招聘すべきかも……。

「……お嬢様？」

開いた扉を前に少し考え込んだ私に、アーシェが問うように声を掛ける。

私はそれに小さく首を振り、「お邪魔《じゃま》致します」とリディアの家に足を踏《ふ》み入れた。


「まったく！　世の中の奴《やつ》らは、図書迷宮《ライブラリ》がどれほど重要か理解していないんだ！」

リディアの家に入って数十分。彼女は立て板に水で話し続けていた。

「同感です。少々蔑ろにされている気がしますね」

「だろう⁉　あれこそ神の奇跡《きせき》！　素晴らしき恩寵《おんちょう》！　人々はあまりにも無関心すぎる‼」

本も売れず、どうやら生活も楽ではない様子。共感してくれる話し相手に飢《う》えていたのだろう。

軽い相づちだけで気持ちよく話してくれるのだから、聞き役としてはとても楽だ。

話の大半は世間に対する愚痴《ぐち》だったけれど、彼女の立場を考えればそれも仕方のないこと。水を向ければ図書迷宮《ライブラリ》や魔法に関する情報も溢《あふ》れ出るので、その知見の深さは十分に感じられた。

「リディアさんは、図書迷宮《ライブラリ》の研究を始めたきっかけがあるんですか？」

「もちろん。ボクは幼い頃《ころ》、魔法によって命を救われたんだ」

聞けば、生まれた頃から身体の弱かった彼女は、成人は難しいだろうと言われていたらしい。

身体の成長も遅く、一〇歳《さい》が近付く頃にはベッドから起きるのも辛《つら》くなったのだが、魔法で治療《ちりよう》してもらうことで、劇的に体調が改善、程なく普通に生活できるようになった。

必然、それは幼いリディアに人生を変えるほど鮮烈《せんれつ》な印象を残し、結果として彼女は魔法を授けてくれる神様と図書迷宮《ライブラリ》に、強い感謝と興味を持つに至ったようだ。

「もちろん、助けてくれた人にも感謝したよ？　でも、その力は神様から与えられたものなのに、大半の人は図書迷宮《ライブラリ》や神様に、妙に無関心なんだ。だからボクは研究を始めた」

元々リディアの家は裕福《ゆうふく》で、親は彼女を救うために魔法に関する情報を集めていた。

リディアはそれを引き継《つ》ぎ、親が早逝《そうせい》した後も資産を食い潰しながら研究を続けた。

そしてその研究を一冊の本に纏《まと》めて世に問うた結果――爆死《ばくし》。

「こんな世界でも人々が生きていけるのは、魔法があるからなんだ。今はそこまで大きな影響は出ていないけれど、このままではいつかダメになる。そう思ってボクは本を著したのに……」

「立派だと思います。魔法を授けてくださる神様のおかげですよね」

「うん、そう。神様に対する感謝も足りない。別に神殿に行けというわけじゃない。いや、むしろ今の神殿になんて行く必要はない。だが、感謝を込めて毎日祈るぐらいはすべきじゃないか⁉」

「敬意の薄さを感じますね」

「そうだ！　それでいて、良い魔導書《グリモア》が欲しいだの、使えない魔法がなんだのと！」

リディアはその憤《いきどお》りを示すように『バンッ！　バンッ！』と両手でテーブルを叩くと、ようやく落ち着いたのか、「ふぅ」と大きく息を吐《は》いて笑顔を私に向けた。

「あなたは話が解るな！　妙に親近感が湧《わ》くし……ボクのことはリディアと呼んでくれ！」

親近感を覚える理由はあまりにも明白だけど、私はそこには触《ふ》れず、手を差し出す。

「ええ、私も同感です、リディア。私のこともルミと呼んでください」

「解ったよ、ルミ！　――ええっと、それで、何か訊きたいことがあるんだっけ？」

私の手を笑顔で握《にぎ》り返し、ブンブンと振ってから、リディアはようやくそう尋ねてくれた。

「はい。教えて頂きたかったのは、図書迷宮《ライブラリ》の修復についてなのです」

「修復……？　事故でもあったの？　しばらくすれば自然と直るはずだけど……」

眉根を寄せるリディアに私は「そのようですね」と頷き、続ける。

「ただ今回は、祭壇が機能しないほど壊されまして。自然修復を待ってはいられないのです」

「壊された……人為的に？　馬鹿な！　図書迷宮《ライブラリ》を故意に破壊するなんて許されない！」

「同意です。とはいえ、犯人を血祭りにあげたところで、図書迷宮《ライブラリ》は直りませんよね？」

リディアが目を丸くして力強く断言し、私もそれに深く頷く。

正直、図書迷宮《ライブラリ》を壊したと思《おぼ》しきディグラッドを処罰《しょばつ》できないのは私も悔しいのだけど、証拠がない以上――いや、証拠があっても伯爵家ともなると、対処は簡単ではない。

「個人的にはそれもありだと思うけどね！　ったく、魔物に影響が出たらどうするつもりなんだ」

「できるなら私も――え？　魔物に影響ですか？」

「あれ？　知らない？　図書迷宮《ライブラリ》はそこにあるだけで魔物を抑制《よくせい》しているんだけど」

リディアが不思議そうに小首を傾げ、私は慌ててアーシェとラルフを見るけれど、二人も驚いたように目を瞠《みは》り、首を振る。ミカゲは……知っていても、教えてはくれないか。

「私たちは初耳なのですが、それは事実なのですか？」

「絶対とは言わないけど、かなり確度の高い情報だと思っているよ。確か、あの辺りに……」

リディアが目を向けた壁際《かべぎわ》にあるのは、天井《てんじょう》まで整然と積み上げられた大量の木箱。

特注品なのか、それとも規格品なのか、まったく同じ大きさの木箱は、この家の壁すべてを隙間なく埋《う》めていて、前世で地震《じしん》の多い国に育った私としては非常に心配になる。

でも、こちらの世界では、生まれてこの方、地震に遭遇《そうぐう》したことはないんだよねぇ。

だから、そこまで心配する必要はないのかもしれないけど……いや、どちらにしても危ないか。

「あの箱だったかな……？　よいしょっと！」

椅子《いす》を箱の壁の前まで引き摺《ず》っていき、その上に立って箱を引き抜こうとするが、リディアの身長は私とほぼ同じ。つまり一般的に言えば、子供と同じであり――。

私がラルフに視線を向けると、彼は頷いてリディアの方へ向かった。

「リディアさん、俺が取ろう。どれだ？」

「あぁ、すまない。助かるよ。あそこの、上から二つ目の箱を頼む」

「了解《りょうかい》――と、なかなか重いな」

「紙が詰まっているからね。こっちに置いてくれ。この中に……あった、これだ」

リディアが箱を開け、中から取り出したのは、製本されていない古い紙の束。

細かな文字で埋まったそれをテーブルの上に置くと、彼女はその中の一文を指さす。

「それっぽい伝承や記録はいくつかあるんだけど、これが解りやすいかな。『神より授かりし図書迷宮《ライブラリ》は邪悪《じやあく》なものを遠ざける。其《そ》は互いに繋《つな》がり、傷付けることはあるまじ』」

「これは『図書迷宮《ライブラリ》にはそれぞれ繋がりがあり、結界のようなものを形成していて、それによって魔物を抑制している。だから壊すな』という理解でよろしいのでしょうか？」

「おそらくね。他にも似たような記述はあるよ。詩的な表現を使っていたりして解りづらいけど」

つまり、かなり確度の高い情報である、と。

「……それって、大問題では？」

「そう！　そうなんだ！　一つ壊れたからって、すぐに問題が発生するとは思えないけど――」

「修復に時間がかかると危険ですね。他の図書迷宮《ライブラリ》で、何らかの事故があったら」

滅多に壊れるものではないが、破損状態が一年、二年と続けばその確率は上がっていく。

そもそも長期間に亘《わた》って《火弾》の図書迷宮《ライブラリ》が閉鎖《へいさ》されれば、ハーバス子爵も困るわけで。

「リディア、なんとかなりませんか？　できるだけ早く直す方法とかは……」

「うん、解ってる。ちょっと待って。確証がない――というか、考拠《こうきよ》が乏《とぼ》しすぎて妄想《もうそう》になりかねないから、これは本には載《の》せなかった情報なんだけど、確かあれは……」

再びラルフが動いて木箱が取り出され、リディアがその中を漁《あさ》る。

「大昔、災害によって図書迷宮《ライブラリ》が破損した時の記録に、こんな一文がある。『神々の力の欠片《かけら》を捧《ささ》げ、我らが一心に祈ると、神は光によって応えた』ってね。後に続く文章からして、これは図書迷宮《ライブラリ》の修復を示しているとボクは推測している。そして、ここで言う『神々の力の欠片』はおそらく葉晶《リーフ》のことだと思うんだけど……ルミは知ってる？」

「えぇ、もちろん。図書迷宮《ライブラリ》で影魔《シャドウ》を斃《たお》すと、たまに落ちる物ですよね？」

私が目を向けると、アーシェが葉晶《リーフ》を一つ、テーブルの上に置き、リディアが頷く。

「そう、これこれ。ボクは自分では取ってこられないから、あんまり持ってないけど」

「使い道がよく判らなかったのですが、これで図書迷宮《ライブラリ》が修復できるのですか？」

「飽《あ》くまで推測だけどね。葉晶《リーフ》の使い道として有力なのは、むしろ魔導書《グリモア》の『進化』かな？」

「「「………………え？（は？）」」」

想像もしていなかった情報を聞かされ、ミカゲを除く私たちが驚きに声を揃え、そんな私たちの顔を見たリディアは得意げに胸を張って語る。

「あ、これも知らない？　ふふ～ん、実はそういう記述は案外多いんだよね。もっとも、やり方は不明だし、『進化』に成功した人はいないから、影魔《シャドウ》を斃して鍛えることを表しているんじゃないかという説が有力かな。ボクは違うと思うんだけど、色々やってみてもさっぱりなんだよねぇ」

さすがは専門家と言うべきか、私たちが集めた資料の中にそんな情報はなかった。

更に、ここにある木箱すべてが図書迷宮《ライブラリ》に関する資料であるなら、彼女の知識量は私たちとは比較にならないレベルにある。……うん、やっぱりもったいないよね。

「リディア、あなたをここで燻《くすぶ》らせておくのは世の損失です。私の住んでいる町へ来ませんか？　生活に困らずに研究できるだけの援助《えんじょ》を約束しますよ？」

「ははっ、評価してくれるのは嬉しいけど、ボクがここに居を構えているのには理由があるんだ。この近くに《微風《そよかぜ》》の図書迷宮《ライブラリ》があるのを知っているかな？　あそこは安く入れるんだよ」

図書迷宮《ライブラリ》の研究をする上では、実地調査も必要。

そのために気軽に何度でも入れる場所として、リディアはこの場所を選んだらしい。

「それだけが理由であれば、私の方でなんとかすることもできますが」

「う～ん、でも、あえて引っ越すほどの理由は……引っ越しは大変だからねぇ」

リディアが見回すのは大量の木箱。前世ほど気軽には引っ越しできないこの世界、これだけの荷物を持っていれば、その億劫《おっくう》さも理解できる。でも私としては、是《ぜ》が非《ひ》でも彼女に来てほしい。

だから私は、切り札を一つ切ることにする。

「ミカゲ、先ほど話に出た『進化』って、できますか？」

「できる。お姉ちゃん、魔導書《グリモア》を」

訝しげなリディアの目の前で、私は魔導書《グリモア》を顕現《けんげん》させてミカゲに手渡す。

それだけで彼女は目を丸くして口をパクパクさせるが、ミカゲは気にした様子もなく、先ほどアーシェが取り出した葉晶《リーフ》を魔導書《グリモア》の上に置き、手を翳《かざ》した。

「盟約の成就《じょうじゅ》を願い、精励《せいれい》の証《あかし》をここに捧げる」

「――――っ⁉」

ミカゲの小さな呟きに応えるように仄《ほの》かな緑色の光が広がると、魔導書《グリモア》の上にあった葉晶《リーフ》が消え、その光景を見たリディアの顎《あご》が完全に落ちた。

これまで自分が研究してきたことだけに、衝撃が大きかったのだろう。

私は彼女が自然に落ち着くのを待つことにして、その間にミカゲに気になったことを尋ねる。

「この『進化』には、いったいどのような効果があるんですか？」

「お姉ちゃんに解りやすく言うなら、経験値。劇的じゃないけど、ちょっとずつ強くなっていく」

具体的に言うなら、私の場合は魔力が増え、子供用——つまり、アーシェたちが持っている魔導書《グリモア》であれば、魔力と共に空きページが増えることもあるらしい。

「マジかよ……。俺、図書迷宮《ライブラリ》に行っても、葉晶《リーフ》はあんまり拾ってないぞ……？」

「私は全部集めていますが、いつも急いで潜《もぐ》るので、戦闘《せんとう》回数は少ないんですよね」

ラルフとアーシェが複雑そうな声を漏らしたところで、ようやくリディアが再起動した。

「…………はっ⁉　な、なに⁉　どういうこと？」

明らかに混乱した様子で、身を乗り出す彼女を宥《なだ》めるように手を動かし、私は問いかける。

「リディアは司書という存在を知っていますか？」

「知ってる！　過去の偉人の傍には常にそれを助ける人がいて、それが——まさか⁉」

「さすがですね。はい、彼女——ミカゲは、その司書です。当然、ミカゲは私たちの町で暮らしているのですが……リディア、私たちと一緒に来てくれませんか？」

「行く！」

即答《そくとう》だった。普通なら信憑性《しんぴょうせい》を疑いそうなものだけど……あれを見せられたら、ねぇ？

少しズルにも思えるが、図書迷宮《ライブラリ》の修復方法の発見と研究者の招聘、両方の目的を無事に達成。

私が満足感に頷いていると、それに水を差すようにアーシェが口を挟《はさ》んだ。

「お嬢様、リディアさんをお招きするのは良いのですが、旦那《だんな》様に相談されずともよろしいのですか？　反対されることはまずないでしょうが、予算も必要ですし」

うっ。それはそう。この部屋の惨状《さんじょう》を見るに、それなりに広い家が必要だし、リディアの給料に加えて研究費用もいる。本来なら相談して決めるべきだが、この機会は逃したくない。

「……ねえ、リディア。一ヶ月の収入はどれぐらいですか？」

「収入？　そうだなぁ、成人の儀式《ぎしき》が終わったこの時期は増えるけど、平均的には――」

そう言ってリディアが口にした金額は、一般庶民の収入を少し超《こ》えるぐらい。

その割に貧乏《びんぼう》そうに見えるのは、間違いなく研究にお金を使いすぎているからだろう。

「そのぐらいであれば、私のお小遣《こづか》いの範囲でなんとかなりますね。大丈夫です」

正確には私が自由に動かせるお金だけど。

ただ、『お小遣い』という言葉が悪かったのか、リディアが微妙な表情で呟く。

「ボクの収入は、子供のお小遣い以下……？」

「リディアさん、言葉にはお気を付けください。お嬢様は既に成人されていますし、そもそも成人以前から働かれておられます。お嬢様が上げられる利益は常人が稼《かせ》ぐ額を大きく超えています」

「あ、ゴメン。他意はなかったんだけど、メイドさんの気に障《さわ》ったみたいだね」

「いえ。私はそこまで気にしませんが、領内には〝お嬢様過激派〟も存在します。シンクハルト領で暮らしていくのであれば……。私も庇《かば》えるとは限りませんので」

「お嬢様過激派って、ルミはいったいどんな――って、シンクハルト領？」

眉根にギュッと皺《しわ》を寄せてこちらを見るリディアに私は頷き、胸に手を置いて名乗る。

「正式には名乗っていませんでしたね。私の名前はルミエーラ・シンクハルト。シンクハルト辺境伯家の娘《むすめ》です。――来るのをやめますか？」

辺境ということで、シンクハルト領の評判はあまりよろしくない。

もしかして断られてしまうかもと不安を覚えるが、リディアは不敵な笑みで首を振る。

「まさか！　図書迷宮《ライブラリ》を研究するなら、最前線である魔境と接する領地が最適だもの。こう見えて

ボクは戦えないから行くのは避けてたけど、領主の庇護《ひご》があるなら願ったり叶ったりだ！」

――いや、こう見えても何も、見たまんまだけどね？

むしろ、リディアと似た体格でありながら、それなりに戦える私の方が例外だと思うし。

「あ、口調は改めた方が良いかな？　ルミは貴族の令嬢なんだよね？」

「大丈夫ですよ。公《おおやけ》の場では気を付けてほしいですが、そのような機会はあまりないでしょうし」

私の言葉にリディアはホッとしたように頷き、私とミカゲの間で視線を行き来させる。

「そうか、よかった。敬語が使えないわけじゃないけど、ルミとは気軽に議論をしたかったから。そ

れじゃ、早速《さっそく》だけど訊いて良いかな？　司書のミカゲ――様？」

「様は必要ない。普通で」

「そう？　じゃあ、ミカゲさん。もしかして、『進化』は司書にしか使えないの？　であれば、ボク

が実験してもダメだったのは当然だし、失伝してしまったのにも理解できるけど」

リディアのその問いに、しかしミカゲは不満そうな表情で首を振る。

「本来、これは神官の仕事。でも、神殿の奥《おく》でぬくぬくと過ごす、肥え太った豚には無理」

誰から学んだのか、なかなかに辛辣《しんらつ》なミカゲの言葉。

しかし、それを聞いたリディアは目を輝《かがや》かせてパンとテーブルを叩いた。

「だからか！　この情報は神殿にとって都合が悪すぎる。クソッ、アイツら、いっつも図書迷宮《ライブラリ》に関する情報を出し渋《しぶ》ると思ったら！」

先ほどミカゲが行ったのは、見方によっては神事の一種だろう。

過去の神殿では可能で、今は不可能となれば、それは神に見捨てられたとも受け取れる。

「間違いなく、神殿の権威《けんい》を否定することになりますね」

「お嬢様、権威を否定どころか、存在価値を揺《ゆ》るがす事態だと思いますが……。だからこそ、回復魔法を得られる図書迷宮《ライブラリ》を独占《どくせん》しようとしているのでしょうか？」

「かもしれません。今は魔導書《グリモア》を授かるため、成人の儀式で神殿に出向きますが、それすらできなくなれば神殿の価値は……。その可能性もないとは言えないでしょうし？」

ミカゲをチラリと窺うと、肯定《こうてい》こそしないものの、薄く笑っている。

――うん。やっぱり、あり得ない話じゃないのかも。

宗教を事業として考えるなら、『魔導書《グリモア》の進化』という分野で失敗したから、『回復魔法』という分野に進出して生き残りを図《はか》るというのも、経営者としては正しいんだろうけど……。

「努力の方向性が間違っていますね。『進化』を使えるように身を正す方が先でしょうに」

私がそう言ってため息をつくと、アーシェたちも呆れたような表情で頷いた。

「ミカゲさん、俺も訊いて良いか？　葉晶《リーフ》さえあれば魔導書《グリモア》はいくらでも『進化』できるのか？」

「制約もある。使う葉晶《リーフ》は当然、自分で影魔《シャドウ》を斃して得た物じゃないとダメ。あと同じ図書迷宮《ライブラリ》で得た葉晶《リーフ》は使える数に制限がある。お姉ちゃんはまだ大丈夫だけど……やる？」

私が《強化》と《観察》の図書迷宮《ライブラリ》で得た葉晶《リーフ》は、まだまだ残っている。

思わず頷きたくなったけれど、私は慌てて首を振った。

「魅力的な提案ですが、図書迷宮《ライブラリ》の修復が先ですね。葉晶《リーフ》がどれぐらい必要か判りませんから」

「それなら、ボクの持っている葉晶《リーフ》も提供するよ。自分の魔導書《グリモア》に使えないんじゃ、他に使い道がないわけだし。その代わり、修復の場面には立ち会わせてほしいな」

「解りました。助かります。でも、葉晶《リーフ》はできるだけ多く確保しておきたいですね。破壊された図書迷宮《ライブラリ》では集めることもできませんし……リディア、近くに図書迷宮《ライブラリ》があるんですよね？」

「あるよ。得られる魔法が微妙だから、気軽に入れる図書迷宮《ライブラリ》がね」


リディアに教えられて私たちが向かったのは、湖を見下ろす小さな丘《おか》の上だった。

ちなみに彼女自身は、引っ越しの準備を進めるために不参加。

可能な限り早く図書迷宮《ライブラリ》の修復へ向かいたい私たちへの配慮なのだろう。

――まぁ、彼女自身、図書迷宮《ライブラリ》が修復されるのを早く見たい、というのもあるだろうけど。

「ここの図書迷宮《ライブラリ》は少し雰囲気《ふんいき》が違いますね」

「図書迷宮《ライブラリ》は色々ですよ。半分水に浸《つ》かった所もありますし、それに比べれば普通です」

取り立てて特徴《とくちょう》もない丘を登ると、数個の巨大《きょだい》な岩が転がっているのが見えてくる。

それらの岩の隙間、奥に入った所にあるのが図書迷宮《ライブラリ》の入り口。

傍にある粗末《そまつ》な見張り小屋で小銭《こぜに》を払えば、それだけで中に入ることができるらしい。

「随分《ずいぶん》と無用心というか、なんというか……」

「この辺りは滅多に魔物が出ないからな。人気のない図書迷宮《ライブラリ》はこんな感じだぜ？」

ここで得られるのは《微風》の魔法。その名の通り微風を起こすだけの魔法であり、使い道が限られるため、この魔法を授かろうと来る人は少ないらしい。

「リディアは金持ちの使用人や鍛冶師《かじし》ぐらいと言っていましたね。アーシェは――」

「私は《冷風》を覚えていますから！」

胸に手を当てドヤ顔のアーシェだけど、実際アーシェの使う魔法は、夏の暑さを凌《しの》ぐのに非常に重宝している――というか、すっごく助かってる。エアコン、ないしね。

「でも、私が《微風》を覚えれば、アーシェの仕事も少し減らせて――」

「おっと、それはいけません。お嬢様のお風呂上《ふろあ》がりは、私の大事なお楽しみ――じゃなかった。メイドの領分を侵《おか》すのはダメです。仕事を使用人に任せるのも、主人の役目ですよ？」

なんだか不穏《ふおん》な言葉が聞こえたけど……使用人の領分というのも正論ではあるんだよねぇ。

私も貴族の娘として育てられ、前世では当たり前だった『自分でできることは自分でやる』が必ずしも正しいわけではないと理解しているから。

「アーシェって、理論的には間違ってないのと、十分以上に有能なのが厄介《やっかい》ですよね」

「まぁ、お嬢様。そんなに褒《ほ》めても何も出ませんよ？　今夜、マッサージしましょうか？」

アーシェが「ふふふ」と笑い、両手をわきわきさせるが、私はその手をペシリと叩き落とす。

「結構です。まだ疲れてませんから。――行きますよ」

湖の近くに位置するからか、《微風》の図書迷宮《ライブラリ》は少しだけ湿気《しつけ》が多い気がした。

しかし、特徴と言えばその程度。整備されていないのは《観察》の図書迷宮《ライブラリ》と同じであり、副祭壇までの道程《みちのり》の険しさも、若干《じゃっかん》こちらがマシというぐらいの差でしかない。

当然私たちには何の障害にもならず、無事に副祭壇まで到着《とうちゃく》、扉を開いて先へと進む。

「さて、リディアによると、ここで出てくるのは小さな鳥のような影魔《シャドウ》らしいですけど」

特徴はその小ささと素早《すばや》い動き。万全《ばんぜん》を期して《強化》と《観察》の魔法も併用《へいよう》して挑《いど》もうかと、私が細剣《レイピア》を抜いて一歩前に出ると、それにラルフが待ったを掛けた。

「ルミお嬢様、魔導書《グリモア》を『進化』できるなら、俺も戦って葉晶《リーフ》を得たいんだが、ダメか？」

「兄さん、護衛の本分を弁《わきま》えてくださいー―と言いたいところですが、私たちも戦うことには賛成です。お嬢様が努力家であることは理解していますが、優先すべきは速度だと思います」

「図書迷宮《ライブラリ》の修復をできるだけ早く終わらせるために？　正論ですね。――で、本音は？」

「お嬢様だけが強くなると、私の立場が。護衛を外されたらどうしよう――とは思ってません」

「なるほど、思っているわけですか。でも、さすがにそれは杞憂《きゆう》でしょう」

正直に言って、アーシェの本分は護衛よりも私の世話だと思うし。

実際、アーシェは《清浄《せいじょう》》や《光》などを筆頭に、普段の生活に役立つ魔法を多く覚えている。

それだけの魔法を授かる手間もさることながら、覚えられる魔導書《グリモア》を持つ人は決して多くない。

そして、高ランクの魔導書《グリモア》を授かった人は大抵、攻撃《こうげき》魔法を主体に覚えていくので、普段の生活に役立つ魔法を多く覚えたアーシェのような人材は、本当に貴重なのだ。

「とはいえ、急ぎたいのは事実。問題はそれでも私が魔法を授かれるか、ですが……」

「大丈夫。むしろ、お姉ちゃんは頑張りすぎ――というか、真面目《まじめ》すぎ」

尋ねるように視線を向けたミカゲから戻ってきたのは、少し呆れたような言葉だった。

「いくら試練でも、出てくる影魔《シャドウ》を一人で全部斃していくなんてこと、普通はしない」

「ですよねぇ。大半の人は数人で挑みますし」

それは知っているけれど、私の魔導書《グリモア》はちょっと特殊《とくしゅ》。最大限できることをやっておこうと思ったんだけど、ミカゲがそう言うのなら、本当に問題はないのだろう。

「なら構いませんが……でも、出てきた葉晶《リーフ》は、図書迷宮《ライブラリ》の修復に優先して使いますよ？」

「それは当然だな。さすがにその優先順位は間違わないさ」

「ええ、余ったときに魔導書《グリモア》の『進化』に使って頂ければ、それで」

そんなわけで、今回は二人も参加して図書迷宮《ライブラリ》の攻略《こうりゃく》を開始したのだけど……うん。

さすがは護衛。そうと言うしかない。

ラルフが強いのは順当として、アーシェも冗談《じょうだん》じゃなく強かった。

魔法を使っても、高速で飛び回る小さな影魔《シャドウ》に手子摺《てこず》る私とは違い、二人は本当に一瞬。

特にアーシェなんて、短剣《たんけん》を抜いた直後に影魔《シャドウ》が消え、短剣も鞘《さや》に収まっているのだから。

そんな二人が参加した結果、攻略はとても順調に進み、ここの図書迷宮《ライブラリ》が五層しかないことも相まって、わずか一日で私たちは本祭壇まで辿《たど》り着いていた。

「本祭壇も三度目となると、感動も少し薄れますね。アーシェたちのおかげで楽でしたし」

この図書迷宮《ライブラリ》を守護するのは、前回と同じトゥラール様。

同じ神様であれば、本祭壇の構造は基本的に同じなのだろう。

見上げると美しい空が見えるものの、さすがに一度目のような感動はない。

「観光に来ているわけじゃないですからねぇ。この見事さは余禄《よろく》のようなもの、目的は神様に祈り、魔法を授かることなんですから。さぁ、早く魔法を授けて頂きましょう」

「ん。重要なのは祭壇の見た目じゃない。神に対する真摯《しんし》な気持ち」

アーシェとミカゲに促《うなが》されるまま、私は祭壇に魔導書《グリモア》を捧げて祈る。

「――っ。ふぅ。やった、三ページ目」

神様への感謝はあれど、『神に対する真摯な気持ち』には自信がないだけに、常にドキドキ。

ミカゲのおかげで不安はだいぶ解消されたものの、こうして無事に魔法を得られると安心する。

もっとも、覚えた魔法の効果はいずれも微妙なので、やっぱり将来性に期待である。

「二人は……覚えないよね、うん。それじゃ、急いで戻りましょう」

一応の確認に揃って苦笑する兄妹に私は頷き、足早に本祭壇を後にした。


私たちが図書迷宮《ライブラリ》から戻ると、リディアは既に引っ越しの準備を終えていた。

家の中に大量に積み上げられていた木箱は、図書迷宮《ライブラリ》の調査で雇《やと》っていた馴染《なじ》みの傭兵たちに依《い》頼《らい》して、シンクハルト領への配送を手配済み。借家だったらしい住居は、荷物の発送が終わるのを待って解約されるように手続きを終え、いつでも出られる状態で待ってくれていたのだ。

私たちはその行動力に驚きつつも感謝し、すぐにポルローズを出発したのだけど――

「あれ？　ルミは貴族の令嬢なのに、移動は徒歩なんだ？」

町の門を出た所で、辺りを見回したリディアが驚いたように言葉を漏らした。

これまでも何も言わなかったのは、町の外に馬車を待たせていると思っていたのかな？

「ええ、領地では馬も使いますが、基本的には徒歩ですね。馬を使えば楽にはなりますが、足腰《あしこし》を鍛えていれば移動できる距離《きより》はさほど変わりませんから。荷物も多くないですし」

貧弱な令嬢なら馬も必要なのだろうが、私は体力があるし、ミカゲも同様。

馬や馬車を使うメリットは確かにあるのだけど、それに伴《ともな》うデメリット——餌《えさ》の準備や世話が必要なこと、図書迷宮《ライブラリ》に連れて行けないのは当然として、宿選びもそれなりに気を遣《つか》うことなど、問題も多くあり、身軽な旅を求めるのであれば積極的に使いたいものではない。

「リディアが歩くのは厳しいというのであれば、考えますが？」

私がそう言うと、彼女は私の全身を見て、ミカゲを見て、もう一度私を見て首を振った。

「いや、大丈夫だよ。気軽に入れる図書迷宮《ライブラリ》は、基本的に僻地《へきち》にあるからね。ボクも足腰は鍛えているんだ。少しでもお金を節約するためにね」

例えば《火弾》の図書迷宮《ライブラリ》のように人気があれば近くに宿場町があることも多く、そこへの乗合馬車もある。しかし、そういう図書迷宮《ライブラリ》は利用料が高かったり、何らかのコネが必要だったり。

研究対象とするのは難しく、リディアは専《もっぱ》ら気軽に入れる不人気な場所を訪《おとず》れていたらしい。

「本当ですか？　無理をする必要はないですよ？　馬を雇うぐらいのお金はありますし」

「いや、本当に大丈夫。ミカゲさんが歩くのに、大人のボクが弱音は吐けないし」

「別に遠慮《えんりよ》は要《い》りませんが——そういえば、リディアの年齢を知りませんね……？」

「ボクかい？　一応、二八歳だね」

「えっ、若い——いや、ん、見えな——えっと……」

「ははっ、遠慮せずに言って良いんだよ？　外見が子供にしか見えないって」

リディアは諦めたように笑って肩を竦めるが、私が驚いたのはそちらではない。

「いえ、その歳《とし》で本を出しているのが……。外見の方は今更ですし」

外見と年齢が一致《いっち》していないのは、判りきっていたこと。

研究を纏めて本にしているぐらいなのだから、少なくとも三〇は超えていると思っていた。

「あぁ、そっち？　図書迷宮《ライブラリ》の資料集め自体は元々親がやっていたからね。ボクも子供の頃から資料は読んでいたし。〝図書迷宮《ライブラリ》の研究〟はそれらを基《もと》にして纏めた本なんだ」

成人前から研究を始め、成人後数年で出版したのがあの本。

実地調査はそれと前後して始めたものの、出版で資金不足になり、行き詰《づ》まり気味らしい。

「本当は本が売れた利益で実地調査をするつもりだったんだけど……見込み違いだったよ」

リディアはそう言ってため息をつくけれど……研究はできても商売的センスはないのかな？

「図書迷宮《ライブラリ》の研究書で利益を出すのは無理でしょう。嘆《なげ》かわしくも大半の人はあまり興味を持っていないのですから。私と変わらない年齢で本を出せたのは凄《すご》いと思いますけど」

私が少し呆れ気味にそう言うと、リディアは目を瞬《しばた》かせ、ポンと手を打つ。

「そういえば、まだ見せてなかったね。これがボクの魔導書《グリモア》、本を書けた理由の一つだね」

「「「青色《ブルー》!?」」」

リディアが顕現させたのは、澄んだ蒼色《あおいろ》の表紙を持つ魔導書《グリモア》。

その色を素直《すなお》に解釈《かいしゃく》するのであれば、魔導書のランクは上から二番目で、お姉様の一つ上。

お姉様が『麒麟児《きりんじ》』と呼ばれている理由は、必ずしも魔導書《グリモア》のランクだけではないけれど、それが大きな要素であることは間違いなく、更に上ともなれば……。

しかしリディアは、そんな私たちの反応に苦笑を浮かべ、魔導書《グリモア》を開く。

「気持ちは解るけど、見てほしいのは中の初期魔法なんだ。ボクが授かったのは《探求》。どこの図書迷宮《ライブラリ》で得られるのか、ボクでも知らないほど稀少《きしょう》な魔法なんだよね」

「アーシェ、ラルフ、知ってますか？」

初めて聞く魔法の名前に二人に目を向けるけれど、二人は揃って眉根を寄せて首を振る。

「知らないな。そもそも傭兵が覚える魔法は、戦闘に関連するものが多いこともあるだろうが」

「私も知りません。でも名前からして、いかにも研究に向いていそうですね」

「そうだね。はっきりとした効果は判らないけれど、記憶力《きおくりょく》と発想力が上がるのかな？　そのおかげで研究は随分捗《はかど》った。リディアは言葉を濁《にご》し、ミカゲに視線を向ける。

そう言いながらリディアは言葉を濁《にご》し、ミカゲに視線を向ける。

既にリディアには『司書であっても疑問に何でも答えてくれるわけではない』ことと、そうなった理由――神が与えた知識を人が忘れてしまったこと――を伝えている。

しかし、リディアの立場からすれば、これまで気にして生きてきたことは想像に難《かた》くない。

それとなく尋ねるような視線を受け、しかしミカゲは気にした様子もなく首を振った。

「初期魔法は自らの望みが反映される。つまり、あなたが望んだだけ。深い意味はない」

「……そうか。特別な使命があるとか、そういうわけじゃないのかぁ」

脱力《だつりょく》するように肩を落とし、下を向いたリディアの表情は窺えないけれど、これまでの行動が何らかの使命感によるものであれば、ミカゲの返答はそれなりの衝撃だっただろう。

私はリディアが少し心配になり、そっと声を掛けた。

「リディア、あまり気にしない方が……」

「いや、むしろホッとした。自らの心に従って自由に研究できるってことだから。もちろん現状の図書迷宮《ライブラリ》の扱《あつか》いなどを変えたいという気持ちは変わらないけどね。それじゃ、行こうか！」

そう言ってリディアが私に向けた顔は晴れやかで、意気揚々《ようよう》と歩き出したのだけど……。


リディアの『大丈夫』という言葉に嘘はなかった。

研究者にしては足腰も強かったし、ミカゲが歩けるから大丈夫との判断も、常識的には正しい。

間違っていたのは、ミカゲに対する評価。

こう見えて彼女の身体能力は私と同等であり、そんな私はシンクハルト家で育った子供。

お姉様ほどではないけれど、一般人に比べればかなり鍛えられている。

――結果、どうなったかと言えば。

「リディア、大丈夫？」

「……大丈夫、かな。まだ、なんとか。うぅ……ミカゲさんに心配されるとは……」

《火弾》の図書迷宮《ライブラリ》まで残り二日ほどの所で、リディアに体力の限界が近付いていた。

一応、リディアにも《強化》の魔法は使っているんだけど、効果は基礎《きそ》に対しての一割アップ。私やミカゲも同じように使っていれば、むしろ体力差は開くだけだったりする。

もっとも、歩ける距離は伸びるので、無意味ではないんだけどね。

「なんでボクが最初にへばるの？　護衛のラルフさんが別格なのは解る。メイドのアーシェさんが顔色すら変えないのは不思議だけど、それも受け入れよう。でも、ボクと体格が変わらないルミと、ボクより小さいミカゲさんが元気なのはなんで？　おかしくないかな？」

リディアは木陰《こかげ》で横になって休みつつ、涼しい顔で隣に座る私やミカゲ、平然とお茶の準備をしているアーシェに目を向けるが、それに応えたのは肩を竦めたラルフだった。

「ルミお嬢様が貴族の令嬢らしからぬ体力を持っているのは事実だが、アーシェの方はこう見えて、ルミお嬢様の護衛だからなぁ。ただのメイドとは違うぞ？」

「護衛……貴族ともなると、メイドさんも普通じゃないのかぁ。ならミカゲさんは？　もしかして司書は体力が無限だったりするの？　それとも普通の人とは身体が違うの？」

「違う。司書は伴侶《はんりょ》、つまりお姉ちゃんと同等の身体能力になる。じゃないと付いていけない」

「あ、そっか。常に随伴《ずいはん》するなら、そういう点も……。伝承の記述は誇張《こちょう》されたものかと思っていたけど、そうじゃなかったんだね。それじゃ、あれは……うん、なるほど……」

さすがは研究者、グロッキー状態でも好奇心《こうきしん》は衰《おとろ》えないらしい。

リディアは自分一人で納得し、荷物から引っ張り出したメモ帳に何やら書き始める。

アーシェはそんな彼女に困った顔をしつつ、私にお茶を差し出した。

「どうぞ、お嬢様。――研究者としては頼《たの》もしいですが、体力の回復は良いのでしょうか？」

「ありがとう。――基本的には予定通りに進んでいるから、良いんじゃないかな？」

こういう休憩《きゅうけい》時にアーシェが淹《い》れてくれるのは、疲労《ひろう》回復の効果もあるお茶。

それをミカゲやリディア、ラルフにも配っているアーシェを眺《なが》めつつ、私は息をつく。

リディアが加わったことで歩速が落ちたのは事実だけど、その差はわずか。

むしろ、彼女が手持ちの葉晶《リーフ》を提供してくれたことで、その遅《おく》れは十分に相殺《そうさい》されている。

もっとも、手持ちの葉晶《リーフ》をすべて使っても修復できなければ、話は変わってくる。

一応、既にハーバス子爵には『葉晶《リーフ》を使うことで、図書迷宮《ライブラリ》の修復が可能かもしれない』と手紙を送ってはいるのだけど、葉晶《リーフ》は一般に流通していない物だからねぇ。

「ジゼルは集めてくれているかな？」

「葉晶《リーフ》ですか？　お嬢様からの情報であれば、確証がなくても動くのがジゼル様でしょうが、そもそも本祭壇まで行く人が少ないことに加え、拾い集めている人がどれだけいるか」

「俺も大半を放置してきたからなぁ。今思えば、もったいないことをしたな」

「葉晶《リーフ》の価値を知ればみんなが集めるだろうけど、そうなると今度は抱《かか》え込んで手放さない。図書迷宮《ライブラリ》の修復用に葉晶《リーフ》を集めるのは難しそうだよね。う～ん、今後のことを考えると……」

どうするのが良いのか、とため息をつくと、ミカゲがポンと私の肩に手を置く。

「お姉ちゃん、心配しなくても本来図書迷宮《ライブラリ》は、修復が必要になるものじゃない」

「……ごもっとも。あの男ほどの愚か者が頻繁《ひんぱん》に出てくるわけないか」

ハーバス子爵家にも記録が残っていないのだから、滅多にあることでないのは確実。

「でも、万が一に備えて、備蓄《びちく》はしておきたいところだよね。そもそも『進化』に使える葉晶《リーフ》は図書迷宮《ライブラリ》ごとに上限があるんだよね？　余った葉晶《リーフ》なら買い集めることもできそうだし」

私がそう言うと、ラルフが眉根を寄せて私を見た。

「ルミお嬢様、もしかして『進化』の情報を公開するつもりか？」

「そこまで具体的には考えていませんが、ラルフは反対ですか？」

「正直に言えばな。神殿がひた隠しにしてきた情報。ルミお嬢様がそれを公開したとして、神殿が感謝して姿勢を正すと思うか？　むしろ逆恨《さかうら》みする可能性が高いと思うが」

「……否定できませんね。立派な神官もいるのですが、上層部に関しては」

以前お母様も『立派な方ほど地位が低い』と口にしていたけれど、魔境の最前線で人助けをするような神官は神殿内の政治に関わらない人が多く、神殿の方向性を決めるような立場にはない。

「だろ？　ミカゲさんのことを知られれば、下手をしたら強硬《きょうこう》手段に及《およ》びかねないぞ？」

「神殿はそこまで腐《くさ》っているんですか？」

私のその問いに即座に反応したのは、メモ帳から顔を上げたリディアだった。

「すっごい腐ってるぞ！　ボクも、ボクの親も、かなりのお金を神殿に取られた！　それでいて何の役にも立たない。結局、ボクを助けてくれたのは神殿じゃなかったしね！」

かなり力の入ったその答えに、ラルフも苦笑しつつ頷く。

「傭兵をしていると色々と良くない噂は耳に入ってくるな。ルミお嬢様たちを排除《はいじょ》すればなかったことにできるとなれば、極端《きょくたん》な手段を選ぶ奴が出てきたとしても不思議ではないくらいに」

「私も兄さんと同意見です。もし公表するとしても、それなりの下準備をした上でなければとても賛成はできません。お嬢様が危険に曝されるようなことは認めがたいです」

「そうですか……。貴族にも期待はできませんよね」

「はい。本祭壇に向かう人は増えるでしょうが、それが魔物の討伐《とうばつ》に繋がるかどうかは別問題です。しかも現状、『進化』を使えるのがミカゲさんだけということになれば」

魔導書《グリモア》のランクが重視される貴族社会。現状に満足している人にとってミカゲは邪魔だろうし、ランクを上げたい人はミカゲを囲い込みたいと思うだろう。

運良く私たちにとって都合の良い形で物事が進んだとしても、ミカゲが儀式に忙殺《ぼうさつ》される可能性は非常に高く、当然、私の行動も制限されることは間違いない。

「う〜ん、現実的路線としては、神殿の意識を改革した上で、『進化』を使える神官を神殿内部に複数揃えてから情報を公開する、といったところでしょうか？」

私たちに影響が小さい方法を口にしてみると、全員から呆れたような視線が向けられた。

「ルミ、それはあまり現実的じゃないと思うけど？」

「ですよね。正直、私たちには苦労してまで公開するメリットがないですしねぇ」

リディアの言は正にその通り。私たちの安全を確保するためには、それぐらいのことは必要という意味では現実的だけど、それを実現できるかという意味では、現実的ではない。

それでもなお、やってみるだけの理由があるとすれば……。

「ミカゲ、神様はこのことを広めてほしいと思ってるのかな？」

問題となるのはそこだけ、と尋ねてみれば、ミカゲは「神は人に期待していない」と首を振る。

「それはそれで複雑だけど……『進化』に関しては、親しい人だけに留《とど》めておきましょう」

「ルミ、ボクは？　ボクは『進化』を使ってもらえるの？」

「構いませんが……必要ですか？」

基本的に魔導書《グリモア》は、魔物と戦うための物。

仕事で魔法を使う平民も少なからずいるけれど、必要とする魔法の数は多くない。

ましてやリディアの魔導書《グリモア》は青色《ブルー》、不足することなんてないだろう。

「確かに必要か、必要でないかと問われると、必要じゃない。ボク、ほとんど家からも出ないし。でも研究者として、こんな機会は逃せない！　お願い！」

「別に構いませんが、影魔《シャドウ》を斃す必要がありますよ？　できますか？」

私に対して両手を合わせるリディアにそう尋ねると、彼女は怯んだように「うっ……」と声を漏らすものの、すぐに「が、頑張る！」と拳《こぶし》を握った。

「まぁ、攻撃魔法もありますしね。場所を選べば大丈夫でしょう。――他はシンクハルト家とハーバス子爵家の人、それに騎士団の一部ぐらいでしょうか？　あ、もちろん、アーシェもね」

言うまでもないことだろうけど、私がそう付け加えるとアーシェは満足そうに頷く。

戦力的に考えるなら、兵士たちにも対象を広げるべきなのかもしれないが、秘密を守るためにはある程度の制限は必要だし、人数が多くなるとミカゲが忙しくなりすぎる。

何らかの状況の変化でもなければ、兵士の魔導書《グリモア》まで『進化』させるのは難しいだろう。

しかし、私の言葉で焦った様子を見せたのはラルフ。

先ほどの区分では微妙なラインに入るからか、慌てたように口を開く。

「俺は？　もちろん俺も入っているよな？　な？　ルミお嬢様」

当然、私は彼も念頭に置いていたのだけど、私が何か言う前にアーシェが悪戯《いたずら》っぽく笑った。

「え、兄さんは別にお嬢様と親しくはないでしょう？　シンクハルト家に仕えてもいませんし」

「えぇ……？　た、確かにその通りだが、俺、護衛を頑張っているよな？」

「そうですか？　荷物持ちとしては役に立っていますが、護衛としてはどうでしょう？」

「うがっ。そ、そう言われると……」

ラルフが護衛に付いてくれて以降、私たちは基本的に安全な地域を移動してきた。

結果、盗賊《とうぞく》の類いは当然として、魔物にもほとんど遭遇していない。町中では男の護衛がいたことで避けられたトラブルもありそうだけど、それを活躍《かつやく》と言えるかどうかは微妙なところ。

彼もそれを認識《にんしき》してか、困ったように言葉を濁し、視線を彷徨《さまよ》わせる。

「ふふっ、アーシェ、そんなに意地悪を言わなくても。でも折角ですから、今から活躍してもらいましょうか。どうやら、必要な状況が近付いているようですし？」

私が小さく笑いながらそう言うと、ラルフは少し驚いたように目を瞠った。

「なんだ。ルミお嬢様、気付いていたのか？」

「はい。《強化》と《観察》を常に使っているせいでしょうか。この道の先を見た時になんとなく。ラルフがここで休息を取ると言い出したのにも、少し違和感《いわかん》を覚えましたし」

私が気になったのは、左手からは崖《がけ》が迫《せま》り、右手には森が広がって隘路《あいろ》となっている箇所。

ラルフの反応からして、私が感じた嫌な雰囲気は間違いではなかったらしい。

そしてアーシェもまた、特に驚いた様子もなく広げていたお茶のセットを片付け始める。

ミカゲが慌てないのはいつも通りとして、一人戸惑っているのはリディアである。

「え？　なに？　どうしたの？　この休憩って、ボクが疲れているからじゃなかったの？」

「それもあったが、確認の意味も込めて、だな。勘違《かんちが》いの可能性も多少はあったんだが、ここで俺たちが休んでいても移動しないところをみると、間違いないようだな」

「盗賊でしょうか。狙いは商人かもしれませんが、私たちが見逃《みのが》されると考えるのは甘《あま》いでしょうね。金銭面はともかく、こんなにも美しい花が揃っているのですから！」

「大半は蕾《つぼみ》——いや、あぁ、そうだな、危険だな。うん、うん」

あまり嬉しくないことを自信満々に宣言するアーシェに、ラルフは何か言いかけたが、すぐに諦めたように首を振ってアーシェの言葉に同意、武器の確認を始めた。

「みんな判ってたの？　判ってのんびりお茶を飲んでいたの？　……心臓、強すぎない？」

「ラルフとアーシェのことは信頼《しんらい》していますから。素人《しろうと》が右往左往しても邪魔なだけです」

戸惑うリディアに私がそう言うと、ラルフがニヤリと笑う。

「ありがたいね。それじゃ、その信頼に応えないとな。——とはいえ、どう対応するか。こっちにはルミお嬢様がいる。怪《あや》しい行動をしていたと、先に攻撃を仕掛《しか》けても問題はないだろうが」

「いえ、一応は向こうの対応を見てから対処しましょう」

こちらが貴族の紋章《もんしょう》が付いた馬車に乗っているのであれば、ラルフの対応でも問題ない。

でも今の私たちを客観的に見れば、なぜか徒歩で移動中のお金持ちのお嬢様といったところ。

怪しいというだけで、いきなり強硬手段を取るのは避けたい。

「もちろん危険性が高いというのであれば、ラルフの提案に従いますが？」

「ゼロじゃないが、おそらくは大丈夫だろう。弓矢で攻撃されると少し危険だが、俺はこういう魔法も覚えているからな。——《風壁《ふうへき》》」

ラルフの言葉で私たちの周りに風が舞《ま》い、アーシェが感心したように頷く。

「矢を防ぐ魔法ですか。なかなか良いものを覚えていますね」

「俺は傭兵だからな。護衛任務では必須《ひっす》と言っても良い魔法。残念ながら攻撃魔法を完全に防げるほどの効果はないから、完璧《かんぺき》とは言えないんだが、矢であれば問題ないはずだ」

「攻撃魔法ですが。それは少し怖《こわ》いですね。神様が犯罪者から魔導書《グリモア》を取り上げてくれれば楽なんだけど……ミカゲ、どうなのかな？」

「神は忙しい。人は人が裁くべき。――たまには対処するけど」

犯罪者が成人の儀式で魔導書《グリモア》を授かれなかったという事例や、後に失ったという事例はあるけれど、大半の犯罪者は魔導書《グリモア》を持ったままであり、魔法も使えている。ただ、皮肉なことに、図書迷宮《ライブラリ》に入場制限があるおかげで、犯罪者が攻撃魔法を覚えるのは簡単ではないのだけど。

「成人の儀式の時と、あまりにも酷い場合は対処するって感じなのかな？」

「そんな感じ。でも、お姉ちゃんには『督促』という対処方法がある」

「……あぁ、そういえば。盗賊相手であれば、使えるの？」

普通の犯罪者に使うという発想がなかったので尋ねてみれば、ミカゲは「魔法を犯罪に使うことは盟約に反する。問題ない」と頷き、それを聞いたリディアが不思議そうに首を傾げた。

「その『督促』って、何かな？　あ、訊いちゃダメなことなら、別に良いんだけど」

「『督促』は司書――正確に言うなら、その伴侶の能力。魔法を制限することができる」

ただし、改心する猶予は与えられ、神様が認めて初めて『回収』できる。

そんな仕組みを簡単に説明すると、リディアは興味深そうに「ふむふむ！」と何度も頷いた。

「つまり『督促』は、神様が用意した救済措置《そち》なのかな？　魔法が使える人を人が裁くための」

「可能性はあります。ただ、どちらかというと『審判《しんぱん》を仰《あお》ぐ』ための能力かもしれませんが」

「そういう考え方もできるね。ボクが集めた記録に、魔法を使った犯罪の記述が少ないことが気になっていたんだけど、過去の偉人たちも同じことをしていたのかもね」

昔は司書の存在が一般的であり、『督促』という仕組みも知られていたとすれば、おそらく貴族は今よりも真面目に魔物の討伐に取り組んだだろうし、魔法を犯罪に使う人も少なかっただろう。

逆に現在は『魔導書《グリモア》が与えられなかったり、失われたりすることもある』という事実こそ知られているものの、それは本当に稀《まれ》なことであり、現実感を以《もっ》て受け入れられてはいない。

もし、今の世にミカゲしか司書がいないとすれば……状況は案外深刻なのかもしれない。

「お嬢様、どうかされましたか？　何やら、悩《なや》まれていますが」

私が考え込んでいたからだろう。

心配そうに尋ねるアーシェに私の懸念《けねん》を伝えると、彼女は「なるほど」と頷き、優《やさ》しく笑う。

「それをお嬢様が気負う必要はないのでは？　『能力を持つ者には責任がある』なんて言う人もいますが、私は『責任がある人には能力が必要』だと思っています。責任ある立場にありながら無能なのは罪ですが、能力があるからと無理に責任を負う必要はないのです」

「それにはボクも同意かな。『良い魔導書《グリモア》を持っているんだから、生かすべきだ』とか言われても、胡散臭《うさんくさ》さしか感じなかったし。……まぁ、言った人物自体が胡散臭いのもあるけど」

「……そういえば、リディアの魔導書《グリモア》は青色《ブルー》でしたね。やはり、そういうお話が？」

平民でも高ランクの魔導書《グリモア》を持つ人は、貴族のお抱えになっている人が多い。

それを喜ぶ人も多いのだけど、リディアは鼻息も荒《あら》く、不満げに頬を膨《ふく》らませた。

「あった、あった！　うんざりするぐらいに!!　どこから広まるのか、魔導書《グリモア》を授かった次の日には勧誘《かんゆう》が来たよ、貴族や金持ちから。ボクは研究がしたいのに……自由にさせろって話！」

「ん、お姉ちゃんも自由にすれば良い。司書は行動を制限する存在じゃない」

「もし気になるのであれば、あまり大きなことは考えず、身近にある問題から処理すれば良いかと。差し当たっては、あそこで待ち伏せしている盗賊をこの世から減らすとか、いかがですか？」

私の気持ちを軽くしようとしてか、冗談っぽく言うアーシェの言葉に、私も笑いを漏らす。

「ふふっ、そうだね。難しく考えることもないか。ねぇ、ミカゲ。『督促』は魔法の指定が必要だよね。相手が覚えていない魔法を指定しても大丈夫？　ペナルティとかあったりとかする？」

「『督促』の対象となる人なら大丈夫。単に効果がないだけ」

つまり、『真っ当な人相手にはやるな』と。まぁ、それは当たり前だよね。

効果が出てしまった時点で不正な『督促』となり、こちらがペナルティの対象となるのだから。

「でも、お嬢様。この辺りに生息する盗賊が使えるのは、《火弾》ぐらいだと思います」

アーシェが指摘する通り、この近辺で一般人が入れる攻撃魔法の図書迷宮《ライブラリ》はあそこぐらい。

この点は制限が緩いことによる弊害《へいがい》だけど、私は利用を制限すべきだとは思わない。

結局は割合の問題。メリットがデメリットを大きく上回るなら、それはやる価値がある。少なくとも魔物が多い辺境に於《お》いては、《火弾》はそれぐらいに重要な魔法なのだから。

「それじゃ、ルミお嬢様、相手が盗賊と確定すれば、やってくれるか？」

「ええ、もちろんです。——まぁ、盗賊というのが勘違いであれば一番ですが」

そんな儚《はかな》い希望を口にするも、ラルフとアーシェは苦笑を浮かべて言外に否定する。

「ボクにはよく判らないけど、集団で狩《か》りをしている人たち、という可能性はないのかな？」

「であれば、狩りの対象はきっと私たちですね」

うん。私もそうだろうな、とは思う。でも、可能性はゼロじゃない。

優しい世界を夢見て、先に進んだ私を待ち受けていたのは……。

「待ちな！」

儚い希望は、やはり儚かったらしい。

目星を付けていた箇所に差し掛かった時、私たちを囲むように男たちが姿を現した。

前方に十数人、後方に数人。全員で二〇人ほどの集団で、身に着けている装備はバラバラながらあまり薄汚れた感じはなく、食い詰め者の盗賊とは少し違う印象である。

「おい、お前ら、大人しく——あん？」

私たちを指さして口を開いたのは、集団のリーダーっぽい男。

しかし、すぐに顔を顰《しか》めて、横に立つ男に顔を向けた。

「おい、依頼は『子供二人を無傷で連れてこい。男は殺して、メイドは好きにして良い』だったよな？　子供が三人いるんだが？　どうすりゃ良いんだ？」

「俺に言われても……。話を聞いたのはリーダーじゃないですか」

子供が三人。それが誰を差すかは言うまでもないけれど、私たちはともかく、リディアはもういい大人。子供扱いに怒《おこ》るかと彼女を窺うと、予想外にその顔色は青白く、緊張《きんちょう》に強張《こわば》っていた。

——んん？　これ、怒りに震《ふる》えているってわけじゃないよね？

もしかして、怯《おび》えてる？　……あぁ、そっか。

ミカゲがアレだから失念してたけど、普通の人には怖い状況だよね、これ。

普段、ムキムキで強面《こわもて》の騎士団に囲まれている私からすると、この男たちの外見は迫力《はくりょく》に欠けているし、大した実力もないことが判る。でも、荒事《あらごと》に慣れていない人からすれば……。

むしろ、文句も言わずに付いてきているだけ、リディアは凄いのかもしれない。

私はリディアを背後に庇うような位置に移動して、彼女の手を握る。

その行為にリディアは一瞬、ビクッと体を震わせるが、私の顔を見て少し照れたように笑って肩の力を抜き、対してアーシェは物騒《ぶっそう》な雰囲気を漂《ただよ》わせ始めた。

それは決して、私がリディアの手を握ったから、というのではなく――

「アーシェ、どうやら花が狙いだったみたいだぞ？　お前以外の」

「どうでも良いことです。お嬢様を襲《おそ》ったその罪は、どうせ命で贖《あがな》ってもらうのですから」

まぁ、理由は明白だよね。アーシェはかなり物騒な目で言葉を吐き捨てた。

それとほぼ同時に盗賊たちの話も纏まったのか、改めてこちらに向かって罵声《ばせい》を上げる。

「はっ、馬鹿じゃねぇのか？　この人数差でどうにかなると思ってんのか？」

「そっちの男は殺せって言われたが、女どもを残して立ち去るなら、見逃してやってもいいぜぇ？

ただし、有り金は全部置いていってもらうがな！　ギャハハハ！」

男たちが下品にせせら笑う。

普通に考えれば、戦えそうなのはラルフ一人。

盗賊たちが図に乗ってしまうのも、仕方ないのかもしれないけれど……。

「兄さんあんなことを言ってますけど、立ち去りますか？」

「するわけないだろ。仮にそんなことをして生き延びたら、親父《おやじ》たちから死ぬより酷い目に遭《あ》わされるわ！　そもそも、逃《に》げる必要がある相手でもないしな」

揶揄《からか》うような口調のアーシェにラルフは肩を竦めて笑うが、その言葉は盗賊たちにとっては面白《おもしろ》くなかったのだろう。リーダーの男が獰猛《どうもう》な笑みを浮かべ、ラルフに向かって顎を動かした。

「オイオイ、随分と威勢《いせい》がいいなぁ、兄ちゃん。――やれ」

その言葉と同時に、三つの《火弾》がラルフへ飛ぶが、内二つは明らかに火勢が弱い。

それを放ったのは私が『督促』の対象とした男たち。

盗賊と確定した後で始めたので、一人は間に合わなかったんだよね。

複数を一気に『督促』の対象にできれば楽なんだけど、そもそも大勢を相手に使うようなものではないのか、一人一人集中する必要があり、思ったよりも時間がかかったのだ。

しかし、ラルフにはそれで十分だったらしい。

「さすが、ルミお嬢様」

呟くように言うと、彼は最も威力《いりょく》がある《火弾》の方へと一歩踏み出し、剣《けん》を一閃《いっせん》、二閃《せん》。

残り二つの《火弾》に対しても一閃ずつ。それによって《火弾》が消えることはなかったものの大きく威力を減退させ、残りの炎《ほのお》はすべてラルフが纏う風の壁によって吹き散らされた。

「「「なっ――!?」」」

まさか魔法を斬《き》られるとは思っていなかったのだろう。

余裕の表情だった盗賊たちが揃って声を上げ、顔に焦りを浮かべた。

「オイ、誰だ！　魔法が弱いじゃねぇか！　もっと気合いを入れろ‼」

「気合いで魔法の威力が変わるか！　馬鹿野郎《ばかやろう》！」

魔法だけで勝てると思っていたのか、盗賊たちが罵《のの》り合いながら慌てて武器を抜くが、そこにラルフが飛び込んで斬り結び始め、アーシェは私の傍に控えた。

「う～ん、魔法の威力って変わりますよね？　気合い――というか、集中力次第《しだい》で」

アーシェの使う《光》の魔法は、状況によって明るさや持続時間が違う。《光》だけ特別ということはないと思うんだけど――と呟くと、それに答えたのはミカゲだった。

「普通は変わる。変わらないのは低ランクの魔導書《グリモア》だけ」

なるほど。つまり、盗賊たちが持っているのは低ランクの魔導書《グリモア》と。

全員に『督促』をしても三人にしか効果がなかったんだけど、覚える余裕がなかったのかな？

「調整するためには、練習も必要ですから。盗賊に落ちるようなクズが勤勉とは思えません」

「ボクも自在に調整できるのは、《光》ぐらいかな？　それも一番よく使うから、自然とできるようになっただけだし、魔法を覚えてすぐにできるほど簡単ではないと思うよ？」

「そうなんですね。私はまだ三つしか覚えていませんが、そんなに苦労は――」

「お前ら、何を暢気《のんき》に喋《しゃべ》ってやがる！」

私たちを無傷で捕《つか》まえることは、まだ諦めていないらしい。

後ろに回り込んでいた男が三人、私の言葉を遮るように武器も抜かずに突っ込んできた。

「きゃっ！」

外見通りの可愛い悲鳴を上げるのは、もちろんリディア。対してミカゲは平然と私の後ろに退避《たいひ》し、アーシェは先頭の男の腕《うで》を掴《つか》んで地面に叩きつけ、無言で踵《かかと》を振り下ろした。

「ぎゃあ！」

汚い悲鳴と『ゴキッ、ボキッ』という鈍《にぶ》い音が響《ひび》き、男の肩が外され、片脚《かたあし》の骨が砕かれた。

その痛みに暴れようとする男の動きをアーシェは片手で軽く封《ふう》じ、更に二度響く鈍い音。

そして、私の方へと向かってきた二番目の男は――

「ふっ！」

細剣《レイピア》で攻撃するなら、急所を狙うのが効率が良い。

剣が安物なら喉《のど》。ただしその場合、頸動脈《けいどうみやく》を斬って噴《ふ》き出した血で汚《よご》れる危険性がある。

故に狙うのは心臓。幸い私の細剣《レイピア》はかなりの業物《わざもの》であり、安物の鎧《よろい》を簡単に貫通《かんつう》、盗賊はすぐに動きを止め、軽く剣を振ると血を吐きながら地面に倒《たお》れ伏した。

そして最後の盗賊は――うん。いつの間にやら、額から短刀《ダガー》を生やして倒れてる。

当然ながら、誰がやったかなど、言うまでもないよね？

「ル、ルミはお嬢様なのに、強いんだね……。もしかして、ミカゲさんもそうなの？　司書と伴侶は同等の身体能力と言っていたし……」

すぐ目の前で少々凄惨《せいさん》なものを見たからだろう。顔を青くしたリディアが半ば縋《すが》るようにミカゲを抱《だ》きしめて尋ねるが、やはり平然としたミカゲは首を振って否定する。

「身体能力と技術は別物。我にお姉ちゃんみたいなことはできないから注意」

「よ、良かった……いや、良くはないか。き、気を付けようね、ミカゲさん」

「心配しなくても、そんなに危険はないですよ？　アーシェもまだまだ余裕みたいですし」

実際、アーシェがその気になれば、一人でも対処できただろう。

それでも盗賊を一人こちらに通したのは、私が戦う姿勢を見せていたからかな？

実は私も、命の遣り取りをするのは初めてだったんだけど……思ったよりも動揺《どうよう》はない。

それはおそらく、相手が盗賊ということに加え、心構えだけは厳しく叩き込まれてるから。

普段は親馬鹿《おやばか》なお父様も、こういう命に関わるところだけは本当に厳しいんだよねぇ。

「いえいえ。お嬢様が対応してくれて助かりました。私一人では、やっぱり手が足りませんから。お嬢様の手を煩《わずら》わせたダメな護衛の兄さんには、後でお仕置きですね」

「お～い、妹を信頼してのことだからな？　ルミお嬢様、コイツらを生かしておく必要は？」

ラルフの方を見れば、既に一〇人ほどが生死不明で倒れていた。

無傷で立っている残り四人も、短時間で仲間がやられたからか、明らかに腰が引けている。

対して、後ろ側に残っている盗賊は残り二人。先行した三人が斃された後は、私たちに攻撃を仕掛けるどころか、むしろ怯えたように、じりじりと後ろに下がっていた。

「こっちの一人が生きているようです。無理に生かす必要はありません」

私がラルフにそう答えると同時に、生き残っていた敵のリーダーが動いた。

「ちっ！　くそがっ！」

舌打ちと共に仲間の一人をラルフに向かって突き飛ばすと、森へ向かって走り出す。

「面倒《めんどう》な――！」

ラルフは自分に向かって倒れてきた男を切り捨て、リーダーの行動に戸惑う男二人を剣の腹で殴《なぐ》り飛ばすが、既にその時、リーダーはかなりの距離を稼いでいた。

「逃がすかよっ！　――《火弾》！」

突き出したラルフの手から、火の玉が飛び出した。

先ほど盗賊たちが放ったものより一回りは大きなそれが、逃げるリーダーに迫る。

そして、ドンッという音と土煙《つちけむり》を起こして爆発、その土煙が晴れた後には――

「や――ってないか。ちっ、逃がしたか」

魔法の着弾地点に木々が薙《な》ぎ倒された跡《あと》はあるものの、そこに人の死体は存在しなかった。

それを見てラルフは舌打ち、アーシェは呆れたようにため息をつく。

「兄さん、失態ですね」

「お前の方は……しっかりやってるんだよなぁ。すまない、これは確かに失態だ」

ラルフが目を向けた先にあるのは、短刀《ダガー》が脚《あし》に突き刺《さ》さった状態で倒れる二人の男。

リーダーが逃げ出すと同時にこちらの男たちも逃げようとしたのだが、それを許すアーシェではなく、その結果がこれ。私がラルフの魔法に気を取られた次の瞬間にはこうなっていた。

そこまで酷い怪我《けが》ではないのだけど、アーシェが冷たい目で短刀《ダガー》を弄《もてあそ》びつつ、それが額に突き刺さって死んでいる男と、倒れている男たちを見比べているので……まぁ、逃げられないよね。

「ルミお嬢様、追うか？　ただし、コイツらが囮《おとり》の可能性もある。あまり推奨《すいしょう》はできないが」

「ラルフが離れた後に本命が、ですか？　……やめておきましょう。話を訊く相手は複数いますし、リスクを冒《おか》してまで捕まえる意味もないと思います」

私がそう言うと、ラルフは「了解した」と頷き、手際《てぎわ》良く動き始める。

まずは、致命傷《ちめいしょう》を負った盗賊に慈悲《じひ》の一撃を与えて死体の仲間入りをさせ、それ以外の盗賊からは武器を取り上げて、縛《しば》り上げてから簡単な手当て。続いて《掘削《くっさく》》という魔法で穴を掘《ほ》ると、その中に金属類を剥《は》ぎ取った盗賊たちの死体を放《ほう》り込んでいった。

「ラルフ、随分と手慣れた感じですが……よくあることなのですか？」

「商人の護衛をして町を行き来していれば、たまにな。生かして捕《と》らえることは少ないが。町まで連行するには手間もかかるし、危険もあるからな」

現在の生存者は五人。内訳はラルフが剣の腹で殴り倒した男が二人、アーシェが最初に投げた男と短刀《ダガー》で脚を刺された男が二人。いずれもすぐに命に関わるような怪我ではない。

「なるほど。確かに少し多いかもしれませんね。生かして連行するかどうかは、その価値があるかどうかで決めましょうか。有益な証言が得られれば良いのですが」

「その通りですね、お嬢様。お前たち、お嬢様がお尋ねになることに、すべて素直に答えなさい。躊躇《ためら》ったり、ふざけたことを言ったりすれば、怪我が増えることになります。その結果、連行が面倒な状態になれば、あそこのお仲間たちと仲良くなってもらうことになるでしょう」

アーシェが顎で示すのは、盗賊たちの死体が放り込まれた穴。

それの意味するところを正確に理解し、盗賊たちは揃って青白い顔を何度も縦に振った。

その様子にアーシェは冷笑を浮かべ、私は口を開く。

「あなたたちは私たちの誘拐《ゆうかい》を依頼されたと言っていましたね。雇い主の名前は？」

「ヨーダン・ディグラッド！　ディグラッド伯爵家の人間だ！」

「どうせ知らされて――え？　名乗ったのですか？」

普通、後ろ暗いことを依頼するのに、本名を名乗ったりはしない。

用心深ければ仲介者《ちゅうかいしゃ》を何人も挟むし、仮に本人が出てくるにしても顔を隠すだろう。

だから、せめて依頼者の容姿や特徴でも訊き出せれば、と思ったのだけど……。

「お嬢様、欺瞞《ぎまん》工作の可能性もあります。そう名乗った人物の特徴を言いなさい」

「身長はそっちの女よりも少し高いが、横幅《よこはば》は二倍ぐらいあるデブだ！」

盗賊が示す『そっちの女』は私のこと。その特徴は確かにディグラッドと一致している。

アーシェのキツい視線に慌てて答える盗賊の様子からして、嘘は言ってなさそうに見える。

「他の奴らも覚えていることがあれば言え。俺としてはできるだけ数を減らしたいんだ」

価値がなければ殺すという、ラルフの解りやすい脅しに、他の盗賊たちも慌てて口々に情報を漏らすが、それらの特徴もやはり私の知るディグラッドのもの。否定材料は出てこない。

「……もしかしてあの人は、想像を超える馬鹿なのでしょうか？」

外面《そとづら》を取り繕《つくろ》えない時点でお察しではあったけれど、曲がりなりにも貴族の令嬢の誘拐を依頼するのに実名を出してしまうとか、普通の貴族であればあり得ない。

――いや、誘拐しようとしている時点で、普通じゃないんだけど。

「な、なぁ、俺たちは盗賊じゃない。傭兵だ。あんたも傭兵なら解るだろ？　傭兵が貴族に依頼されたら嫌とは言えねぇんだ！　助けてくれよ！」

盗賊がそう言って、自分の近くで警戒しているラルフに命乞《いのちご》いをする。

彼を対象に選んだのは同業と見てなのだろうが、その選択肢《せんたくし》が正しいはずもなく。

「そうだな――と言うとでも思ったか？　ボケ！　『メイドは好きにして良い』だったか？　言動が完全にクズなんだよっ！　ルミお嬢様がいなけりゃ、全員寸刻みでぶっ殺してるぞ？」

ラルフは凄惨とも言える笑みを浮かべ、青筋を立てて怒鳴《どな》りつけた。

まぁ、アーシェを指してそんなことを言ったら、地味に妹大好きっぽいラルフはキレるよねぇ。

「それに貴族というなら、こちらはシンクハルト辺境伯家のお嬢様ですよ？　旦那様はとてもお嬢様を愛しておられます。お嬢様が襲われたと知れば、旦那様は草の根を分けても犯人を捜《さが》し出し、確実に血祭りに上げるでしょうね、限りなく残忍《ざんにん》な方法で」

どうやら彼らは、私たちの素性《すじょう》までは知らなかったらしい。

盗賊たちはアーシェの言葉を聞き、瞠目《どうもく》して完全に言葉を失った。

「私に怪我はありませんし、さすがに『残忍』はないと思いますよ？　血祭りには上げると思いますが。しかし、ディグラッドというのは、予想通りではありましたね」

シンクハルト家も貴族なので対立する派閥《はばつ》はあるけれど、誘拐に及ぶほどの緊張状態にある家はないし、まったく関係ない犯罪者が営利で誘拐を企《たくら》んだにしては杜撰《ずさん》すぎる。

これだけの人数を動かしながら私たちの背後関係を調べないとは思えないし、調べたなら武闘《ぶとう》派であるシンクハルト家に身代金《みのしろきん》を要求するリスクの高さぐらいは理解するだろう。

あとはミカゲの特殊性《とくしゅせい》を知られた場合だけど……この可能性は非常に低いので、排除しても良いかな？　盗聴《とうちょう》でもされていない限り、知っているのは本当に身内だけに限られるから。

つまり、私たちを誘拐しようとするのは衝動《しょうどう》的な犯罪者か、私の想像を上回る愚か者か。

計画性の高さから後者であるのはほぼ確定で、そうなると他の容疑者なんて残っていない。

「でも、ルミ、そんなことをしてどうなるの？　いくら貴族でもバレたら終わりだよね？」

死体が視界から消えたからか、少し顔色の良くなったリディアに尋ねられ、私は唸る。

「う～ん、やりようはあるんですよ。そのクズは過去、私に婚約《こんやく》を打診《だしん》して断られているので」

例えば、私を誘拐した後、自分で盗賊から助け出したと喧伝《けんでん》する。

真実はどうあれ、盗賊に誘拐された令嬢なんて確実に傷物扱いで結婚《けっこん》は難しいが、そこで自分が私と結婚すると言えば、傍《はた》から見れば美談であり、シンクハルト家にも恩を売れる。

そんな一例を挙げると、リディアは困惑《こんわく》と嫌悪《けんお》が混じったような声を漏らした。

「えぇ……？　そんなの……ありなの？」

「犯罪という点に於いては、もちろんなしですが、実現性という意味ではありですね。疑われるかもしれませんが、黒幕であるとバレさえしなければ、糾弾は難しいです」

実際にシンクハルト家が恩を感じるかどうかは別として、貴族社会でそう見られることが重要なのだ。結果、それなりの対応をしなければ、当家が貴族社会での立場を失うことになる。

そんな現実を聞かされリディアが複雑そうに私を見るが、アーシェが軽く肩を竦めて笑う。

「まー、シンクハルト家では、あり得ませんけど。そんな状況になれば旦那様は確実にディグラッドをぶち殺しますよ？　ディグラッド伯爵家と紛争状態になったとしても」

「でしょうね。そもそも誘拐に失敗してますし。ですが、舐《な》めたことをしてくれたディグラッドには、それなりの報復をしたいですね。幸い、証人には事欠きませんから」

お姉様を侮辱《ぶじょく》し、図書迷宮《ライブラリ》を破壊し、更に今回のこと。

野球で言えばスリーアウト。温厚《おんこう》な私でも、到底《とうてい》許せるはずもない。

「さて。どうしてやりましょうか……」

私が笑みを浮かべて盗賊たちを見ると、彼らはなぜか怯えたように体を震わせた。

◆　◆　◆

当家の図書迷宮《ライブラリ》と同様に、《火弾》の図書迷宮《ライブラリ》の傍にもガーデナという宿場町が存在する。

しかし、こちらは訪れる人が桁違《けたちが》いであり、ハーバス子爵領で第二の都市として栄えていた。

《火弾》の魔法を目的に国中から人が集まるため、文化のごちゃ混ぜ感もある少し雑多な町。

辺境にありながらもやや都会的なこの町は、私も初めて訪れる。

時間さえ許せば見て回りたいところだけど、それは後日の楽しみとして、私たちはこの町の兵士たちに盗賊たちを預け、足早に現在閉鎖中の図書迷宮《ライブラリ》へと向かった。

入り口を守る警備兵に顔パスで通してもらい中に入ると、人気があるからか、そこは思ったよりも整備されていた。さすがにウチほどではないものの、難所に手の入った道は歩きやすく、リディアを連れた私たちでも短時間で副祭壇まで到着したのだけど……。

「なんてことだ！　信じられない……狂《くる》ってる！」

副祭壇を見て最初に声を上げたのはリディアだったが、その気持ちはよく解る。

中央の書見台には、何度も斬り付けたような深い傷が何箇所も存在し、上部三分の一ほどは複数の破片に砕かれて、床《ゆか》に転がっているような状態。更に、本祭壇へと繋がる扉は、《火弾》の魔法を撃《う》ち込まれたのか、黒く煤《すす》けて中央部分から大きく罅《ひび》が広がっていた。

「チッ。普通、ここまでやるか？　神罰が下るんじゃないか？」

舌打ちをしたラルフが怒りで荒《あ》れた声を漏らし、それにミカゲも頷く。

「あり得る。ここまで酷いと、お姉ちゃんが回収するまでもなく神が魔導書《グリモア》を取り上げるかも」

「そうなって然るべき行為でしょう、これは。でも、用意した薬晶《リーフ》で足りるでしょうか？」

損傷のレベルが想像を超えている。修復にどれぐらいの薬晶《リーフ》が必要なのか、基準はまったく判らないけれど、心配になるほどの損傷具合であるのは間違いない。

「それはやってみるしかないね。ちょっと待ってくれ。記録の準備をするから」

先ほどの憤りに嘘はないのだろうが、リディアは研究者。

すぐに修復には取り掛からず、きちんとした記録を残すべく破損の状況を調べ始めた。

「どの程度の破損なら、どのぐらいの葉晶《リーフ》が必要か、記録を残しておけば今後の役に立つかもしれないからね。もちろん、役に立つことがない方が良いんだけど」

彼女の調査に掛かった時間は、小一時間ほど。

その間、私たちは測定を手伝ったり、周囲に散らばる破片をできるだけ元の場所に填《は》めてみたり。

意味があるかは判らないけれど、少しでも足しになれば儲《もう》けものだからね。

「……よしっ、これで良いかな？　それじゃ、儀式に移ろうか。ボクにも儀式のやり方は判らないから手探《てさぐ》りになるけど、祈りを捧げるのは——」

「お嬢様が良いかと。私たちの中では最も神様に愛されていると思いますし」

「私ですか？　別に構いませんが……」

あまり自信はないけれど、司書の存在を考えれば、アーシェの言葉には一理ある。

「でも、そのことが修復に影響するでしょうか……？」

「判らないけど、意味はありそうな気がするよね。それじゃ、まずはボクが持っていた葉晶《リーフ》から使ってみようか。ここしか使い道がないしね」

リディアの持つ葉晶《リーフ》は、私の葉晶《リーフ》の半量に届かない程度。複数の人から何度にも分けて買い集めたため、葉晶《リーフ》を拾った図書迷宮《ライブラリ》や元の持ち主は様々で、ごちゃ混ぜ状態らしい。

「できれば影魔《シャドウ》を斃した人、斃した場所によって効果に違いがあるのかも検証したいところだけど、さすがにそれは難しいだろうから、数だけは記録しておきたい。まずは一〇個から」

壊れた書見台の上にリディアが葉晶《リーフ》を一〇個並べ、その前を私に譲《ゆず》る。

――でも、どうやって祈ったらいいのかな？

「リディア、祈り方とか、多少でも情報はないですか？」

「残念だけど、この前話したこと以外の記述はなかった。一応、調べ直してはみたんだけどね。取りあえず、気持ちを込めて祈ればいいんじゃないかな？　まずは試《ため》してみることだよ」

その言葉はとても研究者っぽい。仮に実験に失敗しようと、それはそれで失敗したという結果が得られるので意味はある。そういうことなんだろうけど……。

「お姉ちゃん、別に難しく考えることはない。普段通りに祈れば良いだけ」

困惑する私を見かねたのか、ミカゲがそんな助け船を出してくれた。

「普段通り……？　それなら……」

幼い頃、礼拝室を作った私だけど、こちらの世界の宗教的知識は何ら持っていなかった。

当然、祈りの言葉や作法なんて知らないし、宗教的儀式については言わずもがな。

だから私の祈りは、ただ日々の感謝と見守ってほしいという願い、そして日常の出来事を心の中で神様に報告する、ただそれだけの簡単な行為だった。それに倣《なら》うのであれば……。

私は手を合わせ、目を瞑《つぶ》ってただ願う。

『神様、この図書迷宮《ライブラリ》を直してください』と。

ただそれだけ。特別なことは何もしなかったが、反応は劇的だった。

書見台に置かれていた葉晶《リーフ》が眩《まばゆ》い光を放って溶《と》けるように消え、そこから緑色の光がじわりと波《は》紋《もん》のように広がる――が、それは書見台全体に行き渡ることなく、静かに消えてしまった。

「反応はありましたが、効果は出たのでしょうか？」

あっけない結果にアーシェが心配そうな声を漏らすが、ささっと近付いてきたリディアは冷静に書見台をあちこち調べ、目を眇《すが》め、物差しで測り、「うん」と深く頷く。

「効果は間違いなくあるね。ただ、葉晶《リーフ》がたくさん必要になるかも。次は半分使ってみようか」

「それじゃ、もう一度祈ってみますね」

一〇個ではあまり差がなかったからか、リディアが積み上げた葉晶《リーフ》は彼女の手持ちの半分。

それによる効果は明確だった。広がった緑色の光は床にまで到達《とうたつ》し、何箇所も付いていた書見台の傷が消え失《う》せ、床に転がっていた小さな破片も浮き上がって元の場所へと収まる。

まだ全体的に罅は残っているものの、書見台は元の形を取り戻していた。

「おぉ、すげぇ！　これならいけそうだな」

「そうだね。でも、葉晶《リーフ》の消費量と修復効果を定量的に記録するのは、難しそうだなぁ」

リディアはラルフの言葉に頷き、手元のメモと書見台を見比べて「う〜ん」と唸る。

でも、それは仕方のないこと。副祭壇の破損状況は様々であり、まさか同じように破壊して比較するわけにもいかないのだから、大まかに記録する以外にはないだろう。

「……破損状況と消費した葉晶《リーフ》の量を記録するだけで満足するしかないか。残りの葉晶《リーフ》を全部置いて……ボクの手持ちはこれで終わり。ルミ、もう一度お願い」

三度目となると私も慣れたもの。祈りながら広がる緑色の光をしっかりと目で追っていくと、それは書見台の上から脚の根本、床へと伝播《でんぱ》し、扉の辺りで消えてしまった。

「ふむふむ。この光は、修復が完了《かんりょう》した範囲にまで届くのかな？」

「そのようです。書見台は直りましたが、扉はほとんど直っていませんから」

二度目の修復では残っていた錆が完全に消え、元通りになった書見台に対し、奥の扉は『焼け焦《こ》げが少し薄くなったかな？』という程度で、崩れた彫刻《ちょうこく》などにはまったく変化がない。

「アーシェ、私たちの葉晶《リーフ》はどれぐらいありますか？　《微風》の図書迷宮《ライブラリ》で集めた物も含めて」

階層が少なく、斃した数も少なかった割に、なぜか葉晶《リーフ》を落とす影魔《シャドウ》の割合は高かった。

それは図書迷宮《ライブラリ》による差なのか、それとも戦闘に参加した人数による差なのか。リディアにも訊いてみたけれど、理由は不明。本祭壇まで行く人が少ないため、検証もできないらしい。

「リディアさんの持っていた量を一とすると、おおよそお嬢様が二・五、私と兄さんが〇・四ずつになります。ですので、まずは兄さんの葉晶《リーフ》から使いましょう」

「ちょ、おまっ！　……酷くね？」

ラルフが慌てたように口を挟むが、そんな彼をアーシェは呆れたように見る。

「今の兄さんは、お嬢様に雇われているんですよ？　仕事中に傭兵が得た物の権利は、特別な契約《けいやく》を交わしていない限り、第一に雇い主にあります。違いますか？」

「ぐっ、その通りだ……」

被雇用者《ひこようしゃ》が仕事の成果物を懐《ふところ》に入れることは許されない。

正論で殴られたラルフが言葉に詰まるけれど、私たちの関係はそこまで堅《かた》くないわけで。

「アーシェ、意地悪を言うこともないでしょ。全員で出しましょう」

「さすが、ルミお嬢様！　冷たい妹とは違って優しい！」

「ラルフにはお世話になってますからね。取りあえず割合としては――」

少し不満げなアーシェも交えた話し合いの結果、リディアが持っていた量を基準にして、おおよそ私が〇・六で、アーシェとラルフが〇・一ずつ。

扉の破損状況からして、これぐらいあれば直せるだろうという量を書見台の上に並べた。

そして四度目の祈り。ただ今回は、これまでとは少し違っていた。

前回までは置いた葉晶《リーフ》がすべて光に変わって溶けていたが、今度は半分近くがそのまま残り、書見台から広がった緑色の光は扉を越えて広がって、副祭壇全体をぼんやりと輝かせる。

そして問題の扉はといえば、大きく走っていた裂《さ》け目は塞がり、施《ほどこ》されていた彫刻も元通り。これまで見てきた物と同等――いや、それ以上の、新品のような状態にまで復元されていた。

「これは修復が完了したとみて良いのでしょうか？　問題は正常に機能するか、ですが……」

「あ、それじゃ、ボクがやってみるよ。《火弾》は授かってなかったし」

気負った様子もなく、リディアが魔導書《グリモア》を書見台に置いて祈り、中身を確認して頷く。

「……うん、問題なし。確かに《火弾》の魔法だ」

「そうですか。では、私は扉の方を……開きましたね」

綺麗に修復されたからか、他の図書迷宮《ライブラリ》より滑《なめ》らかに開く扉に、私は深く安堵《あんど》の息を吐く。

私が悪いわけではないものの、自分の因縁《いんねん》がハーバス子爵に迷惑《めいわく》を掛けてしまったのは事実だし、加えて、原因を潰したくとも簡単にはいかないのが厄介すぎる。

前世でストーカー被害《ひがい》を耳にすることはあったけど、まさか私が同じような目に遭うとは。

「でも、これで一安心。成功して良かったよ」

「おめでとうございます、お嬢様。これ以上、何もなければ良いですね」

「不吉《ふきつ》なことを言わないでよ、アーシェ……」

アーシェがにこりと微笑み、私の口から思わず情けない声が漏れる。

原因のディグラッドがまだのうのうと生きているのだから、正直笑えない。

「ねぇ、なんとか処罰できないの？　その、ディグラッドって言ったっけ？　いくら貴族でも問題だよね？　図書迷宮《ライブラリ》を壊したり、ルミを襲わせたり」

憤ったように、とても真っ当なことを言うリディアに対し、私は苦笑を返す。

「どちらかといえば、政治問題ですからねぇ。当家は宮廷《きゅうてい》政治には強くないんです」

状況証拠と平民の証言だけで処断できるほど、貴族の地位は軽くない。

そうなると後は、当家が他の貴族をどれだけ味方につけ、圧力をかけることができるか。

本気で争う姿勢を見せれば、ディグラッド伯爵家もあの男を切り捨てるかもしれないけど……。

「まぁ、いざとなればシンクハルト家の暗部が処しますよ」

「そうそ――え、ウチって、そんなのいたんですか？　初耳ですが」

「ええ、お嬢様の目の前に。お命じくだされば、サクッと殺《や》ってきますよ？」

「ヤメテ。命じませんから。案外できそうなところが、逆に怖いから」

微笑みを浮かべたまま、親指でクイッと首を掻《か》く真似《まね》をするアーシェ。

冗談だとは思うけど、彼女の腕前を知った後では妙に現実感がある。

「まぁ、そちらの対処はお父様とハーバス子爵に任せます。それより、ここまで来たついでに本祭壇まで行ってきましょう。リディアはどうしますか？」

「折角の機会、付いていくよ。あまり危険はないよね？」

そう言いながらも、すすっとミカゲの傍に寄るのは、彼女の傍が一番安全と理解してか。

半ばリディアに抱きかかえられ、ミカゲが「む、動きづらい」と漏らしているけれど、無理に引き剥がすようなこともせず、されるがままになっている。

「そうですね。ミカゲから離れなければ、まず大丈夫かと。ただし泊《と》まりになりますよ？」

「問題ないよ。フィールドワークに野宿はつきもの。慣れてるからね」

「そうですか。解りました。――それじゃ、行きましょう」

図書迷宮《ライブラリ》はこれで四つ目だけど、ここの影魔《シャドウ》と戦うのは初めて。私は息を吐き、修復の成功で緩んでしまった気持ちを引き締《し》め直すと、アーシェとラルフを促して先へと進んだ。


とある小さな町の近く。一〇人弱の男たちが屯《たむろ》している森の一角に怒声《どせい》が響いていた。

「は？　失敗しただと？　お前らは傭兵一人ぶっ殺して、子供を攫《さら》うことすらできないのか！」

声の主はヨーダン・ディグラッド。無駄に付いた肉を震わせて地団駄《じだんだ》を踏みつつ、右腕と顔の半分が包帯で覆《おお》われた男を糾弾するように怒鳴りつけた。

「そ、そんなこと言われても、あの傭兵、妙に強かったんすよ！　しかもメイドまで――」

「言い訳すんじゃねぇよ！　多少強いっつっても、所詮は女だろうが！　使えねぇな‼」

実際に戦う姿を見れば『所詮』などとは言えないだろうが、ヨーダンの知るアーシェはルミエーラの傍で静かに侍《はべ》るメイドである。護衛とは聞いていたし、腕を掴まれたことで力の強さくらいは認識しただろうが、彼程度では実力を測ることなどできようはずもない。

「クソッ、クソッ！　無能のせいで、計画が狂いまくりだ！」

ヨーダンは腹を空《す》かせた豚のように鼻を鳴らしながら、イライラと辺りを歩き回る。

「そもそもアイツらは、なんでポルローズに行ったんだ⁉」

「図書迷宮《ライブラリ》の研究者を訪ねたとの情報を得ています」

そう答えたのは身形《みなり》の整った壮年《そうねん》の男。彼はヨーダンの補佐《ほさ》と監視のために伯爵家が付けた男であり、その倫理観《りんりかん》はともかく、この場にいる人物の中で最も有能であるのは間違いない。

「……まさかアイツら、図書迷宮《ライブラリ》を修復しようってのか？　できんのか、そんなことが」

「私には判りかねます。少なくとも一般には知られていないかと」

「ちっ。お前も使えねぇな。つか、さっさと報告しろよ、遅《おせ》ぇんだよ！」

ヨーダンは舌打ちして悪態をつくが、もちろん男は随分前に報告していた。

しかし、それを言ったところで意味がないと知る彼は「申し訳ありません」と頭を下げる。

「まったく、万が一にでも修復に成功でもしたら、ハーバス子爵の資金源を断《た》ってシンクハルト辺境伯に圧力を掛けるという、俺の完璧な計画が台無しじゃねぇか！」

八つ当たりをするように、近くにある木の幹をガンガンと何度も蹴《け》っていたヨーダンだったが、ふと動きを止めてニヤリと笑うと、怪我をしている男に目を向けた。

「……よし、お前に汚名《おめい》返上のチャンスをやる。《観察》の図書迷宮《ライブラリ》へ行って、祭壇をぶっ壊してこい。あそこなら猟師《りょうし》を装えば、簡単に入れるだろ」

「お、俺一人で、ですか？　それに、祭壇を壊して神から罰が下ったりは……」

戸惑いを顕わにする男を、ヨーダンは「この無能が」と鼻で笑い、数枚の金貨を投げつける。

「人を雇えば良いだろうが。それに……はっ、何が神だ。問題ねぇよ。《火弾》の図書迷宮《ライブラリ》を壊しても何もなかっただろうが。何せ《火弾》の魔法すら、問題なく使えるんだからよっ！」

そう言いながらヨーダンが放った《火弾》が、地面にぶつかって爆発する。

その威力は一般的な《火弾》よりも明らかに弱かったが、大半の者はそのことに気付かず、気付いた者も人によって魔法の威力が異なることを知るため、癇癪《かんしやく》持《も》ちのヨーダンに『あなたの魔法は弱いですね』などと指摘するはずもない。

「オラッ、さっさと行ってこい！　お前にも《火弾》をぶち込むぞ！」

ヨーダンに急《せ》かされ、怪我をしている男は慌てて金貨を拾うと、転がるように走っていき、それを見送ったヨーダンは不満そうに鼻を鳴らした。

「ちっ。使えねぇ奴しかいねぇ」

自分のことを棚《たな》に上げた発言に、補佐の男は内心ため息をつきつつ、確認する。

「ヨーダン様、我々はどうしますか？　攫うのに失敗したのであれば、領地に？」

「戻っても良いが……シンクハルト領にある図書迷宮《ライブラリ》は一つだけだったよな？　大して価値もねぇ図書迷宮《ライブラリ》だった気がするが……へっ、もう一押《ひとお》ししてやるか」

ヨーダンはそう言って、醜悪《しゆうあく》な笑みを浮かべた。

幕間　シルヴィ・シンクハルト

私にとって妹のルミエーラは妖精《ようせい》だ。

初めての出会いは私が物心もつかない頃《ころ》だったが、その衝撃《しょうげき》は今も鮮明《せんめい》に覚えている。

透《す》き通る銀糸の髪《かみ》。宝石のようなアメシストの瞳《ひとみ》。覗《のぞ》き込《こ》む私に伸《の》ばした手の小ささ。

そして、私に笑いかけたその笑顔《えがお》を見た時、私は何があっても妹を守ると、そう決意した。

今思えば、何の予兆もなく妹ができることなどあり得ないし、血も繋《つな》がっていないと判《わか》るのだけど、その時の私にとってそれはどうでも良《い》いことであり、今も何ら変わっていない。

成長しても妹は可愛《かわい》かった。

言葉を喋《しゃべ》れるようになると、すぐに私のことを『お姉様』と呼んで慕《した》ってくれたし、残念ながら剣《けん》の才能は乏《とぼ》しかったものの、それでもいじけることなく訓練に励《はげ》む姿は愛《いと》おしい。

それに加え、妹は賢《かしこ》かった。

神様は武術の才の代わりに聡明《そうめい》な頭脳を妹に与《あた》えたようで、私には理解できない課題について、まだ幼い頃からお父様と対等以上に議論を戦わせ、積極的に領地開発に携《たずさ》わった。

もちろん、妹は領民にも好かれていた。

武闘《ぶとう》派のシンクハルト家に於《お》いて、知性派のルミが及《およ》ぼす好影響《こうえいきょう》は小さくなかったし、関《かか》わりが多い騎士《きし》団は当然として、領民たちにも大人気。そこにはお父様が描《えが》かせている肖像画《しょうぞうが》と、それを元にした姿絵の存在があることも間違《まちが》いなかったが、結局はルミの人柄《ひとがら》と行動があってこそ。

つまり、ルミは素晴《すば》らしい。

そんなルミと遊び、お母様と一緒《いっしょ》にルミを着飾《きかざ》り、時にお父様と魔物《まもの》の討伐《とうばつ》に向かい。

しかし、楽しく輝《かがや》いていた私の日々は、成人したことで転機を迎《むか》えた。

成人の儀式《ぎしき》で私が授《さず》かった魔導書《グリモア》のランクは紅色《カーマイン》。

そのことによって私は、王立学校へ招聘《しょうへい》されることになってしまったのだ。

本来は高額な入学金と学費が必要な学校へ、試験もなく入学できる上に学費も無料。たままた魔導書《グリモア》のランクが高かったがために齎《もたら》された恩恵《おんけい》だったが、それがありがたいかは別問題。

正直、私は王立学校に価値など認めていなかったし、ルミと別れて領地を離《はな》れることは嫌《いや》だったのだが、貴族にとって王立学校からの『招聘』は、実質的に強制で断ることが難しい。

もし断るなら、余程《よほど》の理由を付けなければ『王立学校の権威《けんい》を蔑《ないがし》ろにした』と意味不明な難癖《なんくせ》を付けられ、貴族社会で生きづらくなるのだ。勝手に招いておきながら！

私としては貴族社会での評判などどうでも良く、このままルミの成長を見守りたかったのだが、私はシンクハルト家の跡継《あとつ》ぎであり、家の立場を考えれば貴族の責務として行くしかない。

それに、私の知る王立学校は人から聞いた話でしかなく、実際に行ってみれば、価値のある学びもあるかもしれないし、貴重な友人を得られるかもしれない。

そんな微《かす》かな希望を抱《いだ》いて入学したのだが……残念ながらその希望は大部分で裏切られた。

事前に想像していた通り、実家でルミと一緒に学んでいた内容の方が学校の授業よりも高度だったし、剣術《けんじゅつ》の授業ですら、当家の騎士団の訓練に比べれば児戯《じぎ》に等しかった。

とはいえ、それもある程度は仕方ない。

嘆《なげ》かわしいことではあるけれど、学校に来ている人の大半は人脈作りを目的としている。

そのためのお茶会も頻繁《ひんぱん》に開かれるし、そこで結婚《けっこん》相手を見つけたり、友好関係を深めたりして国の結束を強めることもできるので、そのこと自体を否定するつもりはない。

けれど、勉強や訓練に比べ、そちらの方に力を入れすぎるのはどうなのか。

今この時にも、魔境に接する領地では血を流して魔物を排除《はいじょ》しているというのに、そこから目を逸《そ》らし、お茶を傾《かたむ》けつつ交《か》わされる会話のなんと空虚《くうきょ》なことか。

砂のような菓子《かし》を食《は》み、泥水《どろみず》のような茶を啜《すす》って、下らない話に空笑《そらわら》いをする自分が嫌になる。

ルミとのお茶会であれば、素朴《そぼく》な木の実も極上《ごくじょう》の菓子、水すら甘露《かんろ》となるというのに。

正直、苦行のようなお茶会の誘《さそ》いなど、すべて断ってしまいたいのだが、私にはそうもいかない理由があった。具体的には、私によく絡《から》んでくる三人の男が原因で。


一人目は、この国の第二王子であるルパート・グラーヴェ。

王族だけにしっかりとした教育を受けているはずなのだが、聡明さはルミの足下《あしもと》にも及ばない。

剣の腕《うで》ならルミに勝《まさ》ると思うが——いや、危ないかもしれないな、ルミは努力の天才だから。

彼《かれ》の腕前は決して高いものではないし、頻繁に私の前に現れて時間を奪《うば》っていくあたり、自らを鍛《きた》えようと努力をしているようには見えない。

この国の貴族としては、彼の上に第一王子がいることが救いである。

彼に褒《ほ》めるところがあるとすれば、整った外見だろうか？　私の好みではないが。


二人目は、宰相《さいしょう》の息子《むすこ》であるマルコム・チェンバース。

それなりの頭脳派であるはずなのだが、彼との会話は退屈極《たいくつきわ》まりない。

会話の内容が高度というわけではない――いや、高度といえば高度なのか？

学校の授業から考えれば、少しだけレベルの高い話を小難しい言葉を使って喋っているが、論点が明確とは言いがたく、内容が頭に入りにくい上に、知識をひけらかすような口調が鼻につく。

正直、中身の高度さならルミとの会話の方が上だし、彼女《かのじょ》の話し方や使う言葉は平易で解《わか》りやすく、私程度の頭でも容易に理解できて、単なる雑談ですら私は何度も蒙《もう》を啓《ひら》かれたものだ。

つまり簡単に言えば、マルコムは『話が下手』という言葉に尽《つ》きる。


三人目は、騎士団長の息子であるアーロン・スターリッジ。

アーロンはその出自からそれなりに鍛えてはいるのだが、残念ながら努力不足である。

ウチの騎士団に放《ほう》り込めば、おそらくは新人レベル。当然、私には及ばず、彼と模擬《もぎ》戦をしてもあまり得ることがない。唯一《ゆいいつ》認められるのは、一本気なところだろうか。

私に負けても何度でも挑《いど》んでくる根性《こんじょう》だけは悪くないが、人の助言にあまり耳を貸さない頑迷《がんめい》さが成長を阻害《そがい》していて、私に土を付けることは難しそうである。


私としては、いずれも関わり合いになりたくない面倒《めんどう》な人物たち。

だが、辺境伯家《へんきようはく》の娘《むすめ》という立場と相手の地位を考えると、蔑ろにできないのが口惜《くちお》しい。

そんな私の今の楽しみは、数年もすれば迎えることになるルミの成人。

彼女は確実に私よりも徳を積んでいるし、神様にも頻繁に祈《いの》っている。

きっと高ランクの魔導書《グリモア》を授けられ、ルミも王立学校へ招聘されることになるだろう。

ルミと一緒に学校に通えるという期待感と、彼女にとっては私以上に無駄《むだ》な時間になるだろうという罪悪感が複雑に絡み合うが、結局は私がどうこうできることでもない。

ただ結果を受け入れ、少しでもルミと楽しく過ごせれば、という希望を持っていたのだけど。

残念ながら、こちらの希望も裏切られることになる――とても予想外の形で。

◆ ◆ ◆

「うぬぬぬぅぅ！　くっ、ばっ、がっ！」

荒々《あらあら》しく扉《とびら》を開けるなり意味不明な言葉を吐《は》き出した私を、ルームメイトが呆《あき》れたように見た。

「何ですか、急に。シルヴィに上品さは求めませんが、せめて人間の言葉を話してください」

少々辛辣《しんらつ》な言葉を掛《か》けてきた彼女は、王国の東を守るヘルゼン辺境伯家の娘、カルラ。

彼女とルームメイトになったのは偶然《ぐうぜん》だったけれど、魔導書《グリモア》のランクによって招聘されたことや辺境伯家という立場が私と同じだったため、すぐに意気投合、仲良くなっていた。

私がこの学校で得た貴重な親友であり、唯一、裏切られなかった希望でもある。

「む、すまない。ようやく解放されたのだ、地獄《じごく》のようなお茶会から。戯《ざ》れ言として聞き流してくれ。お茶と一緒に言葉も飲み込みすぎて、本当にお腹《なか》を壊《こわ》しそうだ」

私が弱音を吐くと、お茶会に於ける女の陰湿《いんしつ》さを知るカルラは私に同情の視線を向ける。

「まぁ、この部屋の中で不満を吐き出すぐらいは、構いませんが……大変ですね。人気者は」

「欠片《かけら》も嬉《うれ》しくないがな。内心は田舎者《いなかもの》とか、がさつとか考えているのが丸わかりだ。私は丁寧《ていねい》な罵倒《ばとう》の仕方を学ぶために学校に来たのかと勘違《かんちが》いしそうだ。目障《めざわ》りならお茶会に呼ぶな！」

お茶会がしたいなら、気の合う仲間だけを集めてやっていれば良いのだ。

主宰《しゆさい》した貴族の体面もあり、そこで出されるお茶や菓子だって決して安いものではない。

私が「嫌味《いやみ》を言うために招待するなど、馬鹿の所業だ」と漏《も》らすと、カルラはため息をついた。

「シルヴィが参加すれば、殿下《でんか》やマルコム、アーロンたちが寄ってくるからでしょうね」

カルラの言う通り、私が参加するお茶会には殿下たちもいることが多い。

一応、地位と外見だけは良いので他の参加者は喜んでいるが、私にはただひたすら迷惑《めいわく》。

彼らが妙《みよう》に私に構うものだから、他の女たちから理不尽《りふじん》な嫉妬《しつと》を向けられるし、彼らからは面白《おもしろ》くもない話を無駄に聞かされるしで、まったく良いことがないのだから。

「幸い私は、シルヴィと違《ちが》って殿下たちに執着《しゆうちやく》されていませんから、お誘いも控《ひか》えめです」

「それが解らない。なぜカルラは無事なんだ？　私と同じ辺境伯家の娘だというのに」

「無事というのも変な表現ですけれど……シルヴィの方が可愛いからでは？」

「カルラも美人だろう？　それに気付かないアイツらが意味不明だ」

自分が不細工だと言うつもりはないが、貴族の令嬢《れいじよう》として人気が出そうなのは、お淑《しと》やかで美人のカルラの方。なぜ私の方にばかり注目が集まるのか……。

「シルヴィは目立つのです。華《はな》があるというのか、輝くような存在感を放っていますから。逆に私にはそれがありません。——まあそうならないよう、振《ふ》る舞《ま》っているわけですが」

「なんだそれは！　そんな技術があるなら、是非《ぜひ》教えてほしいぞ？」

さらりと告げられた秘密に私は食いつくが、カルラは頬に手を当てて考え、すぐに首を振った。

「そうですね、シルヴィならできるかもしれませんが……今からでは遅《おそ》いでしょう。最初からやっておけば印象を薄《うす》くできますが、あなたは既《すで》にしっかり目立った後ですから」

「ぐっ……、確かにその通りだな」

殊更《ことさら》目立とうと思ったわけではない。

ただ、学校での時間を少しでも有意義にしようと頑張《がんば》っただけ。

しかも結果は有意義どころか、面倒な人たちと繋がりができてしまったのだから泣きたくなる。

もし過去に戻《もど》ることができるなら、『無意味だからやめておけ』と忠告できるのに！

「はぁ。本当に下らない。お茶会に金を使う余裕《よゆう》があるなら、辺境領地への支援《しえん》を増やせと！」

「それには私も同意です。ただでさえ発展しづらい辺境の地で、魔物にまで対処しなければいけないのですから。ですが、その程度はいつものこと。そこまで憤《いきどお》ることですか？」

そう、それらは今更《いまさら》のこと。入学した頃はカルラと同病相憐《あいあわ》れんでいたが、今ではもう中央貴族に期待するだけ無駄と諦《あきら》め、互《たが》いに話題にすることもあまりなくなってしまった。

「だが、私にも許せないことはある！　カルラは私の妹を知っているだろう？」

「ええ、先日成人された妹さんですよね。色々と噂《うわさ》が流れていますが……」

「そうだ。私の可愛い、可愛い妹のことだ。その妹について殿下がなんと言ったと思う？　『気にすることはない。たとえ妹が無能でもシルヴィの評価が変わることはない』だぞ⁉」

「それは、なんというか……。シルヴィに対して、面と向かって口にしたのですか？」

信じられないと言いたげに眉根《まゆね》を寄せるカルラに、私は「うむ」と頷《うなず》き続ける。

「更にだ！『無能でも外見が良いならなんとかなるだろう。いざとなれば一緒に面倒を見てやる』とまで付け加えた‼　沸《わ》き上がる殺意を抑《おさ》えるのに苦労したぞ⁉」

私が声を荒《あら》らげると、カルラは深いため息をついた。

「こう言っては何ですが、殿下は思ったよりも馬鹿なのでしょうか？　あなたが妹を異常に愛していることぐらい、少し付き合っていれば解ることでしょうに」

「かなり本気で殺してやろうかと思ったな。剣の修行《しゅぎょう》で鍛えた鋼《はがね》の忍耐力《にんたいりょく》がなければ危なかった」

「……いえ、その忍耐力、妹さんのことになると随分《ずいぶん》と脆《もろ》くなる気がしますが？」

「彼らがまだ健常なままで生きている。それだけでも私を褒めるべきだと思うが？」

そう言って私とカルラは互いに顔を見合わせ——すぐに失笑《しっしょう》、肩《かた》の力を抜《ぬ》いた。

「でも、見方によっては都合が良いのでは？　シルヴィがあまりにも妹さんの容姿を褒めるものですから、面倒な男たちも寄ってきていたでしょう？」

「うっ。それは私の不徳の致《いた》すところだな。自慢《じまん》する相手はお前だけにするべきだった」

つい話したくなってしまうのだが、はっきり言って百害あって一利なし。クズのような男からルミが婚約《こんやく》を申し込まれた一因になった可能性があるので、私も反省しているのだ。

「いえ、私もあまり惚気《のろけ》を聞かされても、反応に困るのですが。正直、妹さんの可愛さは聞き飽《あ》きましたし……『辺境の美姫《びき》』でしたか？」

「そんな呼ばれ方もしているようだな。その点を考えるなら、ルミの評価が下がるのも悪くないのかもしれないが、それはそれで、勘違いしたゴミが寄ってきたらと思うと！」

ルミの価値は魔導書《グリモア》ではないし、その魔導書《グリモア》も噂とは異なり、私以上に素晴らしい物。

しかし、高嶺《たかね》の花と思っていたルミが落ちてきたと誤解した男どもが現れたりしたら。

「妄言《もうげん》でも吐かれようものなら、今度こそ手が滑《すべ》ってしまいかねない」

殿下の場合は、王族であるということが抑止力《よくしりょく》にもなっていたが……。

「そうですね、辺境伯家の令嬢に対する侮辱《ぶじょく》であれば、相手次第《しだい》でそれも許されると思いますが、やるなら決闘《けっとう》がよろしいのでは？　シルヴィに勝てないようでは妹さんはやれないと言って、正式な決闘で亡《な》き者にしてしまえば、貴族としては何も言えないでしょう」

「なるほど！　決闘で故意に殺すのは良くないが、再起不能ぐらいならありだな！」

にこりと笑うカルラに、私はポンと手を打つ。

貴族とは名誉《めいよ》を重んじるもの。それを汚《けが》されれば決闘を申し込む十分な理由になるし、さすがに『亡き者』は冗談《じょうだん》にしても、多少痛い目を見せるぐらいは良い教訓になるだろう。

「はい。女であるシルヴィに負けた上で、その結果にまで文句を言うなど恥《はじ》の上塗《うわぬ》りでしかありません。あなたの溜飲《りゅういん》も下がるでしょうし、悪い方法ではないかと」

「うむ、その通りだ。もしかすると、殿下で発散できなかった鬱憤《うっぷん》をぶつけてしまうことになるかもしれないが……それも自業自得《じごうじとく》というもの。運が悪かったと諦めてもらおう」

それから私たちは、実際にそうなったらどう対応しようか、と計画を練ったのだが……。

幸いと言うべきか、それとも不幸なことにと言うべきか。私とカルラの企《たくら》みが実行される前に、私は不測の――いや、ある程度は予測していた事態に見舞《みま》われることになる。

シンクハルト領で魔物が氾濫《はんらん》した。

その知らせが王都に届いたのは、学校に戻って一月《ひとつき》あまり経《た》った頃のことだった。

氾濫、それ自体は数年に一度は起こることである。

だが今回は魔物の数、強さ共に過去にない規模で、『大氾濫』とでもいうような状態。

現在は魔境との境界に設けた三箇所《かしょ》の砦《とりで》で押《お》し止《とど》めているが、それがいつまで保《も》つか判《わか》らない。

それは危機感の足りない中央に行動を促《うなが》すため、多少誇張《こちょう》された報告かもしれなかったが、あのお父様が寄越《よこ》したものだけに、実態と大きく違うことはないだろうと、私には理解できた。

「シルヴィ、戻るのですね？」

心配そうに、しかしどこか諦めたように私を見るカルラに、私は「当然だ」と即答《そくとう》する。

「私が誇《ほこ》れるのは、人よりも多少はマシなこの武威《ぶい》のみ。領地の危機に安全な王都でただ待っていることなど許されるはずもないし、私も耐《た》えられない」

「あなたなら、そうでしょうね。……妹さんは今、シンクハルト領に？」

「いや、おそらくいない。だが、ルミは戦いが苦手、お父様なら連絡《れんらく》が取れても戻ってこないように言うだろう。幸い、隣《となり》の子爵《ししゃく》とは昵懇《じっこん》の仲、ルミを預かってもらうことに支障はない」

「そうですか……。シルヴィには、妹さんを紹介《しょうかい》してほしかったのですが」

残念そうに呟《つぶや》くカルラに、私も頷く。

「私もそうしたかった。いや、私が生きて戻ったら、必ず紹介すると約束しよう」

滅多《めった》に王都に来ないルミとカルラの予定を合わせることは難しく、機会がなかったのだが……こんなことなら、シンクハルト領に遊びに来てもらえば良かったな。

「不吉《ふきつ》なことを口にしないでください。是《ぜ》が非《ひ》でも紹介して頂きますから。早速《さっそく》出発の準備を？」

「あぁ、まずは休学の手続きだな。こういう事情であれば許可も出るだろう」

「そうですか。では、私もお付き合いします」

「助かる。頭が固い校長でも、さすがに辺境伯家二人の要請《ようせい》を断ることはないだろうしな」

そして私とカルラは、慌《あわ》ただしく部屋を出て校長室へと向かったのだが……。

「シルヴィ！」

その途中《とちゅう》で遭遇《そうぐう》したのは殿下と以下二人。面倒臭《めんどうくさ》い男たちだった。

「これは殿下、何か御用《ごよう》でしょうか？　私は少々急いでいるのですが」

「御用というか……まさか、領地に戻るつもりか⁉　この危険な状況《じょうきょう》で！」

――この男は何を言っているのか。

これが国を統《す》べる王族の一員かと思うと、ため息しか出ない。

「殿下、私は領地貴族です。領地に一朝《いっちょう》事あれば即座《そくざ》に帰還《きかん》する。当然のことではありませんか」

内心は押し隠《かく》してそう応えると殿下は口を噤《つぐ》むが、逆にマルコムが口を挟《はさ》んできた。

「領地には辺境伯がおられる。何も君が危険な場所に行く必要など、ないのではないかな？」

「そ、その通りだ！　それに万が一を考えれば、シンクハルト家の血を残す必要があるだろう？　よし、シルヴィは俺《おれ》が保護しよう。俺と結婚すれば王家の支援も得られ、再興も容易《たやす》い！」

背後に控えていたカルラが、慌てたように私の右手を握《にぎ》ってきた。

大丈夫《だいじょうぶ》、私の鍛えられた忍耐力は、この程度では小揺《こゆ》るぎもしない。

そんな気持ちを込めて私はカルラに顔を向けるが、心配そうな彼女は私の手を放そうとしない。

それどころか、私の手を包み込むように両手で握り直し――ようやく私は、カルラの手の温かさと、自分の手に強張《こわば》るほどの力が入っていることに気付き、小さく息を吐いて力を抜く。

「……私はシンクハルト家の継嗣《けいし》です。領地が魔物に蹂躙《じゅうりん》されている状態で、私の命があることなどあり得ません。それが貴族ではありませんか？」

私が努めて冷静に言うと、殿下は怯《ひる》んだように身を引き、視線を落とす。

「ぐっ……、クソッ、俺が王族でさえなければ、共に駆《か》けつけることもできたのに！」

殿下は悔《くや》しげに拳《こぶし》を握っているが、普段《ふだん》の訓練の様子を見るに、本気なのかどうか。

そもそも実際に魔物と戦ったこともない人間が来ても、邪魔《じゃま》でしかない――のだが、それを率直《そっちょく》に言ったところで無意味であると理解している私は、小さく微笑《ほほえ》んで口を開く。

「お気持ちだけありがたく。ただ、状況は良くありませんので、お力添《ちからぞ》え頂けると助かります」

「も、もちろんだ。すぐにシンクハルト辺境伯領に支援させるように――」

「いえ、可能ならば私に個人的な支援を頂けませんか？　王家から領主への支援となると色々と手続きが必要になります。今は迅速《じんそく》さが必要です」

「任せてくれ！　君の為《ため》に支援をしよう‼」

殿下が嬉しそうな笑顔で頷くと、それに慌てたようにアーロンも口を挟んできた。

「殿下にだけ良い格好《かっこう》をさせるわけにはいかない！　シルヴィ、俺は王族じゃない。一緒に連れて行ってくれないか？　きっと役に立つと思う！」

役に立つわけがない。逆に邪魔だ――とは言わず、私は憂《うれ》い顔で首を振る。

「いえ、アーロンは騎士団長の大事なご子息。私の一存でそのようなことはできかねます。ただ、何分急なことですので、果たして領地の武器や防具の準備が十分かどうかが心配です」

「任せろ！　ウチの家には余剰《よじょう》があったはずだ。シルヴィに個人的に贈《おく》れば良いんだな？」

「本当ですか？　そうして頂けると助かります」

「くっ、私は頭脳しか取り柄《え》がない。どうすればシルヴィの役に立つことができるのか！」

苦悩《くのう》するように額に手を当てるのは、宰相の息子であるマルコム。

けど――頭脳が取り柄なら、その頭で考えろ？　取り柄なのは固さだけか？

「……氾濫が長期化すれば食糧《しょくりょう》も多く必要になりますし、戦いの後には復興が必要になります。マルコムには、それらについて宰相にお口添《くちぞ》え頂ければありがたいです」

「解った！　すぐに対処しよう！」

「あっ、マルコム、抜け駆《が》けか――！」

マルコムが走り出すと、その後を殿下とアーロンが追いかけていく。

それを見送って私が大きく息を吐くと、カルラから少し呆れたような視線が飛んできた。

「シルヴィ、あなたって、ああいうこともできたんですね？　政治的なことや男を手玉に取るようなことはあまり得意ではないと思っていましたが……」

「もちろん得意ではない――というか、苦手だぞ？　先ほどのことはルミから教わったことだ。先日帰省した時に愚痴《ぐち》を漏らしたら、色々と助言をくれてな。それをそのまま使っただけだ」

自慢じゃないが、私の頭だけであんなことができるはずもない。

ルミがいくつかのパターンを考えてくれていたから、それを応用しただけだ。

「妹さんが？　本当に凄《すご》いのですね。成人したばかりですのに」

「うむ！　仮にウチが辺境伯領でなければ、ルミに領主の地位を譲《ゆず》っていただろうな」

私はルミよりも戦いが得意だし、軍を率いるのなら私の方が向いているだろうが、長期的な領地の発展に資するは間違いなくルミだろう。そもそもルミの人気なら、戦いの先頭に立てなくてもシンクハルト領の領主としてやっていける。万が一のことがあったとしても――

「いや、不吉なことを考えるものではないな。急ごう」

私は小さく首を振り、カルラを促して校長室へと歩き出した。


私と私の後ろに立つカルラの圧に負けるように、校長はあっさりと休学の許可を出した。

仮に許可が出ずとも戻るつもりだったが、正当な方法を取れるならそれに越《こ》したことはなく、私たちは校長に礼を述べて部屋を辞すと、慌ただしく移動の準備を始めた。

「急がなければいけませんね。野宿の準備や携帯《けいたい》食料も必要でしょうか？」

「あった方が良いだろうな。宿に泊《と》まれるとは限らないし――ん？　カルラも実家に戻るのか？　そういえば、一緒に休学を申請《しんせい》していたが……やはり、実家が心配か」

氾濫が起きたのはシンクハルト領だが、今回の氾濫はいつもと異なる。

領地に戻って警戒《けいかい》するのも不思議ではないと頷くと、カルラは呆れたように首を振った。

「何を言っているんですか？　私もシンクハルト領に行くに決まっているじゃありませんか」

「……本気か？　間違いなく危険だぞ？」

思いも寄らない言葉に私が目を丸くして問い返すと、カルラはしっかりと頷く。

「私は友人の危機に、ただ座して待つほど惰弱《だじゃく》ではありません。直接的な戦いは得意ではありませんが、治療《ちりょう》に関してはそれなりだと自負しています。少しは助けになれるかと」

「少しなどと！　カルラの治療魔法があれば、確実に被害《ひがい》は減る！」

本人が言うように、カルラは戦いをあまり得意としない代わりに、治療技術——それは魔法だけではなく、通常の手段による治療も含《ふく》めて幅広《はばひろ》く学んでいる。

そんな彼女が来てくれることは望外の喜びでしかないのだが、問題はカルラが辺境伯家という高位貴族の娘であること。もしものことを考えると、私の一存で連れて行って良いものか……。

「大丈夫なのか？　ご両親に連絡する時間はないぞ？」

「問題ありません。私はお友達の家に遊びに行くだけですから。ただそれだけのことで領地にいる両親に許可を取るなど、普通《ふつう》はしないでしょう？」

実際には、そんなに簡単な話ではない。

そのことはカルラも、そして、もちろん私も理解しているのだが……。

「ありがとう。私がこの学校で得た最も価値のあるものは、間違いなくカルラとの友情だ」

「それは私も同じです。さあ、早くシルヴィのご両親に挨拶《あいさつ》に行きましょう」

「ふっ、そんなふうに言うと、まるで私とカルラが結婚するみたいに聞こえるな？」

「まぁ。では、ヘルゼン領にも来て頂かないといけませんね？」

「あぁ、落ち着いたら、ご両親へ挨拶に伺《うかが》おう――お礼を言うためにな？」

そして私たちは顔を見合わせると、二人で声を上げて笑った。

◆ ◆ ◆

私が領地に戻って知った状況は、想像していたよりも良くなかった。

堅牢《けんろう》な砦と防壁《ぼうへき》のおかげで本格的な魔物の侵入《しんにゅう》こそ許していなかったものの、戦えない人たちが町の外に出ることは禁止され、街道《かいどう》も基本的には封鎖《ふうさ》、領民たちは半ば総動員状態だった。

だが、見方によってはそこまで悪くないとも言えた。

領民はもちろん、兵士たちにもまだ大きな被害は出ていなかったし、怪我《けが》をしていた人たちもカルラのおかげでかなりの数が復帰できた。

そして、私が殿下たちから獲得《かくとく》してきた支援も、少なからず物資の不足を補ってくれた。

本人たちは有能とは言えないが、やはり家柄《いえがら》は重要である。

ただ、私がカルラを連れてきたことには、お父様たちも少し困っていた。

たとえカルラが『友人の家に遊びに来た』と主張したところで、下手をすればヘルゼン辺境伯と紛争《ふんそう》が起きかねない事態。お父様たちの反応も当然のことだろう。

本来であればすぐにでも送り返すのだろうが、実はお父様とヘルゼン辺境伯は同じ辺境伯ということで気脈を通じていたようで、カルラが『本当に危険になったら、必ず離脱《りだつ》する』と約束することで参戦の許可が出て、私たちは第三砦に配置されることになった。

魔物の阻止線《そしせん》の中央に位置し、激戦が予想される第一砦はお父様が指揮を執《と》り、次に危険そうな第二砦はお母様が。私たちが配置された第三砦は、地形的に最も危険性が低いと予測された場所なのだが、大氾濫という異常事態でもその通りにいくかは、やや不安なところである。

「噂通り、随分と堅牢な防壁ですね」

砦の防壁の上、周囲を観察する私の隣でカルラが感心したように漏らす。

「ご先祖様が頑張ってくれたおかげだ。これのおかげでシンクハルト領の被害は大きく減った。少なくとも、町中に魔物が侵入して戦う術《すべ》を持たない領民が殺されるという被害はな」

シンクハルト家が誇るべき防壁なだけに、少し自慢げな口調になってしまったが、魔物に脅《おど》かされているのはヘルゼン辺境伯の領地も同じ。カルラは感じ入ったように深く頷く。

「スラグハートもそうでしたが、これだけの防壁を越えられる魔物はそういないでしょう」

カルラは「場合によっては、ウチの領地でも……」と呟きながら、しばらくあちこちを見回していたが、改めてこちらを見て口を開く。

「それで、シルヴィ。対処方針などは考えていますか？」

「ああ。基本は砦に籠《こ》もって遠距離《えんきょり》からの攻撃《こうげき》だな」

魔境に接する領地という特性上、騎士や兵士でなくとも身体《からだ》を鍛えている人は多い。

今回の緊急《きんきゅう》事態に際して、それらの人たちが義勇兵として名乗り出てくれたのだが、やはり大半は素人《しろうと》、激戦区に投入したところで犠牲《ぎせい》を増やすだけになりかねない。

そのため、戦い慣れた一部の人を除き、義勇兵の多くには後方支援をお願いし、多少は戦えそうな人だけ、あまり危険性が高くないであろうここに配置されていた。

「実戦経験がない者が剣を振るっても良い結果にはならない。ここには他の砦よりも弓矢を多く分配してもらったからな。それを使えば戦力にはなるだろう」

もちろん狙《ねら》って当てられるのは、普段から狩《か》りをしている人などに限られるだろうが、前に飛ばせるだけでも意味はあるし、場合によっては石を投げることだって十分な戦力になる。

「確かにここからなら安全に攻撃ができますね。初陣《ういじん》でも取り乱さず戦えるでしょう。良い方針だと思います。これほど堅牢の砦があれば、私もその方法を取るでしょう」

「そうか。そう言ってくれると、気持ちが少し楽になる」

指揮を執ること自体は初めてではないし、騎士団から補佐《ほさ》もついているのだが、これほどの戦いはもちろん初めてであり、私にも不安がある。

しかし、そんな不安を外に見せず、自信満々に立っていることも指揮官の役目。

だからこそ、本音で相談できる親友がいることのありがたみを改めて感じる。

「とはいえ、どれほど持ちこたえることができるか……」

私は小さく独りごち、今はまだ穏《おだ》やかな草原に目を凝《こ》らした。


通常、氾濫とは『魔物が一度に押し寄せてくること』を言う。

しかし今回の大氾濫では、魔物たちが寄せては返す波のように、何度も押し寄せてきていた。

現状、大きな被害が出ていないのは、そんな特徴《とくちょう》が私たちに味方しているから。

仮にこれまで斃《たお》した魔物たちが一気に攻《せ》めてきていれば、早期に破綻《はたん》したことだろう。

そのことを助かったと思う反面、回数が重なるにつれ、その波は次第に大きくなっているようであり、果たしてどこまで押し返すことができるのか、焦《あせ》りも募《つの》っていた。

「シルヴィ、お疲《つか》れさまです」

数度の波を乗り切って、小康状態がしばらく続き。そろそろ次の波が来るのではないかと、私が砦の屋上で警戒していると、隣にカルラが立った。

「あぁ、カルラもお疲れさま。ありがとう。なんとか支えられているのは、お前のおかげだ」

「いいえ。私にできるのは治療ぐらいですから」

「治療ぐらいなどと謙遜《けんそん》するな。とんでもなく助かっている」

義勇兵の大半は防壁の上から下りることがなく、怪我をすることはほぼないのだが、私や騎士団、そして兵士の一部は砦から出て直接戦っているため、必然、怪我をする者も少なくない。

それでもまだ脱落者《だつらくしゃ》がいないのは、そのすべてをカルラが癒《い》やしてくれているからである。

「加えてカルラは弓も上手《うま》いだろう？　私を何度か助けてくれたじゃないか」

「手慰《てなぐさ》み程度のものですよ。私に強い弓は引けませんから」

「それを命中率で補っているのだから、十分だと思うぞ？」

戦闘《せんとう》時には義勇兵に交じって弓を使っているカルラ。本人が言う通り、威力《いりょく》はさほどでもないが、その腕前は群を抜いていて、私以外にも危ないところを救われた兵士は決して少なくない。

噂では、その治療の能力と美しい容姿も併《あわ》せ、一部で女神《めがみ》のように崇《あが》められているとか。

基本的に私の傍《そば》から離れないため、カルラに直接どうこうという話はないのだが、彼女の存在は士気の維持《いじ》にも大きく貢献《こうけん》してくれていた。

しかしカルラは小さく首を振ると、私の傍に寄って声を潜《ひそ》めた。

「シルヴィ、状況はどうですか？」

「良くないな。今はなんとか均衡《きんこう》を保っているが、矢もかなり消費してしまった。これ以上魔物が増えるようだと——いや、同じレベルだったとしても……」

魔物が退く度《たび》に落ちている矢を回収しているが、再利用できる物は少なく、残りも多くない。対して投石は地味に効果が高い上に、再利用という点で優秀《ゆうしゅう》なのだが、それでも戦いの度に数は減っていくし、新たに集めようと思えば遠くまで探しに行く必要がある。

「あと数回は保つだろうが、その後は……。果たして終わりはあるのか？」

思わず私の口から弱音が漏れる。

そんな私を心配するようにカルラが私に寄り添《そ》い、そっと顔を覗き込んできた。

「……すまない。指揮官が言うことではないな」

「いいえ、気にしないでください。私相手であれば。理解はできますから」

カルラが私の腕に触《ふ》れながら優《やさ》しい笑《え》みを浮《う》かべる。それに少し照れくささを感じ、私が魔境へと視線を向けると、カルラも同じようにそちらを見て目を眇《すが》めた。

「——あら？　あれは何でしょうか？」

それを最初に見つけたのはカルラだった。

彼女が指さす先にあったのは、遠くからこちらに近付いてくる黒い塊《かたまり》。

しかし、その実体は朧《おぼろ》気《げ》でよく判らず、私は《観察》の魔法を使って目を凝らした。

「何だ、あれは……。　まさか⁉」

ぼんやりとしていたのは、距離のせいではなかった。

向上した視力で見えたのは、地面から一メートルほどの高さに浮かぶ黒い煙《けむり》のような塊。その特徴的な見た目に、昔読んだ本の記憶《きおく》が呼び起こされる。

「シルヴィ、知っているのですか？　私はあんなもの、見たこともないのですが」

「あれは〝亡雲《ぼううん》〟。見ての通り、雲のような性質の魔物だ。かなり珍《めずら》しいはずなのだが……」

私がそれを知るきっかけとなったのは、以前入った《観察》の図書迷宮《ライブラリ》。

そこで遭遇した影魔《シャドウ》に危機感を覚えて調べておいたのだが、それが功を奏した形だ。

「普段なら、この辺りには出現しないと？　大氾濫だからでしょうか？」

「かもしれない。だが、マズいな。あの魔物を普通の攻撃で斃すのは難しいぞ？」

不可能ではないのだが、核《かく》を見極《みきわ》めて攻撃しなければいけないし、それができるのは騎士団の一部ぐらいで、弓矢で斃すことは非常に困難。結果、この砦の大半の人は戦力にならなくなる。

「逆に攻撃魔法は効果的なようだが……」

「攻撃魔法ですか。どれぐらいの人たちが使えるのですか？」

「割合としては一般《いっぱん》的な領地よりも多いと思うが、十分かと言われると厳しいな」

比較《ひかく》的近い場所に図書迷宮《ライブラリ》があるため、《火弾《かだん》》の魔法を覚えている人は多い。

それは騎士団や兵士だけではなく、町の外に出る機会のある一般人も同じなのだが、それらの人たちを動員したとしても、今見えている亡雲を斃しきることすらできるかどうか。

「それに、砦の外に出て誘《おび》き寄せる役も必要だろうな」

基本的に魔物は人がいる方へと寄ってくる性質があるのだが、砦に籠もって誰《だれ》も外に出なければこの砦を無視されてしまう恐《おそ》れもある。これが他の魔物であれば、多少抜けたところで町の街壁《がいへき》を越えることはできず、さほど脅威《きょうい》にならないだろうが、亡雲は宙に浮いている。

街壁も簡単に乗り越えるだろうし、他の魔物と違って、普通の手段で斃すのは難しい。

少数であっても町に侵入されたら、領民たちにどれほどの被害が出るか……。

「ここから魔法で攻撃して、というのは難しいですか」

「ああ。遠くまで《火弾》を飛ばせる者は少ない。魔法を無駄にしないためにも、砦のすぐ傍まで引っ張ってくるべきだろうな、それなりに戦える者で部隊を編制して」

私と騎士団の一部ということになるだろうが、カルラもそれを理解してか、不安げに私を見る。

「そうですか……。止めることはしませんが、十分に気を付けてくださいね？」

私はしっかりと頷き、迎撃《げいげき》態勢を整えるために走り出した。


状況は次第に悪くなっていた。

亡雲を砦へと誘き寄せる作戦は、部隊に被害を出すこともなく成功した。

また、魔法での攻撃は亡雲に対してとても効果的で、簡単に斃すことができた。

しかし、普通の平民が魔法を使える回数は少なく、兵士たちもそれはあまり変わらない。

騎士たちは多少マシだが、それでも多くは既に魔力を使い果たしているし、高ランクの魔導書《グリモア》を持ち、剣を主体として戦っている私ですら、かなり厳しい状況となっていた。

しばらく休むことができれば魔力も回復するのだが、他の魔物と違って亡雲には砦の防壁が役に立たず、退くことは砦内部に侵入されることを意味する。

そうなれば対抗《たいこう》手段を持たない義勇兵たちの間に混乱が広がり、状況は酷《ひど》く悪化するだろう。

「くっ、どれだけやって来るのだっ！」

斃した後に死体が残らないのは良いのか、悪いのか。

正確な数は判らないが、かなりの数を斃したにも拘《かか》わらず亡雲はまだ迫《せま》ってきていた。

「シルヴィ様！　退《ひ》いてください‼」

「退いてどうなる！」

「まだ可能なうちに砦からの撤退《てったい》を！　犠牲を減らすことを考えてください」

「撤退の指揮を執ってください。ここは我々が支えます」

「シルヴィ様に何かあったら、ルミエーラ姫《ひめ》に顔向けできませんしね！」

周囲では騎士団の中でも腕利《うでき》きたちが耐えてくれているが、彼らの顔にも余裕はなかった。

今はまだ砦の裏側が空いているが、包囲されてしまえば撤退もままならず、義勇兵たちの犠牲をいたずらに増やすことになりかねない。

「確かにこのままでは……。《火弾》！　うっ……」

まだ耐えられる。そう思っていたのだが、私の体力と魔力も限界が近かったらしい。

近くの亡雲を魔法で一掃《いっそう》した瞬間《しゅんかん》、ふらりと身体が揺れ、騎士たちが慌てたように動くが、彼らも敵と戦っている最中であり、今も亡雲は押し寄せてきている。

防壁の上からカルラが矢を放つのが見える。

驚異《きょうい》的なことに、その矢は亡雲の核を捉《とら》えたようで、私に迫る一体を霧散《むさん》させた。

しかし残念ながら、それは焼け石に水と言うしかない。

「シルヴィ！」

カルラの叫《さけ》び声と泣きそうな顔が目に入る。
でも、どうせ最期《さいご》に見るなら、ルミの顔が見たかった。
そんな失礼な思いが浮かんだことに、私は内心苦笑を漏らし……。
次の瞬間、爆音《ばくおん》と共に私の視界が赤く染まった。

第四章　氾濫

私がお姉様がいる第三砦《とりで》に駆《か》けつけた時、目に飛び込《こ》んできたのは大量の黒い影《かげ》だった。

つい最近、嫌《いや》になるほど見た――けれど、あれよりもなんだか禍々《まがまが》しく……。

「あれって、もしかして、ラルフが言っていた……？」

「あぁ、亡雲《ぼううん》だな。俺《おれ》も過去数度しか見たことがないが……マズいな」

「ええ、戦っている人が少なすぎます。対して敵は多いようです」

私も《観察》の図書迷宮《ライブラリ》では慣れるまで苦労した。

それを考えれば、精鋭《せいえい》に限定するという判断は、あながち間違《まちが》っていないとは思う。

しかし、直接戦う人たちの負担は大きく、砦からは散発的に援護《えんご》の《火弾《かだん》》が飛ぶものの、他に攻撃《こうげき》方法がないためか、その数は押《お》し寄せる敵の数にはまったく見合っていなかった。

「あそこなんて、特に危険そうです――ってお姉様⁉」

最も魔物《まもの》の数が多い場所をよく見れば、その最前線で戦っていたのはお姉様と騎士《きし》団の人たち。

しかも、魔法を放ったお姉様が体勢を崩《くず》すのが目に入って――

「アーシェ！　ミカゲ！」

「はいっ、いつでも！」

「ん！」

「──《火弾》」

私とアーシェが同時に放った《火弾》が大きな火の玉となり、亡雲の群れに着弾した。

ドカンッと大きな音と共に炎《ほのお》が広がり、周辺にいた亡雲が一掃《いっそう》される。

それを見たお姉様は一瞬《いっしゅん》動きを止め、こちらを振《ふ》り向き目を瞠《みは》った。

「なっ！　ルミ──⁉」

「お姉様、援護します！」

私はお姉様の元に向かって駆けながら、引き抜《ぬ》いた細剣《レイピア》を振るう。

亡雲と戦うのは初めてだけど、さすがは訓練用と言うべきか、影魔《シャドウ》と亡雲はよく似ていた。

見た目や大きさ、動きに多少の差異はあれど、一番重要なのは核《かく》の判別方法。

それさえできれば、取り回しの良い細剣《レイピア》は亡雲に相性《あいしょう》が良く、斃《たお》すことに苦労はない。

そして私が斃せるのであれば、アーシェやラルフにできないはずもなく、突出《とっしゅつ》するように走る私にピッタリと付き、ミカゲを守りながら周囲に残る亡雲を掃討《そうとう》して安全を確保してくれる。

「ルミ、なぜここに⁉　お父様が戻《もど》ってくる必要はないと連絡《れんらく》しただろう！」

「それは聞きました。ですが、お姉様。私がそれを素直《すなお》に受け入れるとお思いですか？」

叫《さけ》ぶように言うお姉様に、私は力強く、しかし冷静に言い返した。


──シンクハルト領で大氾濫が発生した。

私がそれを知ったのは《火弾》の図書迷宮《ライブラリ》を修復して、ラントリーへ凱旋《がいせん》した時だった。

ハーバス子爵《ししゃく》は、お父様の『戻ってくる必要はない』という伝言と共に、『私が責任を持って保護する』と仰《おっしゃ》ったのだけど、当然ながらそれを受け入れることなどできるはずもない。

しかし、戻ろうとする私を邪魔《じゃま》するように、更《さら》なる報告が飛び込んできた。

それは『《観察》の図書迷宮《ライブラリ》が破壊《はかい》されていた』というもの。

利用者が少ないため発見が遅《おく》れたそうだが、逆にそれは犯人の特定も容易にする。

つまり、発見者の前の利用者が高い確率で犯人であり、破壊された時期は、私たちが《火弾》の図書迷宮《ライブラリ》に潜《もぐ》るよりも前である可能性が高いらしい。

二つの図書迷宮《ライブラリ》の破壊と大氾濫の発生。

そこに因果関係を見出《みいだ》すのは必然であり、《観察》の図書迷宮《ライブラリ》の修復は急務であった。

図書迷宮《ライブラリ》を修復する意味、お父様の伝言、ハーバス子爵への恩。

自分ができること、やりたいこと、効果と効率。

どう行動するのが最適なのか、迷う私の背中を押したのは、リディアだった。

『図書迷宮《ライブラリ》の修復なら、おそらくボクでもできる。ルミは自分がやりたいことをやると良《い》い』

その言葉に、私の行動は決まった。

「お姉様。私はお姉様やシンクハルト領の危機に、一人だけ安全な場所にいることなど、到底《とうてい》受け入れられません。私だってシンクハルト家の人間なのですから」

シンクハルト家の義務を果たすことが、逆説的にシンクハルト家の人間である証明になる。

直接の血縁《けつえん》がない私は、そう思ってこれまで生きてきた。

この考えは少し歪《いびつ》なのだろうけど、無償《むしょう》の愛情を素直に受け取れるほど、私は無垢《むく》な人間ではなかった——なにせ、損得勘定《かんじょう》が蔓延《はびこ》る現代社会を生き抜いた記憶《きおく》を持っているので。

しかし、それはそれとして、お姉様や領民たちを守りたいという思いにも嘘《うそ》はない。

「自分にできることがあるなら全力を尽《つ》くす。そうではありませんか？」

「気持ちは解《わか》るが、しかし——」

困り顔のお姉様が何か言いかけるが、それを遮《さえぎ》ったのはアーシェだった。

「お二人とも、お話は落ち着いてからにしませんか？　兄さんが一人で戦っているのは、少々不憫《ふびん》——でもないですが、あれでも人間。斃れてしまうと、お話の邪魔になってしまいます」

私とお姉様が言葉を交《か》わしている間、安全を確保してくれていたのはラルフだった。

近場の敵は剣《けん》で斃し、遠くの敵には魔法を放ち。

さすがは護衛、一切《いっさい》の無駄《むだ》なく動きながら、ラルフはアーシェにジト目を向ける。

「そう思うなら、手伝ってくれても良《い》いんだぞ？　非情な妹よ！」

「なるほど。私は非情なので、このまま見守ることにします」

「言い間違えだ！　愛情深い妹よ！」

「それでは、私は愛情を持って兄さんを見守ることにします。頑張《がんば》ってください」

にこりと微笑《ほほえ》むアーシェに、「ぐぬぬ」と呻《うめ》きながらも手は止めないラルフ。

口は災《わざわ》いの元ということか、どうやらもう少し一人で頑張ることになったようだ。

実際、まだまだ余裕《よゆう》はありそうだし、お姉様に休んでもらうにはちょうど良いのかもしれない。

「……ん？　ラルフなのか？　今日は随分《ずいぶん》、スッキリした格好《かっこう》だな？」

「お久し振《ぶ》りです、シルヴィ様。不潔な男はルミお嬢様《じようさま》に近付かせないと、妹がうるさいもので」

お姉様はラルフと顔見知りだったようだが、彼《かれ》がそうとは判《わか》っていなかったらしい。

声を聞いて気付いたお姉様に、ラルフはチラリとだけ目を向け、戦いながら挨拶《あいさつ》を返す。

「ふむ、悪くないと思うぞ？　正直、お前に髭《ひげ》はあまり似合わない」

「そいつはどうも」

どこか素っ気ないラルフの言葉だが、若干《じやつかん》照れが見えるのは気のせいだろうか？

「お姉様はラルフをご存じなんですね」

「グラバー家の長男だからな。屋敷《やしき》にはあまり顔を出さないが、外ではたまに見かけるな」

私とは違い、お姉様は魔物の討伐《とうばつ》に赴《おもむ》くことがある。

学校に入って以降はその回数も減ったけれど、成人する前から時々討伐に参加していた。ラルフはシンクハルト領で活動している傭兵《ようへい》だし、きっと会う機会もあったのだろう。

――でも、それだけなのかな？　年齢《ねんれい》的には幼馴染《おさななじ》みに近いよね？

乙女《おとめ》的には二人の関係が少し気になるけれど、お姉様は「それよりも」と話を変えた。

「ルミ、先ほどの魔法の威力《いりよく》は？　ルミならば、と思わなくもないが……」

人により魔法の効果に差があることは、お姉様も知っているだろう。

しかし、私とアーシェが使った《火弾》は、使用者の差と言うには違いが大きすぎる。

同じ魔法を使えるお姉様なら、それを不思議に思うのも当然のこと――だけど。

「お姉様、それはまた後ほど」

私がチラリとミカゲに視線を向けてそう言うと、お姉様もすぐに納得《なつとく》したように頷《うなず》く。

「了解《りようかい》だ。だが、あれはもう一度できるか？　できるなら、あれをなんとかしてほしい」

そう言いながらお姉様が示したのは、遠くから近付いてきている亡雲の群れ。

後続は見えないので、あの集団を斃すことができれば、状況《じようきよう》は一気に好転するだろう。

「大丈夫《だいじようぶ》です。ミカゲ、威力はそんなに必要ないかも。代わりに範囲《はんい》を広げることはできる？」

「ん、問題ない。でも、魔力はそれなりに使うかも」

「そう。でも、一発ぐらいなら大丈夫かな？　アーシェ、もう一度行くよ！」

「了解です！」「――《火弾》！」

私とアーシェが息を合わせて放った魔法が空中で合わさって群れの中に落下、先ほどの爆発《ばくはつ》するような威力こそないものの、広範囲に噴《ふ》き上がるように発生した炎が亡雲を焼いた。

「凄《すご》いな。亡雲が魔法に弱いとはいえ。……よしっ！」

お姉様は感嘆《かんたん》したように声を漏《も》らし、大きく息を吸い込むと剣を掲《かか》げた。

「勝利は近い！　奮起せよ‼」

その号令に各所から「おうっ！」と声が上がる。

「ルミは砦に――と言っても聞かないのだろうな」

「ええ、もちろんです。ここで退くようなら、何のために来たのか解りませんから」

「既《すで》に私の危機を救ってくれたのだから、十分な意味はあったと思うが……共に行こうか」

「はいっ！」

走り出したお姉様に私も続き――アーシェとラルフの活躍《かつやく》、そして騎士団の奮闘《ふんとう》もあって、それからさほども経《た》たないうちに、すべての亡雲は駆逐《くちく》されたのだった。

「シルヴィ！」

戦いが一段落するなり、呰から飛び出してきた女の人がお姉様に抱《だ》き着いた。

「無事で良かった……。あの時はもうダメかと」

「すまない、心配させたな」

おそらくはお姉様と同年代。でも、お姉様よりも少し大人っぽいかな？

その行動からして、お姉様の知り合いだと思うんだけど……会ったことは、ないよね？

「お姉様、そちらの方は？」

「あ、あぁ、この人はカルラ・ヘルゼン。私の親友だ」

「親友、ですか？　お姉様からお名前を聞いたことはないと思いますが……」

私が首を傾《かし》げると、その人はお姉様から身体《からだ》を離《はな》し、私とお姉様の間で視線を行き来させた。

「あら、そうなんですか？　姉妹《しまい》の間で話題にすら出ていないとは、少し心外です」

「い、いや、他意はないぞ？　ルミとは話したいことがたくさんありすぎてな。短い帰省の期間では、カルラの話をする余裕がなかっただけのことだ」

カルラさんの少し責めるような視線を受けて、お姉様は言い訳がましくそんなことを言う。

うん。実に怪《あや》しい。だって、学校のことは色々話してくれているのに、カルラさんの話だけまったく出てこなかったのは、あまりにも不自然だもの。

しかし、それはそれとして、まずは挨拶。私はカルラさんに向き直った。

「初めまして、カルラ・ヘルゼン様。私はルミエーラ・シンクハルト。シルヴィお姉様の妹です」

「カルラ・ヘルゼンです。学校ではシルヴィと仲良くさせて頂いています。伺《うかが》っていた通り、とても可愛《かわい》いですね。私のことは、カルラお姉さんと呼んでくださってても良いですよ？」

にこりと微笑むその仕草はお淑《しと》やかで、とても貴族の御令嬢《ごれいじょう》っぽい。

実年齢より落ち着いて見えて、確かにお姉さんっぽいけれど——お姉様が慌《あわ》てて口を挟《はさ》んだ。

「ダメだぞ!? ルミは私の妹だ。姉としての立場を脅《おびや》かすことは許されない！」

「そんな大袈裟《おおげさ》なことではないと思いますが……。まさかシルヴィ、妹さんに私のことを話していなかったのって、それが理由ではないですよね？」

「まさか！　そんなこと、あるわけないだろう？」

そう言いつつも、お姉様は目を逸《そ》らして、逆にカルラさんはお姉様にジト目を向けた。

「ははは……、カルラさんと呼ばせて頂きますね？　確かにカルラさんは落ち着いていて、年上のお姉さんという感じですが、私の姉はお姉様だけですから」

「ルミ！　そう言ってくれると私は信じていたぞ！」

お姉様が嬉《うれ》しげに微笑むけれど——信じていたなら、普通《ふつう》に話してくれれば良かったのでは？

少し疑問に思うものの、私はそれについては指摘《してき》せず、改めて戦場を見回した。

「ところでお姉様、これで氾濫は終わりなのでしょうか？」

「判らない。魔物たちは既に何度も押し寄せ、その度《たび》に撃退《げきたい》しているのだが……。ここまでの氾濫は初めてのことだからな。そろそろ終わってほしいところだ」

聞くところによると普段《ふだん》の氾濫は、絶え間なく魔物たちが襲《おそ》ってきて、その中にいるリーダーと思われる強い個体を斃すことで、氾濫も終息するというパターンだったらしい。

しかし、今回は間隔《かんかく》を空けて何度も襲撃《しゅうげき》がある上に、まだリーダーも見つかっていない。

「そのこともあって、偵察《ていさつ》には力を入れているのだが……しばらくは無理か」

お姉様がチラリと見るのは、周囲にいる騎士団の人たち。

さすがに鍛《きた》えられているだけあって、座り込んでいる人こそいないが、疲労困憊《ひろうこんぱい》なのは見て取れる。彼らに今から偵察を命じるというのは酷《こく》な上に、安全性にも問題があるだろう。

「なら、俺が偵察に行きますよ。この場で最も余裕があるのは俺だと思いますから」

躊躇《ため》うお姉様の様子を見てか、手を挙げたのはラルフだった。

この戦いでは彼もかなり――いや、私とアーシェの魔法を除けば、最も活躍していたと思うが、既に何日にも亘《わた》って戦い続けている砦の人たちに比べると、疲労の蓄積《ちくせき》は少ないだろう。

「引き受けてくれるなら助かるが……。ルミ、良いか？」

「え？　……あぁ、そうですね。はい、ラルフ、お願いします」

お姉様に確認《かくにん》されて一瞬、疑問を覚えるが、よく考えれば今のラルフは私の護衛。

雇《やと》い主も私ということになるわけで、私から改めて頼《たの》むと、ラルフはすぐに頷く。

「なにかしらの情報が得られればありがたいが、無理をする必要はないぞ」

「了解です。それじゃ、ちょっと行ってきますかね」

ラルフの返答は軽いものだったけれど、彼は義勇兵の中にいた傭兵仲間たちとも協力して、短時間で広範囲の偵察を行ってくれた。

その結果判ったのは、この砦を中心として、かなりの範囲で魔物の姿が見えないということ。

これが次の襲撃までの中休みなのか、それとも氾濫が終息したのか。

後者は希望的観測だが、中休みだとしても、これまでの傾向《けいこう》からして数日程度の猶予《ゆうよ》はある。

そう予測した私たちは、情報共有と今後の方針を決めるためにも話し合いが必要と判断し、お父様たちにも連絡して、スラグハートへと向かった。

◆ ◆ ◆

私たちのスラグハート到着《とうちゃく》から遅れること半日、お父様とお母様が揃《そろ》って家に戻ってきた。

怪我《けが》はないと知っていたけれど、元気な二人の姿を見て私はホッと胸を撫《な》で下ろす。

「お帰りなさいませ。お父様、お母様」

「あぁ、ただいま、ルミ。戻ってきてしまったんだな」

出迎《でむか》えた私に微笑みながらも、少し困ったようなお父様に私は胸を張る。

「もちろんです。私もシンクハルト家の娘《むすめ》ですから」

「ルミならばそうすると思いましたが、やはりですか。クロード、私が言った通りでしょう?」

「……それでも守りたいと思ってしまうのは、仕方ないだろう?」

こういうことに関してはお母様の方が肝《きも》が据《す》わっているようで、お父様の背中をやや強めにパンと叩《たた》くと、微笑みを浮《う》かべて私を優《やさ》しく抱きしめた。

「ルミ、随分と成長したようですね——内面的《ないめん》に」

それは外面的《がいめん》には成長していないってことかな?

いや、その通りではあるんだけど……うん、人間的に大きくなったと好意的に捉《とら》えておこう。

「俺としては素直に喜べないんだがなぁ。貴族の心構えとしては間違っていないのだが……」

まだ複雑そうなお父様は小さく首を振ると、お姉様の隣《となり》に立つカルラさんに声を掛《か》けた。

「カルラ嬢もよく無事で戻ってくれた。シルヴィを助けてくれて感謝する」

「お礼を言われるまでもありません。友人が困っていれば手を差し伸《の》べる。当然のことですわ」

カルラさんはそう言って、貴族の令嬢らしく優雅《ゆうが》に微笑む。

しかし実際には、渋《しぶ》るお父様を押し切ってお姉様と一緒《いっしょ》に第三砦に向かったと聞いている。

それもあってか、カルラさんの言葉に苦笑《くしょう》したお父様は、次にお姉様に目を向けた。

「シルヴィ、頑張ったな。第三砦ならと思ったのだが、大変だったようだな？」

「はい。亡雲は想定外でした。ルミが来てくれなければ危ないところでした」

「想定外は俺もだな。大氾濫という異常事態、特異な魔物が出ることも考えておくべきだった」

お父様たちも、これまでに起きた氾濫の記録から予測を立てて、それぞれの砦に戦力を分配したようだが、今回はそれに当てはまらないことが起きている。とはいえ、既に兵士に加えて義勇兵まで動員している状態。お父様の采配《さいはい》に問題があったとは言えないのだけど。

「それに、仮に今回を乗り切ったとしても、これが続くとなれば戦力的に厳しい」

「お父様、貴族の義務は、やはり戦力として期待できないのですか？」

「最低限の義務を果たすのなら、代替《だいが》わりのときに数年間の軍務に就《つ》くだけだからなぁ。この国の貴族の数と魔境に接する領地の数、頼《たよ》れるほどの戦力になると思うか？」

仮に代替わりが三〇年に一度、軍務が三年間と考えるなら、貴族家が一〇あってもわずか一人分の戦力。先日お父様が『片手に満たない』と嘆《なげ》いていた理由がよく解る。

「そういえば、実際、第三砦には一人もいませんでしたね」

「うむ。積極的に義務を果たそうという者は少なく、下手をすれば戦力どころか足手纏《あしでまと》いなのだ」

第三砦――つまり、お姉様の指揮下に配置しなかったのも、お姉様と年齢が近すぎるという問題に加え、そういった意識の低さも理由らしい。

「なかなか難しいですね」

「あぁ。それでもなんとかやるしかないのが領主なのだが……。それより、ルミの話を聞かせてくれ。いくつか図書迷宮《ライブラリ》を訪《おとず》れたのだろう？　魔法は無事に授《さず》かることができたのか？」

「はい。色々とありましたが、当初目的としていた魔法は無事に。他にお伝えしたいこともありますし――取りあえず、場所を移しませんか？」

私たちが二人を出迎えたのは玄関《げんかん》ホール。

立ち話で済む話ではなく、聞かれるとマズい話もある。お父様もそれを察してか、すぐに頷く。

「そうだな。俺たちも着いたばかり。旅の埃《ほこり》を落として改めて集まるとしよう」


お父様とお母様が身体を清め、再び私たちが集まったのは居間だった。

顔触《かおぶ》れは二人に加え、私とアーシェ、ラルフ、ミカゲ、それにお姉様。

私の魔導書《グリモア》の話が出ることもあり、人払《ひとばら》いをした上で旅の出来事を話し始めると、お父様とお母様は嬉しそうに頷きながら話を聞いてくれた。

しかし、程なく二人揃って真顔になり、最後には頭痛を堪《こら》えるように頭を抱《かか》えてしまった。

「待て。待ってくれ。色々と情報が多すぎる。ミカゲさんがいることで覚悟《かくご》はしていたが……まずは、その『図書迷宮《ライブラリ》の破壊が氾濫に繋《つな》がる』という情報は、本当なのか？」

「なんとも言いがたいですね。その可能性も否定できない、というところでしょうか」

情報源はリディア。研究者の言葉ではあるけれど、彼女《かのじょ》も検証したわけではない。

しかし、お父様は暫《しば》し考え込むと、私の言葉を否定するように首を振った。

「いや、普段は見かけない亡雲が出現したこと。それが《観察》の図書迷宮《ライブラリ》の影魔《シャドウ》と酷似《こくじ》していること。その二つを合わせると、図書迷宮《ライブラリ》の破壊と氾濫が偶然《ぐうぜん》とは考えにくい」

お母様もまた同意するように頷き、「それに」と言葉を続ける。

「先ほど知らせが届いたのですが、《強化》の図書迷宮《ライブラリ》も破壊されていたようです」

「《強化》の図書迷宮《ライブラリ》まで⁉　それはいつ頃《ごろ》ですか？」

「正確には判らない。氾濫の兆候があってからは、図書迷宮《ライブラリ》を封鎖《ふうさ》していたからな」

非常事態ということで、図書迷宮《ライブラリ》の警備兵も引き上げて砦の戦力に組み入れていたらしい。

ただ、その気になれば侵入《しんにゅう》自体は容易であり、発覚した理由も今年成人した子供が『俺も魔法を授かって、魔物と戦うんだ！』と言って図書迷宮《ライブラリ》に入ったからである。

「随分と勇ましい子供ですね。将来が楽しみと言えば良いのでしょうか……？」

それは何気なく漏らした言葉だったけれど、お母様が窘《たしな》めるように首を振る。

「ルミ、そのようなこと、外で言ってはいけませんよ？　あなたは自分の言葉の影響力《えいきょうりょく》をきちんと認識《にんしき》しておく必要があります。下手をすれば、子供が大挙して図書迷宮《ライブラリ》に赴きかねません」

「そ、そうですか？　さすがにそれは大袈裟だと思いますが……」

苦笑する私に、しかしお父様は真面目《まじめ》な顔で否定する。

「大袈裟なものか。実際、ルミを守りたいと言って軍に入る若者も多いからな」

「そうだったのですか……？　嬉しいような、少し恥《は》ずかしいような……」

言葉を濁《にご》す私に、家族から向けられる優しげな視線。

少し熱くなる頬《ほお》を隠《かく》すように私が手を当てると、お父様は失笑した。

「ふっ。次は『督促《とくそく》』だな。ルミなら大丈夫だとは思うが、他人には話していないよな？」

「はい、身内だけですね。扱《あつか》い方によっては争いの火種になりかねませんから」

「扱い方どころか、これが知られれば確実に火種になる。何があろうと俺はルミを守るが、はっきり言って公表するメリットが何もない。絶対に隠し通すぞ」

魔導書《グリモア》のランクが重視される貴族社会で、魔導書《グリモア》自体を失うことは致命的《ちめい》である。

実際の『督促』は簡単に使えるものではないが、条件を説明したところで信用されるかは別問題だし、場合によっては疑心暗鬼《ぎしんあんき》で私を消そうとする貴族が出てきかねない。

貴族社会を知っていれば、それを想像することは容易《たやす》く、私たちは揃って頷く。

「最後は『進化』だが、これもなかなかだな。——既に『進化』させてみたのか？」

「はい。私とアーシェ、それにラルフは残った葉晶《リーフ》を使って」

ついでに言うとアーシェは、第三砦に向かう前に家に貯《た》めていた葉晶《リーフ》も使っている。

私より多くの魔法を、しかもすべて本祭壇《ほんさいだん》で覚えているアーシェが持っていた葉晶《リーフ》はかなりの数で、現状、最も多くの葉晶《リーフ》を使っているのは私ではなく彼女だったりする。

「なるほど。亡雲を一掃した魔法の威力は、その『進化』のおかげか」

「あ、いえ。それはまた別ですね。『進化』して増えるのは、魔力と空きページだけです」

納得したようなお姉様の言葉を私が訂正《ていせい》すると、あの時のことを知らないお母様が口を挟んだ。

「シルヴィ、あの魔法の効果とはなんですか？」

「ルミが私を助けてくれた時のことなのですが……簡単に説明するなら、ルミの使った《火弾》が私の知るものより大幅《おおはば》に威力が大きかったのです」

「でも、その威力は『進化』の効果ではないと。では？」

尋《たず》ねるようにこちらを見るお母様に、私は先日ミカゲから聞いた話を伝える。

「あれは司書の持つ『協調』という能力です。私の魔導書《グリモア》が『進化』したことで使えるようになったそうなので、間接的には『進化』の効果と言えなくもないですが、一応は別物ですね」

「ん、お姉ちゃんが頑張った。というか、少し頑張りすぎ」

ミカゲが呆《あき》れ気味に漏らすと、それにお父様やお母様も揃って頷く。

「それは俺も思ったぞ？　普通は出てくる影魔《シャドウ》をすべて斃していくものじゃない」

「ははは、ちょっと張り切っちゃいました。でも、おかげで『協調』を使えるようになったので、結果的には良かったのかと。この能力は、複数人の魔法を結びつけて強化できるそうです」

例えば、威力一の魔法を使える人が二人いた場合、普通に使えば威力は二。しかし、その二人を協調させれば最低でも二以上、場合によっては三にも、四にも高めることができるらしい。

「同じ消費魔力で……？　それは驚異《きょうい》的だな。だが、それならあの威力も納得できる。では、仮にあの時、ルミとアーシェ、ラルフの三人が協調して魔法を使っていたならば――」

「それは無理。協調できるのは、心から信用している相手とだけ」

お姉様の言葉を遮りミカゲがそう言うと、アーシェがドヤ顔で何度も頷く。

「当然ですね。お嬢様がぽっと出の男を簡単に信用するなんて、あってはなりません」

「ぽっと出って……一応、お前と血の繋がった兄なんだが？」

「お嬢様にとっては同じことです。そもそも私の兄でなければ、近付けもしませんでしたよ」

「私としては、ラルフもそれなりに信用しているつもりなんだけど……無理なんだ？」

ミカゲから聞いていたのは、私とアーシェなら協調して魔法が使えるということだけ。

果たして、どの程度の関係性があれば『協調』の対象になるのか。

確認するようにミカゲを見ると、彼女は小さく頷き、「そもそも」と口を開く。

「お姉ちゃんだけが信用しても無理。お互《たが》いにだから」

「このクソ兄貴！　お嬢様を心から信じないなんて万死《ばんし》に値《あたい》します!!」

「手のひら返しが酷《ひど》すぎねぇか!?　お互い、なんだろ!?」

ミカゲの言葉を遮るようにアーシェがキレて、ラルフが焦《あせ》ったようにミカゲを見る。

「ん。お姉ちゃんも、ラルフをそこまで信用してない」

「むー、そう言われると、なんか私が心ない人みたい？」

その言葉が不服そうに聞こえたのか、お姉様が私の頭を撫でて笑う。

「ははは、そもそもルミとラルフは先日会ったばかりだろう？　私としては男を簡単に信用する方が心配だ。つまり協調できるのは、かなり限られた相手だけということなのだな？」

「そう、普通は恋人《こいびと》とか、家族とか、それぐらい。最初から協調できたアーシェが異常」

「ふふん♪　その『異常』は、私にとっては褒《ほ》め言葉ですね！」

先ほどとは一転、上機嫌《じょうきげん》になったアーシェに、ラルフが「妹の情緒《じょうちょ》が不安定すぎる……」と呟《つぶや》くが、当然のようにそれはアーシェに無視され、逆に不安そうになったのはお姉様だった。

「ち、ちなみに、私は？　私とはできるのだろうか？」

「大丈夫。だけど、お姉ちゃんはまだまだ発展途上《とじょう》。協調するとしても三人まで」

「そうなんだ？　それは私も初耳」

でも、あの時の魔法の威力を考えると、ミカゲが『三人まで』と言うのも納得できる。

あれの二倍以上ともなれば、下手をすれば味方に被害《ひがい》が出かねないと、私でも解るもの。

「ふむ。話を聞く限り、その『協調』は大きな戦力にはなりそうだが、運用するとすればルミ、シルヴィ、アーシェの三人組となるか。ルミ、『進化』自体の効果はどんな感じなんだ？」

「少なくないと思いますよ。アーシェ、魔導書《グリモア》を見せてあげて」

「かしこまりました。――顕現《けんげん》」

アーシェが顕現させた魔導書《グリモア》は一見すると以前と変わらず。

しかし、最近それを見たばかりのお姉様は、すぐに気が付いたらしい。

「色が少し……。アーシェ、もしかしてランクが上がったのか？」

「はい。空きページが五ページ増え、橙色《オレンジ》から赤色《レッド》になりました」

「なんだと！　ちょ、ちょっと待っていてくれ！」

アーシェの答えを聞くなり、お姉様は慌ただしく部屋を出て行き、さほど間を置かず革袋《かわぶくろ》を片手に戻ってくると、それと顕現させた魔導書《グリモア》をミカゲに向かって突《つ》き出した。

「ミカゲ、私の魔導書《グリモア》も『進化』させてくれ！　頼む!!」

「ん。魔導書《グリモア》の上に薬品《リーフ》を置いて」

「解った！」

言われるまま、お姉様が魔導書《グリモア》の上で革袋をひっくり返すと、小さくない葉晶《リーフ》の山ができる。

それにミカゲが手を翳《かざ》して祈《いの》ると、魔導書《グリモア》がぼんやりと光を放って一部の葉晶《リーフ》が消えた。

「ほぅ！」「まぁ！」

その光景を初めて見るお父様とお母様が声を上げる——が、ほとんどの葉晶《リーフ》は消えずに残り、魔導書《グリモア》の外見にも変化なく、固唾《かたず》を呑《の》んでいたお姉様が戸惑《とまど》うようにミカゲを見る。

「……大半が残っているのだが？」

「同じ図書迷宮《ライブラリ》で得た葉晶《リーフ》は、使える数に制限がある」

「くっ、確かに大半の葉晶《リーフ》は《強化》の図書迷宮《ライブラリ》で得たものだ。むぅ」

お姉様は残念そうに残った葉晶《リーフ》をザラザラと革袋に回収。

改めて魔導書《グリモア》を開いたのだが、ページ数を数えて不満げな表情を笑顔に変えた。

「三ページも増えている。ランクは気にしていなかったが、努力の成果が見えるのは良いな！」

それに対し、奇跡《きせき》を目《ま》の当たりにしたお母様とお父様は眉根《まゆね》を寄せた。

「シルヴィで三ページ追加ですか。やはり、知られると危険ですね」

「『進化』自体は随分と簡単に見えるが……ミカゲさん、それはいくらでも可能なのか？」

「どういう意味かによる。休みなくやれと言うなら、我は拒否《きょひ》する」

「お父様、『進化』には集中力が必要で、繰《く》り返し行うのは難しいようです」

言葉足らずなミカゲに私がフォローを入れると、お父様はすぐに「なるほど」と頷く。

「魔法と同じか。使えば領地の戦力向上には寄与《きょ》しそうだが……」

「『督促』ほどではありませんが、『進化』も下手に広めるのは問題ですね」

魔導書《グリモア》のランクを上げられる『進化』はとても有用な能力だが、魔導書《グリモア》を奪《うば》うこともできる『督促』が危険視されかねないように、『進化』も別の意味で危険と言える。

私のことを思ってくれているお父様たちとしては、情報が漏れるようなことはしたくないのだろうけど、領地を守るためには、可能な限り多くの魔導書《グリモア》を『進化』させるのが一番なわけで。

「お父様。今考えるべきは、領地と領民を守ることでは？」

「それは解っている、領主としてはな。だが、父親としては……いやそうだな」

私の言葉にも迷う様子を見せていたお父様だが、すぐに覚悟を決めたように拳《こぶし》を握《にぎ》る。

「俺が守ればいいだけのことか。たとえ国全体が敵に回ろうとも！」

——いえ、さすがにそれは重いですよ？

もちろん、気持ちは凄く嬉しいのだけど、影響範囲《えいきょう》が大きすぎて……。

でもそれを口にすると、お父様がまた面倒臭《めんどうくさ》いことになりそうなので、私は話を進める。

「問題は対象者がいるか、ですよね。葉晶《リーフ》を貯めている人はどの程度いるでしょうか？」

「それなりにいるんじゃないか？　俺も貯めてるし、カティアもそうだよな？」

「もちろんです。」

「用途《ようと》は判りませんでしたが、神様が授けてくださる物を蔑《ないがし》ろにはできません」

「お母様もですか？　では、この場にいる人に限れば、ラルフ以外は貯めていたのですね」

ふむふむ。ミカゲを除くと、六人中五人——つまり、八割以上。

本祭壇まで行こうとする人なら、葉晶《リーフ》も案外きちんと集めているのかもしれない。

「兄さんはがさつですからねぇ。例えば騎士団の人なら、ある程度は持っていると思います」

「そうなんですね。では問題となるのは、対象者の選別方法ですか」

「うむ。絶対に秘密を漏らさない人物に限定したい。ルミとミカゲさん、二人の安全のためにも」

それには同意するが、見抜《みぬ》くのは簡単じゃない。結局は『騎士団の中から選ぶことになるのかな?』と、私はそう思ったのだけど、アーシェが遠慮《えんりょ》がちに手を挙げた。

「旦那《だんな》様、対象者の選別は〝議会〟に任せて頂けませんか?」

とんでもないことを言い出した――いや、妥当《だとう》なのかな?

お父様やお母様も、『それがあったか!』とばかりに、深く頷いてるし。

「ほう。それならば安心できそうだ。頼めるか?」

「お任せください。お嬢様を絶対に裏切らず、戦力にもなる人員を選別してご覧にいれます」

やっぱり、お父様も〝議会〟については把握《はあく》してるんだよねぇ。

でも、それも当然か。そもそも姿絵の販売《はんばい》は、お父様が音頭《おんど》を取って始めたようなものだし。

それをとやかく言うつもりはないけど、せめて私に伝えておくべきじゃないかなぁ?

「ねぇ、お父様? 私はアーシェから聞くまで姿絵も、〝議会〟の存在も知らなかったのですが」

「ん? そうだったのか? そういえば、話すのを忘れていたかもしれないなぁ」

そう言いつつ目を逸らすお父様は、あからさまに怪しかったけれど、私はにこりと微笑む。

「そうですか。では、次からは忘れないようにお願いしますね?」

「も、もちろんだ。それでは、具体的な氾濫の対策に移ろうか」

これまた、あからさまに話を逸らすお父様。

しかし、私が無言で頷いたことで、ホッとしたように話を続けたのだけど――

「必要なのは主に二つ。図書迷宮《ライブラリ》の修復と氾濫への対応方法だが――ん？」

お父様が部屋の扉《とびら》に目を向け、直後に響《ひび》いたノックの音で話は中断された。

「旦那様、よろしいでしょうか？」

「どうした？　人払いを頼んだはずだが……だから、お前が来たのか」

扉が開き、顔を覗《のぞ》かせたのはお父様付きの執事《しつじ》であるエヴァン・グラバー。

ちなみにアーシェやラルフの父親でもあり、古くからシンクハルト家に仕えてくれている人なので、機密保持という点に於《お》いては、ラルフ以上に信用が置ける人である。

「お話し中、失礼致《いた》します。至急お伝えすべきと判断致しました。ルミお嬢様の知り合いを名乗るリディアという子供が訪ねてきているのですが、いかが致しましょうか？」

「リディア？　先ほどルミの話に出た研究者と同じ名前だが……子供？」

訝《いぶか》しげなお父様に、私は「あぁ」と手を打つ。

「そういえば、そこは説明していませんでしたね。リディアは大人の研究者ですが、体格は私とほぼ同じで、可愛い女の子にしか見えないんです」

「まぁ！　ルミと。それは、それは」

なんだか嬉しそうな声を漏らしたのはお母様。

その理由は明らかだけど、今は自重してほしい、と思いつつ、私は続ける。

「私の事情は知っていますし、研究者としての知見も豊富なので、ここに呼んでも良いですか？」

「もちろんだ。是非《ぜひ》ともアドバイスを貰《もら》いたい存在だな。エヴァン、案内を頼む」

「かしこまりました」

エヴァンはお父様に一礼すると、程なく顔を強張《こわば》らせたリディアを連れて戻ってきた。

「いらっしゃい、リディア。よく来てくれました。……大丈夫ですか？」

「だ、大丈夫なわけあるかっ。こ、こんなお城みたいな場所に連行されて……。正直、ルミの顔を見るまで、生きた心地《ここち》もしなかったぞ!?」

まるで逃《に》げるかのように、私の傍《そば》まで足早に寄ってきたリディアが捲《まく》し立てる。

緊張《きんちょう》と安堵《あんど》が入り混じったその顔に、私は内心『なるほど』と納得しつつ、頷く。

「それは、それは……。よく訪ねてきてくれましたね？」

ご先祖様の頑張りで、ウチのお屋敷はお城と見紛《みまご》うばかりに立派なんだよねぇ。

中はそうでもないんだけど、外観の近寄りがたさは抜群《ばつぐん》で、前世の私なら確実に回れ右をする。

「捕《つか》まったんだよっ！　門の前で呆然《ぼうぜん》としていたら!!」

「あ～、そういうことですか。タイミングが悪かったですね」

人間相手の戦争ではないけれど、緊迫《きんぱく》状態にある領主の館の前に怪しい人がいれば、拘束《こうそく》もされるだろう。むしろ、無視するような門番なら必要ない。

「でも、緊張はもう取れたみたいで良かったです」

私が苦笑しているお父様を目で示すと、リディアの動きが止まった。

「え……？　あっ！　も、申し訳ありません！　わ、私はリディアと言います。ルミ——エーラ様に研究者として誘《さそ》われて、その……」

しどろもどろになりながら顔を青くして頭を下げたリディアに、お父様は笑いながら手を振る。

「ハハハ、気にする必要はない。話し方も普通で良いぞ」

そう言われても不安なのか、リディアが問うようにこちらを見るので、私も笑顔で頷く。

「本当に大丈夫ですよ。——お父様、私が図書迷宮《ライブラリ》の専門家として招聘《しょうへい》したのが、こちらのリディアです。当家で図書迷宮《ライブラリ》や魔導書《グリモア》の研究をしてもらうつもりですが、構いませんよね？」

「うむ。ルミが決めたのなら問題ない。俺の名に於いて身分を保障し、可能な範囲で支援《しえん》しよう」

「そ、そんな、簡単に……？」

もう少し色々訊《き》かれると思っていたのか、唖然《あぜん》とするリディアにお父様は微笑む。

「俺はルミを信頼《しんらい》しているし、ルミはそれに足るだけの実績を残しているんだ。なぁ？」

お父様が確認するようにお母様を見ると、お母様も「そうですね」と応じる。

「尚武《しょうぶ》の気風が強いシンクハルト家には、欠かすことのできない人物です」

その言葉に、お姉様とアーシェもまた深く頷いた。

確かに文官として考えるなら経験と知識が多い分、それなりだと思うけど……少し照れる。

「微力《びりょく》を尽くしただけです。それで、リディアが来たということは図書迷宮《ライブラリ》の修復は無事に？」

私が話を逸らすように気になっていたことを尋ねると、リディアは戸惑いながらも頷いた。

「う、うん。《火弾》の図書迷宮《ライブラリ》よりも損傷は軽微《けいび》だったから、思ったよりも簡単に。お礼として修復に使わなかった葉晶《リーフ》を半分貰ったよ。ハーバス子爵が集めていた物をね」

「それはありがたいですね。実は当家の《強化》の図書迷宮《ライブラリ》も破壊されたので」

「ここも!?　またディグラッドとかいうクソの仕業《しわざ》かい!?」

私の言葉にリディアは眦《まなじり》を決して吐《は》き捨てる。けれど……。

「リディア、それを否定するつもりはないですが、あれでも伯爵《はくしゃく》家の人間、外で言うのは控《ひか》えてくださいね？　それと、『また』ということは、《観察》の図書迷宮《ライブラリ》も？」

「気を付ける――でも言いたくもなるよ！　ハーバス子爵は断定しなかったけれど、調査した結果、あれの関係者がやった可能性が高いって言っていたからね！」

「そうですか……。お父様、《観察》の図書迷宮《ライブラリ》は？」

「無人の時にやられているからなぁ。現状で犯人は不明だが、調査に労力を割《さ》くことは難しい」

「ですね。氾濫の対処が最優先ですし」

もっとも図書迷宮《ライブラリ》を破壊するような愚《おろ》か者が、同時期に複数いる方が不自然だと思うけど。

「そういうことだ。まずは……リディア、専門家としての意見を聞かせてほしい」

お父様から直接問われ、リディアはビクッと震《ふる》えたけれど、すぐに表情を引き締《し》めて口を開く。

「解りました。最初に行うべきは、やはり図書迷宮《ライブラリ》の修復でしょう。私は図書迷宮《ライブラリ》が魔物の氾濫を抑《おさ》え、弱体化させていると考えています。今回の大規模な氾濫も複数の図書迷宮《ライブラリ》が破壊されたことに起因するのかと。なので、そのまま放置するのは得策ではないと思います」

「つまり、図書迷宮《ライブラリ》を修復しなければ、氾濫も終息しないということですか？」

お母様の問いに、リディアは慎重《しんちょう》に頷く。

「……可能性はあります。今回の魔物、いつもより強いとか、そういうことはないですか？」

リディアが確認するように視線を巡《めぐ》らせると、お父様が顎《あご》に手を当てて唸《うな》った。

「ぬう、心当たりはあるな。同じ魔物でも以前戦ったものより強かったように感じた」

「それは私も思いました。それに以前から、魔境で遭遇《そうぐう》する魔物と王都の近くで遭遇する魔物では、同じ魔物でも強さがまったく違う気がしていて――」

「アーシェ、あなたは……。学校でもそんなことをしているのですか？」

お母様から呆れたような目を向けられ、お姉様はばつが悪そうに頭に手をやる。

そんなお姉様をお父様も困ったように見つつ、口を開く。

「つまり、最優先は図書迷宮《ライブラリ》の修復か。だが、それを担当できるのは……」

経験者は私とリディアだけど、私が抜けると『協調』という大きな戦力が使えないという問題がある。それを察してか、すぐにリディアが手を挙げた。

「では、ボクが。ボクは戦えませんから適任かと。ルミたちは魔物の討伐に向かうんだろう？」

「リディアが修復を引き受けてくれるなら、そのつもりです。助かります」

「ありがたいが……護衛は必要だな。普段ならまだしも、今は危険だ」

悲しいかな、魔境に接する領地の宿命として、普段でも決して安全とは言えない上に、現在は氾濫の最中。戦えないリディアに護衛を付けるのは当然のこと。

誰《だれ》か腕利《うでき》きの兵士でも、と思ったところに名乗り出たのはラルフだった。

「俺が付きましょう。リディアも顔見知りの方が安心だろ？」

「そりゃ、ボクとしてはその方が良いけど……。問題ないのなら、頼むよ」

リディアは少し戸惑いつつも、お父様が頷くのを見て、すぐに受け入れて話を続ける。

「続いて、氾濫への対応方法についてですが、一般《いっぱん》的には二通り。一つは砦などに籠《こ》もり、魔物が尽きるまで戦い続けること。もう一つは砦から打って出て、魔物を鏖すこと。軍事的な視点は皆《みな》さんにお任せするとして、多くの記録では、後者の方が早く氾濫が終息しています」

「それは人的被害を無視して、魔物の討伐を優先したということですか？」

兵士たちの人命より氾濫の終息を優先する。場合によっては、そちらの方が総合的な被害を減らせることもあるだろうが、大半の人とは顔見知りなだけに、なかなか受け入れがたい。

思わず尋ねた私に、リディアは少し考えてから口を開く。

「そういう見方もできるけど……ルミは、〝核個体〟という言葉を知っているかい？」

「えっと、氾濫にはリーダーがいることもある、とは聞いたことがありますが……？」

「そう言われることもある。でも、魔物を率いているわけじゃないから、核個体の方が正確かな？　氾濫の要《かなめ》となる他よりも強い魔物で、それを斃せば氾濫は終息に向かうことが多いみたいだ。上手《うま》く斃せれば被害は少なく済むが、失敗して大きな被害を出した記録もあるね」

リーダーとして魔物を率いて襲ってきてくれるなら、ある意味簡単。

しかし核個体は、氾濫の終盤《しゅうばん》まで前に出てくることがないので、先に斃そうと思えばこちらから魔物の群れに飛び込むしかなく、結果として、失敗したときの被害も大きいらしい。

「その、核個体？　そういった存在については私も聞いたことがあるが、正しいのか？」

「少なくとも記録に残っている範囲では。その上で核個体を狙《ねら》うか、それとも地道に魔物を斃すかは、戦いの専門家が決めるべきでしょうね。私の知識で助言できるのはこの程度でしょうか」

リディアはお姉様の問いにそう答えて話を纏《まと》めると、お父様は「ありがとう」と頷く。

「さすがは研究者だな。俺は今の話を踏《ふ》まえ、核個体を狙いたいと思うが、どう思う？」

「よろしいのですか？　図書迷宮《ライブラリ》が修復されれば、氾濫も落ち着くかもしれません。群れに攻撃を仕《し》掛《か》けることは危険を伴《ともな》いますし、砦に籠もって耐《た》えることもありだと思いますが」

思ったより早い結論に私が目を丸くすると、お父様はやや渋い顔で頷く。

「余裕があるなら安全策をとるべきなのだろう。だが現状、かなり無理をしている。これ以上、戦時態勢を継続《けいぞく》することは避《さ》けたい。少なくとも騎士団であれば、後《おく》れをとることはないはずだ」

お父様のその言葉に、お母様とお姉様も同意するように口を開く。

「私もクロードに賛成です。受け身でいるより、攻《せ》める方が精神的にも楽ですから。騎士団はともかく、通常の兵士や義勇兵たちには、かなりの疲労が蓄積しています」

「第三砦もそろそろ厳しいですね。物資も足りませんし、できるなら攻めたいところです」

「そうですか……。お父様たちがそう判断するなら、反対はしません」

そもそも私は戦いが得意ではないし、先日戻ってきたばかり。

魔物の群れとの戦いも一度しか経験していないし、第一、第二砦の状況も知らない。

プロがそう判断したのなら、私にできるのはサポートだけである。

――それもミカゲという、他力本願ではあるんだけど。

「ミカゲ、『進化』を急いでお願いすることになるけど……頼める？」

「ん。お姉ちゃんのためでもある。可能な範囲で頑張る」

魔導書《グリモア》の『進化』は今回の作戦の要でもある。ミカゲの返答を聞いて、ホッと表情を緩《ゆる》めたお父様は、再度気合いを入れるように口を結び、拳を強く握った。

「アーシェによる選別と『進化』が終わり次第《しだい》、打って出る。各自、急いで準備を進めてくれ」

「「はい」」

巧遅《こうち》よりも拙速《せっそく》を尊ぶとばかりに、準備は急ピッチで進んだ。

目標は、次の魔物の波が来る前にこちらから打って出ること。

戦力の再編、武器や防具のメンテナンス、矢の増産と、みんなが走り回る中、私はミカゲと一緒に第一砦に詰《つ》め、アーシェが定期的に連れてくる相手と面談して『進化』を行っていた。

一応、私との面談が『進化』に於ける最終関門、なんだけど……形だけかな？

大抵《たいてい》の人は知り合いだったし、短時間で人の本質を見抜ける眼力など、私が持つはずもない。

なので、信用できるかの判断は完全に直感。

時に強すぎる崇敬《すうけい》の念に『むむっ？』となりつつも、対象者全員の魔導書《グリモア》を『進化』させて……。


——数日後、無事に準備を終えた私たちは、第一砦の前に布陣《ふじん》していた。

最低限は第二、第三砦にも残しているけれど、ここにいるのがシンクハルト家のほぼ全戦力。

もちろん、何も考えずに集めたわけではない。

広範囲に偵察隊《ていさつたい》を出し、魔物の動きを誘導《ゆうどう》することで成し得た作戦。

結果としてこの第一砦には、これまで見たこともない規模の魔物の群れが接近しつつあった。

「お姉様、いよいよですね」

「そうだな。ルミ、緊張しているか？」

私たちが配置されているのは、布陣している軍の一番前。

それだけに、近付いてくる魔物の群れの規模もよく判《わか》るのだけど……。

「それほどでも。お姉様がいますし。お姉様は？」

「私はむしろワクワクしている。ルミとの『協調』を実戦で試《ため》せるのだから」

「シルヴィ様、『お嬢様との』ではなく、『お嬢様と私とシルヴィ様との』ですよ？」

「む。我が抜けてる。むしろ、我こそが要だし、お姉ちゃんの伴侶《はんりょ》でもある」

——まぁ、聞いての通り、私の左右にはお姉様とアーシェがいるし、なぜか張り切っているミカゲは、私に抱えられるようにして前に立っている状態だ。更に周囲は『進化』の対象になった騎士団の人たちによって固められているので、心にはかなり余裕がある。

ちなみに、カルラさんは今回の戦いには不参加。危険性はそこまで高くないはずだけど、他家のお嬢様を野戦に出すのはさすがにマズいと、スラグハートでお留守番をしてもらっている。

「アーシェは細かいなぁ。良いじゃないか、そんなことは」

「細かくありません。まったく、シルヴィ様は隙《すき》あらば私を除《の》け者にしようとするんですから」

「それを言うならアーシェも同じ。我を省いていた」

かなりどうでも良い軽口は、もしかすると緊張を解《ほぐ》すためなのか。周囲の人たちの微笑ましそうな視線に少し恥ずかしくなり、私はお姉様とアーシェの背中をペシペシと叩く。

「三人とも、そろそろ時間ですよ。準備してください」

私がそう言った直後、お父様の号令が戦場に響き渡《わた》る。

「——構え！」

今回、開幕の狼煙《のろし》となるのは、私たちの魔法。

だけど、能力を大々的に宣伝するつもりなどなく、周囲にいる人たちはそれも考えての配置だ。

全員が一斉《いっせい》に魔法を使うことで、『協調』の効果をカモフラージュすることを狙っている。

遠くにいた魔物たちの群れが、段々と近付いてくる。

これまでは三つの砦に分散していた魔物を集めたからだろう。

正に波のように押し寄せる魔物たちの迫力《はくりょく》に、少し身体が強張るけれど、私に寄り添《そ》って立つお姉様とアーシェの温かさに励《はげ》まされるように、私は前を見つめて魔法を準備する。

「放て！」

お父様の声が聞こえた直後、一斉に放たれた魔法が轟音《ごうおん》と共に草原を炎の海に沈《しず》めた。

◆　◆　◆

前線から遠く離れた森の中を、一組の男女が歩いていた。

一人は無精髭《ぶしょうひげ》が生え始めた二〇歳《さい》前後の男、もう一人は子供にしか見えない女の子。ともすれば通報待ったなしの二人組だが、その実、男よりも女の方が年上という凸凹《でこぼこ》コンビであり、当然のようにその二人はラルフとリディアであった。

「ふ～む。人気がない図書迷宮《ライブラリ》と聞いていたけど、案外道は整備されているんだね？」

「《強化》の魔法はどんな仕事でも使えるから、ウチでは領民全員に覚えることを推奨《すいしょう》しているんだよ。他領の奴《やつ》らはあまり来ないが、領民だけでもそれなりの人数だからな」

どこか誇《ほこ》らしげに語るラルフに、リディアは「なるほどねぇ」と頷く。

「でも、ラルフはボクの方に来て良かったのかい？　二人に付いていなくても」

「構わないさ。そもそもシンクハルト領では、俺の護衛も必要ないからな」

「それは嘘――いや、護衛が不要なのは本当だとしても、それでも君は自分で二人を守りたかったんじゃないのかい？　アーシェはもちろん、ルミのこともかなり大事にしているだろう？」

「…………」

「仮にそれが本心だとしても、傭兵なら前線で手柄《てがら》を立てることを望むものだ。それにも拘《かか》わらず、君はこっちに来た。昨日の宿場町でも誰かと会っていたし……今も近くにいるだろう？」

無言のラルフが厳しい視線をリディアに向けるが、彼女は飄《ひょう》々《ひょう》とした表情で肩《かた》を竦《すく》め――ラルフが諦《あきら》めたようにため息をついて片手を上げると、近くの茂《しげ》みから一人の若者が姿を現した。

「わぉ。本当にいたね」

「……確証はなかったのか？」

ラルフが怪訝《けげん》そうに目を丸くしたリディアを見るが、彼女は小さく首を振る。

「ボク、戦いについては素人《しろうと》だよ？　プロが隠れたら、見つけられるわけがないだろう？」

「それにしては、随分と断定的な物言いだったが……」

「いるだろうと予測しただけだよ。これでもボクは研究者だからね。調査、観察、仮説を立てて、実験、検証をする。それができずして研究者は名乗れないよ」

「さすがは、と言うべきか？　だが、リディアが有能だったのは幸いだ。お互いにとってな？」

「へぇ、そうかい？　ちなみに、無能だったらどうしたのかな？」

「別に何も。リディアを招聘すると決めたのは、ルミお嬢様だからな。だが、有害と判断していたら……今回の護衛任務は失敗したと、ルミお嬢様に謝罪することになっただろうな」

どこか脅《おど》すような口調で言うラルフだが、リディアは小さく笑う。

「う～ん、君は独断でそれはしないだろう。どうこう言いつつも、ルミを立てているし、信頼もしているように見える。きちんと報告した上で、判断を委《ゆだ》ねるんじゃないか？」

「ボス、見透《みす》かされてますよ？」

「うるせえよ！」

ラルフは茶化すように口を挟んだ若者に怒鳴《どな》り返し、頭を掻《か》いた。

「ちっ、調子が狂《くる》うな」

「こんな形《なり》でも、君より年上だからね。――あぁ、先に言っておくと、ボクはこれでも賢明《けんめい》なつもりなんだ。君の行動に疑問を持ったから確認しただけで、無理に聞き出すつもりはないよ？」

「はぁ。理解があって、ありがたい限りだな」

ラルフは肩を竦めて皮肉めいた笑みを浮かべたが、すぐに表情を改め、部下に目を向けた。

「状況はどうなっている？」

「はい。対象を見つけました。現在、数人で追跡《ついせき》中です」

「そうか。リディア、すまないが、護衛はこいつに任せていいか？　俺の信頼する部下だ」

「別に構わないよ。ボクの仕事が終わったら、宿場町で待っていればいいのかな？」

「たぶん、待たせることはないと思うが、そんな感じで頼む」

「了解。お互いに上手くやろう」

リディアが右手を上げると、ラルフは笑ってハイタッチで応えた。

◆　◆　◆

《強化》の図書迷宮《ライブラリ》から徒歩で数時間ほど離れた森の中、小太りの男が地面に座り込んでいた。

着ている服は泥《どろ》や草の汁《しる》などで汚れ、所々破けている上に、髪《かみ》はボサボサ。

身体のあちこちに擦《す》り傷があるのは、何度も転んだからか。

随分と見窄《みすぼ》らしい格好ではあったが、それは間違いなくヨーダン・ディグラッドだった。

「クソがっ！　役立たずどもめ‼」

彼がこうなった原因はとても単純。魔物に襲われたから。

考えなしの愚か者でも、図書迷宮《ライブラリ》の破壊が貴族的にマズいことぐらいは理解できたらしい。

そのため、破壊を実行した後ですぐに町に戻ることはせず、ほとぼりが冷めるまで森の中で野営することに決めたのだが、ここに誤算があった。

「辺境伯《へんきょうはく》め！　領内の管理もできない無能が！　戻ったら抗議《こうぎ》して賠償請求《ばいしょうせいきゅう》してやる‼」

辺境で暮らす人間であれば、森の中で野営をする危険性はよく理解している。

だが、王国の中央部近辺で暮らすヨーダンにとって、領内に魔物が出ないのは当然のこと。

それが誰によって守られているかも理解せず、悪態をつく。

「傭兵も傭兵だ！　何のために雇ってやったと思っている‼」

当たり前だが、いくらヨーダンでも少しぐらいは森の危険性を理解していた。

狼《おおかみ》などの比較《ひかく》的小形の野生動物でも、夜陰《やいん》に紛《まぎ》れて襲われれば命に関《かか》わる。だからこそ傭兵たちを雇って備えていたのだが、それは所詮《しょせん》、危険度の低い王国中央部基準のものでしかない。

結果、現れた魔物によって傭兵たちはあっさり蹴《け》散《ち》らされ、実家から付けられた補佐役《ほさやく》も、鈍くさいヨーダンを庇《かば》ったことで脱落《だつらく》していた。

「魔法さえ使えれば、俺様が蹴散らしてやったのに！　――顕現っ」

ヨーダンが手を突き出してそう宣言するが……何も起きない。

そのことに彼は歯軋《はぎし》りをすると、前に出していた手を拳に変えて地面を殴《なぐ》りつけた。

「クソッ、なぜ魔導書《グリモア》が出てこない！」

「――へぇ、本当に魔導書《グリモア》は失われるのか」

「だ、誰だっ⁉」

この場には自分以外に誰もいない、そう思っていたヨーダンは慌てて誰何《すいか》の声を上げる。

するとそれに応えるように、彼の背後の茂みから腕組《うでぐ》みをしたラルフが姿を現すが、一定の距離《きょり》以上にはヨーダンに近付こうとはせず、冷ややかな視線を彼に向けた。

しかし、ヨーダンの方はそんな視線にも気付かず、むしろホッとしたように表情を緩める。

「お前はどこかで……あぁ、ルミエーラと一緒にいた奴か。ちょうど良い、俺を助けろ」

「なぜだ？　ルミお嬢様に暴言を吐いたお前を、なぜ俺が助ける必要がある？」

「俺様は伯爵家の人間だぞ⁉　平民風情《ふぜい》とは価値が違う！　助けて当然だろうが‼」

先ほどとは一転、激高するヨーダンを見て、ラルフは馬鹿《ばか》にするように鼻で笑う。

「はっ、価値が違う、ねぇ？　ルミお嬢様であれば同意もするが、お前じゃなぁ。――あぁ、ある意味では正しいか。ルミお嬢様とは逆に、価値がないという意味で」

「なっ、なにを――」

「聞けばお前、成人の儀式《ぎしき》で低ランクの魔導書《グリモア》を授けられ、腐《くさ》っていたらしいじゃないか」

「なっ⁉　な、なぜそれを……」

「ルミお嬢様の噂《うわさ》を聞いて、自分よりも下がいると思って喜んだのか？　ルミお嬢様相手なら優位に立てると、アホ面《づら》下げてシンクハルト領まで来たってか？　端的《たんてき》に言って……クソだな」

「す、少なくとも、魔法が使えないルミエーラよりもマシだろうが！」

図星なのだろう。慌てたように言い返すヨーダンにラルフは侮蔑《ぶべつ》の目を向ける。

「ルミお嬢様は自分の魔導書《グリモア》が他と違うと知っても、すぐに努力を始めたぞ？　お前は何をした？　ただ腐って、放蕩《ほうとう》していただけだろ？　クズ以外に言いようがあるか？」

「努力がどうした！　魔法が使えねぇなら意味ねぇ！　貴族としては底辺なんだよ！」

ヨーダンは顔を歪《ゆが》めて吐き捨てるが、ラルフは肩を竦めて鼻で笑った。

「それじゃ、今のお前はいくつ魔法を使えるんだ？　言ってみろ。ん？」

「うるせぇ！　俺様に相応《ふさわ》しい魔導書《グリモア》を与《あた》えない神が悪いんだ！　馬鹿にしやがって！　たかが平民が俺様にそんな口を利《き》いて、許されると思っているのか!?」

「許さないからと、お前に何ができる？　癇癪《かんしゃく》を起こすだけか？」

体力が回復しないのか、それとも足でも挫《くじ》いているのか、未《いま》だに座り込んだままのヨーダン。

そのことを認識させるようにラルフが指で足を示すと、ヨーダンは顔を引き攣《つ》らせた。

「い、今ならまだ許してやる。俺を森の外まで連れて行けば、お前の暴言も忘れてやる！　良いのか？　パパに言ったら、お前の命なんか、簡単に消えるんだぞ!?」

「戻れると思っているのか？　おめでたい奴だなぁ」

「お、俺は魔物から逃げ切ったんだぞ？　そう何度も魔物に遭遇するわけないだろうがっ」

それは明らかな虚勢《きよせい》。ラルフは心底呆れたように深いため息をついた。

「はぁぁ……。こんなのが中央貴族か。辺境の森は普段でも安心はできないが、お前が図書迷宮《ライブラリ》を壊《こわ》してくれたからなぁ。魔物たちも大張り切りなようだぞ？」

ラルフのその言葉に応えるように、森の中から「キキッ！」という鳴き声が聞こえる。

それを耳にしたヨーダンの顔から血の気が引き、真っ白になった。

「ま、まさか……。お、おい、助けてくれ！　金ならいくらでもやる‼」

「別に金には困ってねーよ。さて、二度目は逃げ切れるか、見物だな。――そろそろか」

一歩退いたラルフが近くの木の枝に跳《と》び上がると、入れ替《か》わるように黒い鼠《ねずみ》が姿を現した。

それは一匹《ぴき》ではなく、二匹、三匹と次第に数を増やし、ヨーダンから漂《ただよ》う微《かす》かな血の臭《にお》いに誘われるように、しかし警戒《けいかい》するように彼を取り囲み、用心深く近付いていく。

ヨーダンは後退《あとずさ》りしながら唯一《ゆいいつ》持っていた短剣《たんけん》を振り回すが、余程使い慣れていないのだろう。

刃先《はさき》を木の幹にぶつけ、その衝撃《しょうげき》ですっぽ抜けた短剣はあらぬ方向へと飛んでいった。

「待って、待ってくれ！　の、望みは何だ！　なんでもする！　だから――」

ヨーダンが抵抗《ていこう》する力を持たないことに気付いたのか。魔物が一斉に動いた。

四方八方から飛びかかる鼠に、彼の身体が一瞬で黒く覆《おお》われ――森に断末魔《だんまつま》と咀嚼音《そしゃくおん》が響く。

ラルフはその様子を、ただ無言で見下ろしていた。

エピローグ

大氾濫《だいはんらん》は無事に終息した。

開幕の魔法《まほう》で群れの半分ほどが吹《ふ》き飛び、魔物たちが大きく混乱したところに、お父様とお母様が率いる騎士《きし》団、それに義勇兵の中から腕利《うでき》きを集めた部隊が突入《とつにゅう》した。

はっきりとは判《わか》らなかったけれど、それによって核《かく》個体を斃《たお》すことができたらしく、直後から魔物たちの勢いは見る見るうちに落ちていき、後は簡単な掃討《そうとう》戦になったのだ。

そんな状況《じょうきょう》だったものだから、私の役割は本当に最初のみ。

時々魔法で援護《えんご》するだけで積極的には戦わず、お姉様とアーシェも、私とミカゲを守ることを優先していたため、戦場であっても私の周りは比較《ひかく》的平和だったと言えるかもしれない。

逆に少し驚《おどろ》いたのは、戦場でのお母様。

シンクハルト家に嫁《とつ》いでくるだけあり、戦えるとは知っていたけれど、その様は正に女騎士。

普段《ふだん》は裁縫《さいほう》好きの優《やさ》しい女性なのに、戦闘力《せんとうりょく》でも完全にお姉様の上位互換《ごかん》だった。

そんなお母様や堅実《けんじつ》に強いお父様、鍛《きた》えられた騎士団、協力してくれた義勇兵の活躍《かつやく》もあり、最後の戦いは早期に終結したのだが、氾濫はそれで終わりというわけではない。

幸い町に被害《ひがい》はなかったものの、領地に侵入《しんにゅう》した魔物は少なからず存在する。

当然、それらの駆除《くじょ》は必要だし、集まってくれた義勇兵たちの慰労《いろう》もまた必要だった。

その他、戦時態勢を解除して日常に戻《もど》るためには、様々な事務処理も不可欠なわけで。

お父様は事務でスラグハートに詰《つ》め、お母様とお姉様が魔物の駆除に奔走《ほんそう》する中、私に与《あた》えられた役割は、義勇兵の人たちに感謝の言葉と共に金銭を配って、順次解散させることだった。


「ロバートさん、あなたの弓の腕前《うでまえ》は多くの魔物を斃してくれました。勇気に感謝致《いた》します」

「なんの。ルミエーラ姫《ひめ》の役に立てたのなら、老骨に鞭《むち》打った甲斐《かい》もありますわい」

「アーグさん、あなたの鉄壁《てっぺき》の防御《ぼうぎょ》は多くの人を守りました。勇気に感謝致します」

「姫様にそう仰《おっしゃ》って頂けるなど、望外の喜びです！」

「マルクスさん、あなたの勇気に感謝致します」

「きょ、きょ、恐縮《きようしゆく》、ですっ」

「トムさん、あなたの――」

基本的には定型文。武功が記録されている人には一言添《そ》えて。

アーシェの手を借りながら、ずらりと並ぶ義勇兵の人たちに一人一人、慰労金《いろうきん》を手渡《てわた》していく。

一応、急ぐ人たち向けに、隣《となり》では主計部の人が窓口を開いているんだけど……とても暇《ひま》そう。

私の方にしか並んでいないことに、喜べば良《い》いのか、悲しめば良いのか。

どちらにしても頑張《がんば》るしかないわけで、休憩《きゆうけい》を挟《はさ》みつつ、数日ほど掛《か》けて慰労金を配り終え。

あとは一般《いっぱん》兵士と騎士団に一時金を出して終わり――となったところで、抗議《こうぎ》の声が上がった。

曰《いわ》く、『義勇兵だけズルい！』、『我々にルミエーラ姫と話す機会はないのか！』と。

―うん。アイドルの握手会かな？

いや、握手どころか、アーシェががっちりガードして、手も触《ふ》れていないんだけどね？

とはいえ、頑張ってくれた人たちの願いを無下にもできず、私は更《さら》に何日も掛けて一時金を直接手渡して、それが終わる頃《ころ》にはお母様たちの仕事にも一段落が付き……。

ようやく、いつもの日々が戻ってきた頃、私たちは王宮から呼び出しを受けた。

◆　◆　◆

私にとって王宮は縁遠《えんどお》いものだった。

王族が暮らす行政の中心。そういった当然の知識は持っていたけれど、基本的に領地で暮らしている私は王都すら訪《おとず》れる機会は少ないし、貴族社会での社交にも興味がない。

お父様は手続きなどで赴《おもむ》くこともあるけれど、私の公的な立場はただの辺境伯《へんきょうはく》の娘《むすめ》である。

領地経営に関《かか》わっているからと、私が付いていくことはなかった。

当然今回も、そうだろうと思っていた。

何せ、召喚《しょうかん》の目的は大氾濫の結果を報告させること。

それはお父様の役目であり、私はもちろん、お姉様やお母様だって必要ない。

でも、折角の王都、成人の儀式《ぎしき》ではすぐに帰ることになったし、今回はお姉様と一緒《いっしょ》に出歩いてみようかな、とか暢気《のんき》なことを考えていたのに……何がどう転がったのかなぁ？

いつの間にやら、私までお父様に付いて登城する話になっていた。訳が解《わか》らない。

一応、『氾濫の鎮圧《ちんあつ》に功績大なるルミエーラ・シンクハルトに、陛下から直接お言葉を賜る《たまわ》』ということらしいけど、まったく嬉《うれ》しくないと言ったら、不敬かな？

とはいえ、呼び出されてしまえば拒否《きょひ》できないのが、封建《ほうけん》社会。

結果私は、お母様が気合いを入れたドレスに身を包み、初めて入る王宮に身を置いていた。

確かに『一度くらいは、中を見てみるのもいいかな？』とは思っていた。

でもそれは、観光的な意味で。

こういう状況で入るのは、決して望んではいなかった。

何せ今の私は、謁見《えっけん》の間の前に立ち、呼び出しを待っている状態なのだから！

幸い、お父様が一緒なので、そこまで緊張《きんちょう》はしていないが、光栄とか、嬉しいとかそんな気持ちは欠片《かけら》もない。正直、お言葉とかどうでもいいので、金一封《きんいっぷう》でも渡《わた》して帰してほしい。

もちろん、そんなことは口に出せないけどね！

「クロード・シンクハルト辺境伯！」

扉《とびら》の横に立つ衛兵がお父様の名前を呼ばわり、大きな扉が開かれる。

見えてきた謁見の間は、かなり大きな空間だった。

奥行《おくゆ》きは一〇メートル以上、天井《てんじょう》も高く、ともすれば薄暗《うすぐら》くなりがちな石造りの部屋だが、左右に並ぶ大きな窓から差し込《こ》む光で、そういった印象は一切《いっさい》ない。

入り口から奥《おく》へと敷《し》かれた赤い絨毯《じゅうたん》は、突《つ》き当たりにある数段ほど高い場所まで伸《の》び、そこに置かれた玉座には、お父様よりも少し年上の四〇代半ばぐらいの男性が腰掛《こしか》けていた。

その絨毯の中央をお父様が先に歩き、私はその一歩後ろ。

壁際《かべぎわ》に並ぶ貴族たちから興味深そうな視線が飛んでくるけれど、それは解っていたこと。

私は努めて微笑《ほほえ》みを浮《う》かべ、その表情を変えないようにしてお父様の後を追う。

「あれが噂《うわさ》の――」

「辺境の美姫《びき》か……。幼いが、確かに美しいな」

「だが、所詮《しょせん》は魔法も使えぬ小娘だろう？」

「しかしあれでは、美姫というより、小姫ではないか？」

コソコソと聞こえてくる会話は、思ったよりも悪くない感じ？

中には悪意ある言葉も含《ふく》まれているけど、悪い反応が大半かと思っていただけに少し予想外。

その理由は……外見かな？　色々頑張ってくれたお母様に感謝だね。

やっぱり、見た目が人の印象に与える影響《えいきょう》は大きいから。

お父様が玉座から五メートルほど手前で立ち止まり一礼。私も作法に則《のっと》って礼をする。

面倒《めんどう》に思いつつも、一応は覚えておいた礼儀作法《れいぎさほう》。まさか、活《い》かす機会が訪れるとはねぇ。

「シンクハルト辺境伯よ、此度《こたび》の氾濫の鎮圧、ご苦労だった。普段とは異なり大規模だったと聞いている。大きな被害を出さずに乗り切ったこと、見事である」

「光栄に存じます。これも陛下のご恩徳の賜物《たまもの》、私は微力《びりょく》を尽《つ》くしたまででございます」

「そう謙遜《けんそん》するでない。辺境伯が普段から兵を鍛え、魔物の襲来《しゅうらい》に備えていたからこそ成し得たことだろう。それに応えねば儂《わし》の器《うつわ》を疑われかねん。褒美《ほうび》を取らせる。受け取ってくれるな？」

「はっ。陛下のご厚情《こうじょう》に心より感謝申し上げます」

お父様と陛下の遣《や》り取りを横に、私はさり気なく周囲を観察する。

謁見の間の左右に並んでいるのは、基本的に王都に常駐《じょうちゅう》している法服貴族だ。たまたま王都に滞在《たいざい》していた領地貴族も交じっているかもしれないが、基本的には王宮で事務関係の仕事をしている人や、王都を守る軍に所属する人たちである。

玉座の左右に並んでいるのは近衛《このえ》騎士団。一応、この国の最精鋭《さいせいえい》ということになっている騎士団で、磨《みが》かれた金属鎧《よろい》を身に着けて直立不動で私たちに厳しい視線を向けている。

王様の左隣《どなり》に一際偉《えら》そうに立っている四〇半ばぐらいの男性が、たぶん近衛騎士団長かな？

その騎士団長の隣、六〇歳《さい》ぐらいの男性が宰相《さいしょう》。

ただ、年齢《ねんれい》の割にがっしりとした肉体は衰《おとろ》えを感じさせず、隣の騎士団長と良い勝負である。

そして最後、王様の右側に立つのは第一王子で、年齢は二〇代半ば。

顔は悪くないが、どこか冷たい印象があり、なんというか……俺様《おれさま》系？

初対面のはずだけど、その王子に探《さぐ》るように見られている気がして、少々居心地《いごこち》が悪い。

「さて、ルミエーラ・シンクハルト。聞けば其方《そなた》は、調査により図書迷宮《ライブラリ》の重要性を認識《にんしき》し、氾濫に於《お》ける核個体の存在を確定させたそうだな？　その功績は非常に大きい」

「恐《おそ》れ入ります」

突然《とつぜん》飛んできた話に、私は内心の動揺《どうよう》を隠《かく》しつつ、軽く頭を下げる。

もちろん、それらは本来リディアの功績であるが、平民の功績はその人物を抱《かか》える貴族のものになるのが常識のこの国で、王様が平民に直接褒美を与えることなど、まずあり得ない。

その代わりに貴族が――今回なら、私がリディアに相応の褒美を与えることになる。

前世の常識からすると理不尽《りふじん》にも思えるけれど、会社と考えれば理解しやすいかもしれない。

仕事として研究した成果が個人に帰属しては、会社としてはやっていけないのと同じ。もっとも今回の場合、私が資金を提供する前の成果なので、微妙《びみょう》ではあるんだけどね。

「うむ。故《ゆえ》に、シンクハルト辺境伯とは別に、褒美を取らせようと思うが……」

私が周囲の観察に耽《ふけ》っている間に交《か》わされていた儀礼《ぎれい》的な会話の末、お父様に与えられたのは金銭だった。今回の功績と領地持ちの辺境伯という立場を考えれば、これは順当だろう。

当然私に対する褒美も、金銭になると思っていたのだが、ここに口を挟む人がいた。

誰《だれ》あろう、先ほどから私を観察していた第一王子である。

「父上、彼女《かのじょ》を私の婚約者《こんやくしゃ》とするのはどうですか？」

——は？　ふざけるな。そんなものが褒美になると本気で思っているの⁉

そんなの、死んでも——っと、危ない。前世の私が顔を出しかけてしまった。

私は必死に『冷静に、冷静に』と心の中で呟《つぶや》き、引き攣《つ》りそうになる表情を平静に保つ。

でも、嫌《いや》なのは本心。俺様臭《しゅう》のする王子様なんて、絶対に願い下げ。

物語として読むなら、イケメン王子に壁ドンされるのも楽しめるかもしれないが、現実に親しくもない男からやられれば、たとえイケメンでも、女としては恐怖《きょうふ》しか感じない。

この王子が実際にするかどうかは別として、いきなり『婚約者』とか言い出す時点で論外だ。

「突然何を言う。お前には既《すで》に婚約者がいるだろう？」

別に根回しをしていたわけではないのだろう。

陛下も訝《いぶか》しげに眉根《まゆね》を寄せるが、第一王子は軽い態度で肩《かた》を竦《すく》めた。

「いますが、辺境伯の娘なら第二夫人でも別に構わないでしょう」

――キレそう。具体的には、私よりもお父様が。

いや、もちろん私も、かなり頭にきているんだけどね？

でも、お父様の横顔が怖《こわ》いの。笑みを浮かべているのに怖いの。タスケテ、お姉様！

「ふむ……。ルミエーラ嬢《じょう》、其方はどう思う？」

良かった！　陛下はまともな人らしい。

これで『それは良い考えだ』とか言い始めたら、どうしようかと。

お父様の性格的に、私に相談なく婚約を決めることなどあり得ないし、今のお父様の様子を見るまでもなく、事前に協議されていないことは明白だもの。

そして、下手なことを言うとお父様が暴発しかねないので、私は慎重《しんちょう》に言葉を選ぶ。

「大変光栄なお言葉ではありますが、突然のことに困惑《こんわく》しております。それに私の魔導書《グリモア》はランクも付けられないもの。殿下《でんか》の婚約者として相応《ふさわ》しいとは、到底《とうてい》思えません」

貴族の婚約とは本来、家同士で話し合いを行い、纏《まと》まってから申し込むものである。

普通《ふつう》に考えれば順番がおかしいけれど、それは相手の顔を潰《つぶ》さないようにという慣習であり、あのヨーダン・ディグラッドですら、正式には申し込んできていない。

いくら王族でも慣習を無視するのはマナー違反《いはん》であり、私は暗に『事前協議もなく申し込むな』と伝え、自分の欠陥《けっかん》も口にすることで『受けるつもりはない』と示す。

そんな私の気持ちは陛下に伝わったようで、「そうか」とだけ口にして頷《うなず》く。

お姉様から色々聞いていたこともあり、王族を含めた中央貴族には失望していたんだけど……。

私が想像していたより、陛下はまともな人なのかな？

対して王子の方は「興味が出てきたな」とか呟いていて——ホント、勘弁《かんべん》してほしい。

「ならば、どのような褒美を望む？　遠慮《えんりょ》は不要だ。申してみよ」

「では、お言葉に甘《あま》えまして。図書迷宮《ライブラリ》の破壊《はかい》に厳罰《げんばつ》を以《もっ》てあたるよう、お願い致します」

「うむ。それは当然のことだ。魔物の脅威《きょうい》は国全体に対する脅威、図書迷宮《ライブラリ》が魔物に与える影響が大きいと判《わか》った以上、図書迷宮《ライブラリ》への攻撃《こうげき》は我に対して弓を引くに等しい」

それはつまり、図書迷宮《ライブラリ》の破壊に反逆罪が適用されるということ。

貴族であれば、その重大性はよく理解できることであり、今後ディグラッドのような存在が出てくる可能性は限りなく低く、図書迷宮《ライブラリ》が破壊されることもないだろう。

そのことに私がホッと胸を撫《な》で下ろすと、陛下は面白《おもしろ》そうに私を見る。

「だがそれでは、お前に対する褒美にはなるまい。他にはないのか？」

「父上、では、王立学校への特待生資格を——」

「お前には訊《き》いておらん。控《ひか》えておれ！」

「……はっ」

口を挟んだ王子に陛下は表情を一変させ、厳しく叱責《しっせき》する。

王子は不満そうだが、私にとって特待生資格なんて、褒美どころかむしろ罰《ばつ》である。

正直、『陛下、よくやった！』と激賞したいところだけど、当然そんな不敬はできるはずもなく、無言で促《うなが》す陛下に、私は慎重に自分の考えを話す。

「……私はこの度《たび》、図書迷宮《ライブラリ》の重要性を実感しました。更なる研究を続け、王国の安全に寄与《きよ》したいと考えていますが、残念ながらシンクハルト領には図書迷宮《ライブラリ》が一つしか存在しません。可能ならば当家の者が自由に他領の図書迷宮《ライブラリ》に入れるよう、陛下のご温情を頂けないでしょうか？」

「なるほど、道理だな。儂の名に於いて認めよう。後ほど正式な書面を出すが、誰もシンクハルト家の者が図書迷宮《ライブラリ》へ入ることを妨《さまた》げることがなきように！」

その宣言に謁見の間の貴族たちが揃《そろ》って頭を下げると、陛下は満足そうに頷き、改めて私を見る。

「ルミエーラ嬢、其方の王国への献身《けんしん》、覚えておこう」

「勿体《もったい》なきお言葉に存じます」

実際、私が重視しているのはシンクハルト領のこと。

他領の図書迷宮《ライブラリ》に入る権利を願ったのは、自身の魔導書《グリモア》を成長させたいからだし、『シンクハルト家の者』という条件にしたのも、『進化』を受けた人たちをより成長させたいから。

王国のことは二の次であり、陛下もそれは理解していそうだけど、領地貴族なんて大抵《たいてい》はそんなもの。おそらくは、それも踏《ふ》まえての先ほどの言葉なのだろう。

一礼する私に陛下は軽く頷くと、謁見の間に居並ぶ貴族たちへと目を向けた。

「さて。シンクハルト家に対する恩賞はこれで良かろう。――ディグラッド伯爵《はくしやく》、前へ出よ」

やや厳しい口調の陛下に応え、居並ぶ貴族の中から進み出たのは一人の男だった。

年齢は六〇を超《こ》えているだろうか。中肉中背、太ってこそいないものの、お父様のように鍛えている様子もない。頭部の髪《かみ》は少し後退し、切れ長な目元からは狡猾《こうかつ》そうな印象を受ける。

顔を見るのは初めてだけど、呼ばれて出てきたということは彼《かれ》がヨーダンの父親なのかな？

そして、陛下がディグラッド伯爵を呼び出した理由は当然ながら……。

「ディグラッド伯爵、お前の息子《むすこ》が図書迷宮《ライブラリ》を破壊したと、シンクハルト辺境伯、ハーバス子爵の両名から訴《うった》えがあった。そのことに相違《そうい》はないか？」

「とんでもございません。お二方はきっと勘違《かんちが》いをなされているのかと」

陛下の確認に、ディグラッド伯爵はしれっと答える。

でも貴族としては、普通の対応。遡行《そこう》して適用されることはないだろうが、今となっては図書迷宮《ライブラリ》の破壊は反逆罪にあたり、簡単に認めることなどできるはずもない。

「ふむ。しかし、お前の息子が今回の氾濫に前後して、ハーバス子爵領とシンクハルト辺境伯領を訪れたことは確認されている。傭兵《ようへい》を雇《やと》ったこともな」

「それは私も把握《はあく》しております。しかし、私が息子について受けた報告は『迫《せま》り来る魔物と勇敢《ゆうかん》に戦い、命を落とした』というものです。もしかするとその戦いの際、図書迷宮《ライブラリ》に被害があったやもしれませんが、故意に破壊することなど考えにくいことです」

探るような目の陛下に、ディグラッド伯爵は顔色を変えることもない。

というか、ヨーダンって死んでたの？

それとも死んだことにして、ディグラッド伯爵家への影響を最小限にした？

「つまり、事故で壊《こわ》した可能性はあるのだな？」

「否定はできません。そのことで両家の被《こうむ》る被害が、わずかばかり増えたということも、ないとは言い切れません。息子の責任は認めがたいですが、ここは一つ、当家より両家に対して、相応の見《み》舞金《まいきん》を出すということでいかがでしょうか？」

飽《あ》くまでヨーダンの犯行と認めるつもりはないようだが、ディグラッド伯爵としても陛下に追及《ついきゅう》されては完全に突っぱねることもできないのか、そんな折衷案《せっちゅうあん》を出してきた。

それを聞いた陛下は顎《あご》に手を当てて考える様子を見せると、お父様に目を向けた。

「なるほどの……。シンクハルト辺境伯、それで収めてくれるか？」

「はっ。陛下のお心のままに」

一応、確認の形を取っているけれど、これは陛下による仲裁である。

拒否などできるはずもなく、お父様は即座《そくざ》に礼をし、私もそれに倣《なら》った。

◆　◆　◆

ある意味で王宮は、魔物が跋扈《ばっこ》する魔境よりも危険な場所である。

——力尽《ちからず》くでは解決できないという点で。

お父様は政治が得意ではないし、私だって経験不足。辺境伯という爵位で対抗《たいこう》できない相手は非常に厄介《やっかい》で、極力関わり合いになりたくない——具体的には第一王子とか。

なんだか目を付けられたような気がするし、あんなものに絡《から》まれては堪《たま》らないとの認識で一致《いっち》した私とお父様は、早々に王宮を辞し、お姉様たちが待つ王都の屋敷《やしき》へと帰還《きかん》していた。

そんな私たちを出迎《でむか》えてくれたのは、ホッとした様子のお母様たち。

恩賞を受けるために登城したと判っていても、やはり不安だったのだろう。

嬉しそうに私を抱《だ》きしめるお姉様とアーシェ、しばらく離《はな》れていたからか、いつもより私に引っ付いてくるミカゲ、お父様を労《ねぎら》っているお母様。全員で居間に移動し、王宮での出来事を報告しがてら、私も今回の交渉《こうしょう》の裏話を聞いたところ……。

「それでは、ディグラッド伯爵追及の流れは、事前の調整通りだったのですか？」

「あぁ。伯爵家をいきなり糾弾《きゅうだん》するのは影響が大きい。落とし所を作った上でのことだな」

ディグラッド伯爵への対応はあれで良かったのかと尋《たず》ねた私に、お父様が告げたのはそんな話。

もしかして、とは思っていたけれど……やっぱり茶番だったようだ。

取り潰しレベルの話であればまだしも、そこまでの事態でないのなら、他の貴族の前でいきなり糾弾してしまうと、逆に話が拗《こじ》れてしまうかもしれない。

だから、謁見の間でのあれは、互《たが》いにわだかまりなしと示す儀式のようなもの。

あの場にいなかったハーバス子爵も含め、事前に協議を終えてから臨《のぞ》んでいたらしい。

「直接被害を受けたルミとしては面白くないかもしれないが、受け入れてくれ」

「……少しスッキリしませんが、そういうことであれば」

誘拐《ゆうかい》されそうになったり、図書迷宮《ライブラリ》の修復で手間を掛けさせられたり。

私自身は上手《うま》く対処できたので、大事には至っていないが、あれほどの氾濫で被害がないなんてことは当然なく、魔物との戦いで命を落とした人もゼロではない。

もう少しなんとか——とも思うけれど、大人の社会で生きてきた記憶《きおく》もある私。

杓子定規《しゃくしじ》にぶつかるより、適度に曖昧《あいまい》に済ませて実利を取る方が良い場合もあると知っている。

いくら眉《まゆ》を吊《つ》り上げて抗議したところで明確な証拠《しょうこ》など出せず、万が一、武力を伴《ともな》う紛争《ふんそう》にでも発展してしまえば、それに勝って賠償金《ばいしょうきん》を取ったところで損しかない。

今回のことがディグラッド伯爵の策略なら、彼の首を挙げることにも意味があるが、ほぼ確実にヨーダンの暴走だ。であるならば、無理に謝罪を要求して貴族の体面を傷付けるより、見舞金という形でも金銭的補償を受け取っておく方が利口なのだろう。

「むぅ。ルミに対するふざけた行為《こうい》、ケジメをつけてやりたかったが……。お父様、ヨーダンが死んだというのは事実なのですか？　ディグラッド伯爵が虚偽《きょぎ》を告げたということは？」

「いや、それは事実だ。間違いない」

お姉様の問いに、お父様はそれだけを端的《たんてき》に答える。

なにかしらの確証がありそうだけど……お父様が言わない以上、おそらくそれを私たちに知らせる気はないということ。お姉様とお母様も追及はせずに頷く。

「まぁ、それは良いでしょう。それよりクロード、しっかりと搾《しぼ》り取ったのでしょうね？」

「当然だ。実行犯は確保してあるのだ。きっちりと詰めてやった。図書迷宮《ライブラリ》の破壊はまだしも、ルミを襲《おそ》ったのだぞ？　本来なら八つ裂《ざ》きにしても飽き足らん！」

家族を狙《ねら》うという行為は、お父様にとって逆鱗《げきりん》に等しい。

実利を取って手打ちにしても腹に据《す》えかねているのは間違いなく、お父様の鼻息は荒《あら》いが、表情はどこか満足げであり、その理由は続いて告げられた『見舞金』の額により判明した。

「……クロード、本当ですか？　下手をすれば伯爵家でも身代が傾《かたむ》く額ですよね？」

お父様が口にしたのは、莫大《ばくだい》と言っても過言ではない金額。

お母様は目を瞠《みは》り、私とお姉様は息を呑《の》むが、お父様は楽しげに肯定《こうてい》する。

「実際、それなりに傾いただろうな。当家ほどではないにしろ、ハーバス子爵家にも支払《しはら》うわけだから。だが、陛下のお取り扱《あつか》いとなった以上、出すしかなかったのだろう」

「つまり、当面は借金の返済に苦しむことになるわけですか。悪くないですね」

「ええ、いい気味です」

お母様とお姉様も満足げに頷くが、お姉様の方はすぐに眉根を寄せて続けた。

「ですが、お父様。話の中で私が気になったのは、第一王子の態度です。まさか、ルミに手を出すつもりでしょうか？　第二王子に比べればまともと聞いていたのですが」

「むっ、実は俺もそれが気になっていた。ルミ、面識はないんだよな？」

「まったく！　会話はもちろん、近くで顔を見たのも初めてです」

王立学校へ通うお姉様ならまだしも、私は普段王都にもいない。

第一王子と知り合う機会どころか、目にすることもほとんどないのだから。

「つまり、一目惚《ひとめぼ》れか！　くっ、第一王子、趣味《しゅみ》が良いじゃないか！　だが、私は許さんぞ！」

お姉様が妙《みょう》なことを口走る。

でも、絶対にないとは言えないんだよねぇ、今の私の容姿だと。

「……一目惚れかどうかは判りませんが、正直に言えば、次期国王としては不安ですね」

元々中央貴族には期待していなかったのだけど、実際に見た陛下は思ったよりもまともそうだった。それだけに、あの場で軽々しいことを口にする第一王子の行動が際立って見えて……。

「うむ。今の陛下は頑張っておられると思うが、次代でどうなるかだな」

「ですがお父様、それでも第二王子やその取り巻きよりはマシだと思いますよ？」

「あー、お姉様が色々と聞かせてくれた人たちですか。確かにそれよりはマシかもしれませんが、それは救いになる話なのでしょうか？」

「取り巻きは宰相と騎士団長の息子でしたか？　シルヴィが獲得《かくとく》してきてくれた支援《しえん》はかなり助か

りましたが……クロード、私は不安になってきました」

お姉様の学校での話は、お母様も聞いていたのだろう。

眉尻《まゆじり》を下げて頬《ほお》に手を当てるお母様に、お父様が苦笑《くしょう》する。

「残念だが、辺境から中央へ影響力を行使するのは難しい。俺たちにできるのは、中央の混乱に備えることだけだ。幸いシルヴィのおかげで、ヘルゼン辺境伯とも連携《れんけい》を強められそうだしな」

「カルラですか。ご家族に怒《おこ》られていなければ良いのですが……」

大氾濫の終息後、お姉様の友人であるカルラさんは、最後の戦いに参加できなかったことに不満を漏《も》らしつつも、私たちが無事に戻ってきたことをとても喜んでくれた。しかし、親に相談せずにシンクハルト領へ来ていたようで、直後にやってきた迎《むか》えと共にヘルゼン領へと戻っている。

お姉様もそれ以降は会えていないようで、心配そうに顔を曇《くも》らせた。

けれどお父様は、そんなお姉様を安心させるように微笑む。

「それは大丈夫《だいじょうぶ》そうだぞ？　俺も直接ヘルゼン辺境伯に感謝を伝えたのだが、『友を見捨てぬ心意気は当家の誇《ほこ》りだ』とむしろ自慢《じまん》げだったからな。『今後ともよろしく頼《たの》む』とも言われたな」

「そうですか。安心しました」

その言葉通り、お姉様は表情を緩《ゆる》め、お父様は空気を変えるようにパンと手を叩《たた》いた。

「まぁ、少々不愉快《ふゆかい》な話はもう良いだろう。それよりも、明るい未来について話そうじゃないか。見舞金をたんまりせしめたからな、色々できるぞ？　ルミ、何がしたい？」

「そうですね……まずは鉱業でしょうか？　領地発展のためには――」

ある程度の独立性と力を担保するために、鉱業の重要性は言うまでもない。

しかし、検討はしつつも、これまでは予算不足で実行ができなかった。それができるかもしれないと言う私を遮《さえぎ》るように、お父様が「違《ちが》う、そうじゃない」と呆《あき》れ気味に首を振《ふ》った。

「いや、将来に備えることは重要だし、ルミの知恵《ちえ》に頼《たよ》りたいのは間違いないのだが、それは長期的な話だろう？　今回の資金の多くは、ルミが怖い思いをした代償として得たものだ。さすがに全部使われるのは困るが、ある程度はルミの我《わ》が儘《まま》で使っても良いんだぞ？」

「いえ、そこまで怖い思いはしていませんが……」

あえて言うなら、盗賊《とうぞく》もどきの傭兵に襲われた時？

でも、あの時ですら、アーシェとラルフが強すぎて恐怖を感じることもなかった。

「我が儘と言われても、少し困りますね……う～ん……」

私が唸《うな》ると、隣に座《すわ》っていたミカゲが、膝《ひざ》の上に大事に抱えていた本をポンと叩く。

「お姉ちゃん、図書迷宮《ライブラリ》」

ミカゲが持っていたのは、リディアから譲《ゆず》ってもらった各地の図書迷宮《ライブラリ》の情報を記した本。

最近のミカゲのお気に入りであり、私も暇があれば目を通していた。

「あっ。そうですね。やっぱり図書迷宮《ライブラリ》は巡《めぐ》ってみたいです。できればもう少しゆっくりと」

──魔法を上手く使えば、領地を劇的に変えられる。

たった一人でもそれが可能なことを、ご先祖様は証明した。

なら、ミカゲの『進化』や『協調』のある私たちが、協力して事に当たれば……？

もしかすると、ずっと凄《すご》いことができるかもしれないと、私は本を読みながら夢想していた。

ただ、そのためには図書迷宮《ライブラリ》を管理する各地の貴族と交渉する必要があり、その大変さや必要な対価を考えて、実現するのは難しいかと半ば諦《あきら》めていたのだけど……。

「なるほど、観光か。《観察》はまだしも、《火弾《かだん》》と《微風《そよかぜ》》の図書迷宮《ライブラリ》でも、ほとんど町を見ることもできなかったと言っていたか。……ふむ、社会勉強としても悪くない」

「む、羨《うらや》ましいな。学校さえなければ、私も一緒に行けたのに」

「シルヴィ、もう少し我慢《がまん》しなさい。各地の図書迷宮《ライブラリ》を回るのであれば、一、二年で終わることではありません。あなたが卒業するまでは、私が代わりにルミに付いていってあげますから」

「なっ⁉　お母様、それはズルいです！　その役目は姉である私に任せるべきです！」

「いや、シルヴィ、カティア！　ここは公平に、順番にするべきじゃないか⁉」

どこまで本気で言っているのかは判らない。

でも、とても楽しげな家族の遣り取りを聞きながら、私は本の記述を思い出す。

これまでに見た中で特に不思議なものは、図書迷宮《ライブラリ》の祭壇《さいだん》だった。

しかし自然界にも、前の世界では考えられないような光景が存在するらしい。

傍《かたわ》らを見上げると、優しく微笑むアーシェがいて、私の隣では本を広げるミカゲがいる。

私も入れて家族六人。いつか一緒に旅をできたら、きっと楽しい。

そんな空想をしながら、私は頭の中で地図を広げた。

サイドストーリー　私のお嬢様

アーシェ・グラバーの幼少期を一言で表現するならば。
それは〝退屈《たいくつ》〟でした。

私が生まれ育ったグラバー家は爵位《しゃくい》を持たない平民ながら、シンクハルト辺境伯《へんきょうはく》家に仕える侍《じ》女《じょ》や執事《しつじ》、軍人などを代々輩出《はいしゅつ》している少し特殊《とくしゅ》な家でした。

といっても、必ずしもシンクハルト家への出仕が強制されているわけではなく、私の兄のように望めば別の仕事に就《つ》くこともできますし、場合によっては他の貴族に仕えることも可能です。

しかし、安定性を考えればシンクハルト家一択《たく》ですし、下手に他家に仕えてしまうと、貴族の勢力図の変化によっては絶縁《ぜつえん》状態になりかねませんので、そういう事例は多くないようです。

そのような事情もあってグラバー家は比較《ひかく》的裕福《ゆうふく》なのですが、当然ながら〝グラバー家〟というブランドを維持《いじ》するため、延《ひ》いては家門を守るためにいくつかの決まり事も存在します。

その一つが、成人までに定められたカリキュラムを終わらせること。

要人を守るための護衛術、侍女として身の回りの世話をするための技能、仕事を補佐《ほさ》する執事としての学問。最低限、グラバー家の人間として恥《は》ずかしくない技術を身に付けることが求められますが、逆に言えばそのカリキュラムさえ終わらせてしまえば自由ということでもあります。

そして、人より少しばかり物覚えが良かった私にとって、それらのカリキュラムを熟《こな》すことはそう難しいことではなく、かといって更《さら》に学ぼうという熱意もありませんでした。

また、私の両親も自主性を尊重する良い親——少々、子供のことを信じすぎじゃないか、と思うこともありますが——であり、カリキュラム以上の何かを強制することはありませんでした。

結果として子供時代の私は、どこか斜《しゃ》に構えた面白《おもしろ》みのない子供でした。

——今思い起こすと、恥ずかしさで赤面してしまうような。


そんな、どこか灰色《グレー》の〝退屈〟が終わったのは、私が一〇歳《さい》の時です。

当時の私はまだ子供、シンクハルト家に出仕はしていませんでしたが、シルヴィ様と同年代という縁《えん》から剣術《けんじゅつ》の練習相手として呼ばれることも多く、彼女《かのじょ》とは友人関係となっていました。

そして、その日も私はシルヴィ様に呼ばれ、いつものように訓練場を訪《おとず》れたのですが……。

そこで私の目に飛び込《こ》んできたのは、いつもとは異なる光景でした。

シルヴィ様の隣《となり》。そこで剣《けん》を振《ふ》っていたのは、美の女神《めがみ》ヴィラが作り上げた芸術品。

剣を振る度《たび》に後ろで束ねた艶《あで》やかな銀糸が踊《おど》り、真剣な瞳《ひとみ》は薄紫《うすむらさき》に深く澄《す》み、白くシミ一つない細腕《ほそうで》は雪花石膏《アラバスター》にも似て、額に浮《う》かんだ汗《あせ》すらキラキラと美しく輝《かがや》いています。

それはシルヴィ様という美少女を見慣れている私ですら、目を奪《うば》われる造形美。

私の貧弱《ひんじゃく》な語彙《ごい》力ではすべてを表現するなど不可能で、私は我を忘れてただ見惚《みほ》れました。

「ふふっ、可愛《かわい》いだろう？　私の妹は！」

ふと、聞こえた声に目を向けると、いつの間にか私の隣にシルヴィ様が立っていました。

自慢《じまん》げに胸を張り、口角が上がり、腰《こし》に手を当て――絵に描《か》いたようなドヤ顔。

若干《じゃっかん》イラッとしましたが、今の私にはそれすら些末《さまつ》なことでした。

「妹……。え？　シルヴィ様の妹君なのですか？　あそこにいる美少女は？」

「あぁ、そうだぞ？　会ったことはなかったか？」

「ありません！　教えてくださいよ‼　友人だと思っていたのに！」

「いや、アーシェだって、私に妹がいることぐらい聞いていただろう？」

そうです、確かに聞いたことがありました。

その時は『ふ～ん』ぐらいにしか思いませんでしたが……。

不思議そうに見返すシルヴィの言葉に、私は思わず歯噛《はが》みします。

「くっ、今日ほど自分の無関心さを呪《のろ》ったことはありません！　もっと早く妹君の存在を知っていれば、シルヴィ様より妹君と仲良くなるために努力をしたというのに！　そう！　シルヴィ様よりも‼　これほどまでに時間を無駄《むだ》にしたという感覚を得たのは、生まれて初めてです！」

「アーシェ？　お前、なにげに酷《ひど》いな⁉」

「お名前は⁉　お名前はなんというのです！」

シルヴィ様が目を剥《む》きますが、そんなこと今は関係ありません。

大事な情報を聞き出そうとシルヴィ様に迫《せま》ると、彼女は押《お》し返すように私の肩《かた》に手を置く。

「お、落ち着け。名前はルミエーラ。私より二つ下の七歳だ」

「ルミエーラ様……。素敵《すてき》なお名前です。あの美しさにピッタリですねっ！」

横でシルヴィ様が『名付けたのは母だが？』とか言っていますが、関係ありません。

ルミエーラ様に付けられた時点で、それは既《すで》に最高の名前なのですから！

「……いえ、それよりも。シルヴィ様、なぜですか？　なぜルミエーラ様は剣なんて握《にぎ》っているのですか？　おかしいでしょう⁉　あの繊手《せんしゅ》はどう考えても、花を愛《め》でるためにあるもの。剣を振るためのものではありません。シルヴィ様とは違《ちが》って！　そう、シルヴィ様とは違って‼」

「おい、やっぱ酷いな⁉　だが、その意見には同意しよう！」

「では、なぜ⁉」

「仕方ないだろ、ルミがやりたいと言うんだから。可愛い妹にお願いされたら嫌《いや》とは言えん！」

私の抗議《こうぎ》に、胸を張って力強く断言するシルヴィ様。

確かにあの顔《かんばせ》で面と向かって頼《たの》まれては、『否《いな》』とは言えないかもしれません。

それでもルミエーラ様のために止めるのが、家族というものではないのでしょうか？

「アーシェはやめさせたいのか？　それならお前が説得してくれ。私はルミに嫌《きら》われたくない」

私が見る限り、ルミエーラ様に剣術の才能はありません。慣れないながらも頑張《がんば》って剣を振る姿はとても可愛らしいですが、シルヴィ様のようになることは難しいでしょう。

なので、『才能がないのでやめましょう』と言うのは簡単ですが――。

「………健康のためにも、多少は身体《からだ》も動かすべきですね！」

「お前だって、やりたくないんじゃないか」

シルヴィ様がジト目を向けてきますが、当たり前のことです。

今の私の最優先事項《じこう》は、ルミエーラ様と仲良くなることなのですから。

「火中の栗《くり》を拾う必要がどこにありますか？　私だって、ルミエーラ様に嫌われたくありません。大《おお》怪我《けが》をするようなことをされているなら、さすがに止めますけど――」

「そんなことはあり得ん。私たちがしっかり見ているからな」

きっぱりと断言するシルヴィ様に、私は「でしょうね」と頷《うなず》く。

まだ一〇歳のシルヴィ様がそれなりの腕前《うでまえ》となっていることからも解《わか》る通り、魔境《まきょう》に接するシンクハルト家は、幼い子供に無茶をさせずに鍛《きた》える技術を持っています。町の外に出れば常に危険と隣《とな》り合わせという現実を考えれば、多少は動けるようになっておいた方が良いでしょう。

それに齢《よわい》七歳にして剣術に手を出そうと考えるあたり、ルミエーラ様は外見から想像するよりも活動的である可能性が高い。それでいて、あまり剣の才能がないことを考えると……。

「シルヴィ様、ルミエーラ様は、好奇心《こうきしん》が旺盛《おうせい》な方なのですか？」

「ん？　よく判《わか》ったな、そうだぞ？　今は剣術だが、少し前は本をよく読んでいた」

「本を……。なるほど」

これは、普通《ふつう》の侍女や護衛としての能力だけでは足りませんね。

それらを最高水準で保持することは最低限。少なくとも、ルミエーラ様が話されることを理解できるだけの知識を蓄《たくわ》えておかなければ、退屈させてしまいます。

つまり、私が今やるべきことは――。

「そうと決まれば、こうしてはいられませんね」

本当はこのまま、ルミエーラ様を鑑賞《かんしょう》していたい。

へっぴり腰で剣を振ってよろめく姿とか、とっても愛らしい。

すっぽ抜《ぬ》けた木剣《ぼっけん》を追いかけて走るドジっ子振りとか、超《ちょう》可愛い。

でも将来に備え、今は我慢《がまん》です。私は後ろ髪《がみ》を引かれつつも、踵《きびす》を返しました。

「え？　おい、アーシェ、私との訓練は――？」

シルヴィ様が戸惑《とまど》ったように呼び止めますが……。

「申し訳ありません。今はそのような些事《さじ》より、重要なことがあるのです」

「さ、些事……。私はアーシェと訓練するのを、楽しみにしていたのだが……」

少し寂《さび》しげなシルヴィ様の声に罪悪感を刺激《しげき》され、私は足を止めて振り向きます。

「そうですね、私も楽しかったですが、これからは本気で己《おのれ》を鍛えようと思っています。これまでの私と互角《ごかく》だったシルヴィ様では、きっとついてこられないでしょう」

ルミエーラ様の姉として、シルヴィ様には強くなってもらわないといけない。

少し煽《あお》るように言うと、負けず嫌《ぎら》いなところのあるシルヴィ様は頬《ほお》を少し引き攣《つ》らせて笑う。

「ほ、ほう、奇遇《きぐう》だな、アーシェ。実は私も、あまりやる気のないお前に物足りなさを感じていたところだったのだ。お前が本気で取り組んでくれるなら、好都合というものだ」

「まぁ、そうなのですか？　気が合いますね、シルヴィ様。では、私とシルヴィ様、どちらがルミエーラ様の姉に相応《ふさわ》しいか、勝負ですね。負けませんよ？」

「あぁ！　私も負けないぞっ‼　…………ん？　いや、勝負するまでもなく、ルミの姉は私なのだが？　譲《ゆず》る気など毛頭――って、おい、アーシェ、ちょっと待て！」

元気を取り戻《もど》したシルヴィ様が背後で何か言っています。

ですが、既に目標を定めた私は、もう足を止めることはありませんでした。

私の意思を尊重してくれる両親は、求めれば応えてくれる両親でもありました。

より高度な教育を望んだ私に、両親は『自らの道を見つけたのだな』と喜び、自身で私を鍛えると共に、私が望む専門家を数多く手配してくれました。

必然的に課される課題もより専門的に、そしてより高度なものになりましたが、物覚えが良いと自負する私でも片手間では熟せないそれらは、むしろやり甲斐《がい》を感じるものでした。

中にはかなり困難なものもありましたが、私はそのすべてに全力で取り組み、退屈など感じる暇《ひま》もないまま、ただ一つの目標に向かって邁進《まいしん》。ちょっと頑張りすぎて、妙《みょう》な異名を頂戴《ちょうだい》したりもしましたが……まぁ、お嬢様の専属となるためなら、その程度は些末なことです。

そして私が成人して程《ほど》なく、待ちに待った知らせが届きました。

——ルミエーラ様の専属侍女の募集《ぼしゅう》。

この頃《ころ》には既に、ルミエーラ様がシンクハルト家でとても大事にされていることは知れ渡《わた》っていましたし、野心を持つ者にとって辺境伯家ご令嬢《れいじょう》の傍《そば》に侍《はべ》るメリットは計り知れません。

必然、競争率も高くなり、血筋、能力、人柄《ひとがら》、すべてに高い水準が要求されます。

幸い私はグラバー家の直系。血筋という点では十分な信用を得られています。

能力面でも人後に落ちない自信はありましたし、暇を見てはシルヴィ様を訪ね、ルミエーラ様との関係を『姉のお友達』から『仲の良いお姉さん』にまでアップグレードしていました。

それ故、私が希望すれば、専属侍女に選ばれる確率は決して低くなかったでしょう。

しかし、グラバー家には分家も存在しますし、シンクハルト家に仕える他の家、豪商《ごうしょう》など、優秀《ゆうしゅう》な侍女を出せる家は他にもあり、私は実務経験という点で他の人に一歩譲ります。

この状態で、ただ結果が出るのを待っている？　あり得ません。

私はルミエーラ様の専属侍女になるために、何年も頑張ってきたのです。

どこの馬の骨とも判らない人物をルミエーラ様に近付けるなど、到底《とうてい》許容できません。

当然私は最後まで努力を怠《おこた》らず——その結果、他の候補者は何故か軒並《のきな》み辞退。

私は無事に、ルミエーラ様の専属侍女の座を射止めたのですが……。

近くで見るルミエーラ様は、ただ美しいだけの妖精《ようせい》ではありませんでした。


「私にお願いしたいことがある、ですか？」

既に関係性を築いていたため、専属侍女としての挨拶《あいさつ》は簡単に終わり、その後、待ちきれないようにルミエーラ様が口にしたお願い。当然、私の答えは決まっていて——。

「はい、お任せください。誰《だれ》を消しましょうか？」

「なんでそんな物騒《ぶっそう》な話になるの⁉　——こほん。そんなことを侍女に頼んだりはしません」

目を丸くしたルミエーラ様が声を上げ、すぐに取り繕《つくろ》うように咳払《せきばら》いをする。

ふふふ、驚《おどろ》いた顔もとっても可愛いですね！

侍女になるため、頑張った甲斐もあるというものです。

「おっと。申し訳ありません、ちょっとやる気が先走ってしまったようです。最近はお掃除に少し力を入れていたため、思考がそちらの方に行ってしまったようです」

「いったい何をお掃除――いえ、言わなくて良《い》いです」

眉根《まゆね》を寄せたルミエーラ様が首を振りますが――はい、私も言うつもりはありません。どうしようもない下種《げす》共のことでルミエーラ様のお心を悩《なや》ませるなど、あってはならないことですから。

「では、どのようなことを？　ルミエーラ様が望まれるなら、何でもお手伝い致《いた》しますが」

「あ、そうでした。えっとですね、アーシェに手伝ってほしいのは主食の改善です。以前から手を付けたいと思っていたのですが、私一人では危ないと止められていたのです」

私たちの主食、それは〝麦〟です。

品種はいくつかあり、基本的にはパンとして食べられています。

ですが一部の――具体的には、畑の隅《すみ》に蒔《ま》いておけば勝手に育つような麦はパン作りに向かず、庶《しょ》民《みん》がスープの嵩《かさ》増《ま》しなどに使っていますが、残念ながらあまり美味《おい》しくはありません。

それらの麦料理を改善したい、というわけではないでしょうね。

料理をさせると危険なほどにルミエーラ様が不器用――というのも、それはそれで可愛いですが、その程度ならシンクハルト家の料理人が手伝えば良いだけ。私の出番はないでしょう。

そうなると、やはり主食の自給率の改善でしょう。

スラグハートに堅牢《けんろう》な街壁《がいへき》ができる前はまともに麦を育てることができず、大半を輸入に頼《たよ》っていたと聞いています。今でこそある程度は領内で自給できていますが、それでも領民すべての食を賄《まかな》えるほどではなく、万が一輸入が途絶《とだ》えてしまえば食糧《しょくりょう》危機待ったなしです。

お隣のハーバス子爵《ししゃく》家とシンクハルト家の関係は良好なので、その面で不安はありませんが、天候不順による不作や街道《かいどう》の不通など、別の理由で輸入が難しくなることはあり得ます。

「つまり麦畑を増やしたいと、そういうことですね？」

幸い、スラグハートの街壁内部にはまだまだ土地が余っています。

麦の増産はルミエーラ様の発言力を増すための実績としては、ちょうど良いでしょう。

シルヴィ様の関係は良好で、シンクハルト家は跡目《あとめ》争いとは無縁《むえん》ですが、不確定要素はシルヴィ様の婿《むこ》。おかしな人物を旦那《だんな》様が認めるとは思えませんが、それでも注意は必要です。

「ですが現在、スラグハートは区画整理が行われています。そのあたりの調整は必要に――」

「あ、いえ、それについては大丈夫《だいじょうぶ》ですよ？　それの最高責任者は私ですので」

「……はい？　え、ルミエーラ様が最高責任者なのですか？　それは実績作りのために、旦那様がルミエーラ様を名目上の責任者に据《す》えた、とかではなく？」

「はい。作業の管理は現場監督《かんとく》に任せていますが、計画の立案と指示出しは私が行っています」

現在スラグハートで行われている主な工事は、下水の整備です。

都市というよりも農村に近い現在のスラグハートではあまり必要性がない施設《しせつ》ですが、『長期的なスラグハートの発展を見据えて』ということで、数年前から工事が始まりました。

当初こそ、『そこまで余裕《よゆう》があるわけでもないのに、今やる必要があるのか』という声も聞かれましたが、現在ではとても高い評価を得ている公共工事となっています。

その理由は、安全な働き口の増加です。

残念ながら、シンクハルト領にはあまり産業がありません。

農業以外では魔物の討伐《とうばつ》が主な産業になるような辺境であり、その農業も農地を継《つ》げるのは跡取《あとと》りのみ。運良く他家に婿入《むこい》り、嫁入《よめい》りできた者以外は家から放り出され、自立を求められます。

けれど、これまで畑を耕してきた若者が、いきなり魔物と戦って勝てるはずもありません。

素性《すじょう》の良い傭兵《ようへい》団に所属できれば鍛えてもらえますが、多くは質《たち》の悪い傭兵団で使い潰《つぶ》されたり、個人で魔物と戦って命を落としたり。なかなかに厳しい現実が待っています。

しかし近年は、工事で日銭《ひぜに》を稼《かせ》ぎながら戦闘《せんとう》訓練をする者も増えているようです。

「もしかして、ルミエーラ様は領内の仕事を増やすために？」

「ええ、そうです。可能なら領軍の兵士として雇《やと》いたいところですが、当家にもそこまでの余裕はありません。経済への波及《はきゅう》効果や将来への資産という点では、インフラ整備が適当なのです」

「そこまで考えられて……」

区画整理が始まった頃、ルミエーラ様はまだ一〇歳前後だったはずです。

一二歳の現在であっても信じがたいのに、そのような年齢《ねんれい》で将来を見据えた計画を立てて、具体化させることができるなんて……ルミエーラ様、素晴《すば》らしすぎませんか？

やはり、私の目に曇《くも》りは――いえ、曇っていましたね。美しい外見に目を奪われていました。

美少女であるだけではなく、実は聡明《そうめい》さまで兼《か》ね備えていたなんて！

「本当は現場にも頻繁《ひんぱん》に顔を出したいのですが、なかなか許可が出なくて……」

「当然です！　ルミエーラ様の美しさに血迷う者が出たらどうします。私だって危ないのに！」

「はい？」

おっと、いけません。思わず欲望が漏《も》れてしまいました。

小首を傾《かし》げるルミエーラ様に私は「なんでもありません」と首を振り、話を続けます。

「領民はまだしも、工事に参加している傭兵には余所者《よそもの》も含《ふく》まれますし、貴族の義務でクソ――もとい、躾《しつけ》のなっていないお子様が来ていることもあります。お一人は絶対に避《さ》けてください」

「解っています。それもあってアーシェには期待しています」

「ええ、お任せください。私、お掃除は得意なんです。もしルミエーラ様に下卑《げび》た視線を向ける者などいれば、このアーシェが二度と日の光を拝めないように対処致しますので！」

「いえ、そこまではしなくても良いですが……」

「そうですか？　残念です。世の中に不要な害虫を駆除《くじょ》できると思ったのですが」

困ったように笑うルミエーラ様に、私は方針転換《てんかん》――いえ、よく考えれば、お掃除は主《あるじ》がいないときにするもの。綺麗《きれい》になっていることにも気付かれない、それが理想のお仕事です。

そうです、そうしましょう、ええ、ええ。

できればルミエーラ様に直接褒《ほ》めて頂きたいですが、常に綺麗にしておけば、ふと気付いたときに『いつもありがとうございます』とお礼を言ってくれたりして……ぐふふ。

「ア、アーシェ、ちょっと怖《こわ》いですよ……？　っと、ちょっと話が逸《そ》れました。そちらでもアーシェには協力してほしいですが、主食の改善については麦畑を増やすという話ではないのです」

「ふふ――え？　そうなのですか？」

話の流れからして完全にそうだと思っていたのですが、ルミエーラ様はゆっくり首を振る。

「この領地は、消費される食糧の多くを輸入に頼っています。アーシェは知っていますよね？」

「もちろんです。肉は狩《か》りで得られますが、農作物に関しては……」

「そうです。それは即《すなわ》ち、領地の命運を他の貴族に握られていることに他なりません。国の安全は、私たち辺境伯家が血を流すことで保たれています。誰もがそれを理解していれば心配する必要もないのでしょうが、残念ながら近年は中央に危機感が足りないと聞きます」

「はい。貴族の義務もお座なりになりがち、危機感を共有しているとは到底思えません」

それどころか、忌々《いまいま》しいことに辺境伯家の働きを軽視する傾向《けいこう》すらあるようです。

そのような現状では、ルミエーラ様の懸念《けねん》は決して考えすぎとは言えないでしょう。

「それで中央貴族が困ろうと自業自得《じごうじとく》ですが、食糧を握られている状態では、私たちは否応《いやおう》なく穀倉地帯の安全を守るしかなくなる。そんな状況《じょうきょう》を避けるためにも主食の改善は必要なのです」

「であるならば、やはり麦畑を増やすことが近道だと思いますが？」

「それも間違《まちが》ってはいませんが、あまりにも判りやすい。備えている姿勢を見せることも抑止力《よくしりょく》になりますが、敵に知られないことも重要です。加えて、麦一辺倒《いっぺんとう》というのもリスクになります」

万が一、天候不順や疫病《えきびょう》などで麦が採れなかった場合、大規模な穀倉地帯を持つ中央部と自給も儘《まま》ならないような辺境伯領では、明らかに後者の方が被害《ひがい》が大きい。

リスクを分散するために、別の作物で主食の一部を賄えるようにしたいというのが、ルミエーラ様のお考えのようです。そしてそれは、非常に頷けるものでしたが……。

「ルミエーラ様、本当に一二歳ですか？　私もルミエーラ様のお役に立てるように学んできたつもりですが、少々自信がなくなります。考え方がまるで老獪《ろうかい》な貴族のようなのですが」

「えっ⁉　アーシェ、な、何を言っているんですか？　私はどう見ても一二歳の子供でしょう？」

ルミエーラ様はなぜか一瞬焦《いっしゅんあせ》りを見せ、頬に人差し指を当ててにこりと微笑《ほほえ》む。

はい、可愛い。この可愛さの前では、すべてがどうでも良いことです。

というか、問題は私自身の勉強不足。ルミエーラ様の専属侍女になるという目標は達成しましたが、今後も文武共に鍛えていくことは必須《ひっす》ですね。頑張らないと！

「麦以外というのは理解しました。ですが、ルミエーラ様に何か目星はあるのですか？」

「この年代の子供って、どんな感じ――え？　あ、はい。私は芋《いも》が良いかと思っています」

何やら呟《つぶや》いていたルミエーラ様ですが、私が問うとハッとしたようにすぐに答えを返します。

「今後、スラグハートが発展して人口が増えていけば、住宅用地と食糧の需要《じゅよう》が増えるのと反比例して、農地として使える土地は減っていきます。できれば畑は街壁の外に作りたいのです」

「ですが、壁の外では魔物との戦闘になった場合に――あぁ、だから芋なのですか？」

「はい。麦などの地上で実る作物は、踏《ふ》み荒《あ》らされてしまうともうダメですが、地中で育つ芋であれば、ある程度は収穫《しゅうかく》できるのではないかと」

「確かに麦よりはマシでしょうね。けれど、芋が主食になるかと言われると」

「解っています。私も食べてみましたが、一般《いっぱん》的な芋はあまり美味しくないですよね」

「それでも良い方だったと思いますけどね、ルミエーラ様が召《め》し上がった料理は。おそらく、シンクハルト家の料理人が丁寧《ていねい》に処理したと思いますので」

　この国で一般的に育てられている芋は、放置していても育つぐらいに丈夫《じょうぶ》なのですが、一株から収穫できるのは握り拳《こぶし》大の芋が一つか、二つ。しかもえぐみが強いため、水に晒《さら》すなどの下処理を丁寧に行わなければ食べるのは難しく、非常に手間がかかります。

　仮に大量に栽培《さいばい》したとしても、決して主食の代わりとはならないでしょう。

「美味しく食べられる調理方法でも開発できれば、流れは変わるかもしれませんが……」

「主食ですからね。普通に食べられることが重要だと思っています。私の目標は主食に適した芋を見つけること。状況次第《しだい》では、品種改良を行うことも考えています」

「品種改良……。小耳に挟《はさ》んだことはありますが、そのようなこと、可能なのですか？」

私も何かの本でチラリと見かけましたが、それは『品種改良』という方法が存在するという程度であり、技術的な詳細《しょうさい》は不明です。王都に行けば専門書も手に入るかもしれませんが、果たして素人《しろうと》の私たちでそれを実行することができるのか、未知数と言わざるを得ません。

そんな私の疑問に対し、しかしルミエーラ様は平然と頷きます。

「成功する——良い品種ができるかはさておき、やることはそう難しくないですよ？　ですが、時間が掛《か》かることなので、そちらは誰か人を雇うつもりです。アーシェに手伝ってほしいのは、元となる品種探しの方です。具体的に言うなら、私と一緒《いっしょ》にフィールドワークです」

「はい、喜んで！　——って、ルミエーラ様自らですか⁉」

「そうです。改良を行うにしても、元になる品種はできるだけ良い物を使いたいですからね」

ルミエーラ様とお出かけ。素敵な提案に思わず頷いてしまいましたが、それはさすがに……。

思わず私の眉間《みけん》に皺《しわ》が寄り、ルミエーラ様は慌《あわ》てたように手を振った。

「あ、安心してください。町の外の調査に成人前の私を連れ行けとは、さすがに言いません。スラグハート内部でも、それなりに植物は生えているでしょう？」

「そうですね、シンクハルト家のご先祖様のおかげで」

スラグハートを囲む壁は、居住区周辺の草原も含め、かなりの広範囲《こうはんい》を内に取り込んでいます。そこには川や丘《おか》、小さな森なども含まれ、植物の調査をする余地は十分にあります。

それと並行して兵士や傭兵にも声を掛けておけば、町の外の植物も多少は集まるでしょう。

「解りました。そういうことであれば、このアーシェ、全力で協力させて頂きます」

「ありがとうございます。――サツマイモやジャガイモがあれば簡単だったのですが」

「えっと、サツマイモとジャガイモ、ですか？　申し訳ありません。不勉強なもので寡聞《かぶん》にして知らないのですが、それはどのような……？」

「あっ。――気にしないでください。ただのない物ねだりです」

そう言って首を振ったルミエーラ様は、どこか遠くを見て、憂鬱《ゆううつ》そうにため息をつきます。

でも、なんだか誤魔化《ごまか》されているような気も……？

いいえ、疑うものではありませんね。それよりも不覚でした。

ルミエーラ様のお役に立てるように勉強をしてきましたが、色々と足りなかったようです。

もっと頑張らないといけません。そうすればルミエーラ様も、きっと私のことを褒めてくれて、もしかしたら『アーシェ、大好きです』とか言って、抱《だ》きしめてくれたり……くふっ。

「……アーシェ？　先ほどから大丈夫ですか？　今度はなんだか鼻息が荒《あら》いですが」

訝《いぶか》しげに私を見るルミエーラ様に、私は慌てて表情を整えて首を振ります。

危ない、危ない。ちょっぴり妄想《もうそう》が捗《はかど》ってしまいました。

「大丈夫です。まったく問題ありません。仕事へのやる気が少し溢《あふ》れてしまっただけです」

「鼻から？　……まぁ、良いですが」

ふぅ。良かったです。初日から専属を外されるとか、シャレになりません。

私の純粋な気持ちはあまり出し過ぎないようにしましょう。にこりと微笑んで取り繕うと、ルミエーラ様はちょっと小首を傾げ、すぐに可愛く両手の拳をギュッと握ります。

「ではアーシェ、シンクハルト領の未来のため、一緒に頑張りましょう！」

「はいっ！」

◆　◆　◆

あれから数年。お嬢様の主食の改善計画は、一つの区切りを迎《むか》えようとしていました。

「やっとサツマイモが栽培できるんだね。アーシェはどんな感じか知ってる？」

「私も実物は見ていませんが、とても凝《こ》り性《しょう》で研究熱心な方ですから、期待しても良いのでは？」

私がお嬢様の専属となった後、改良元にする植物は比較的すぐに決まりました。

それをお嬢様が雇った植物の研究者に渡し、品種改良を任せた結果、ジャガイモの方は一年ほどで成果が出て、既にいくつかの畑で試験的に栽培されています。

しかし、サツマイモの方は原種がイマイチだったのか、なかなか成果が出ず――。

「お嬢様が芋ですらない、指ほどの太さしかない根っこを見つけて、『これを品種改良します』と言い出した時には、どうしようかと思いました」

「前世の記憶《きおく》があったからね。葉っぱや蔓《つる》がサツマイモに似ていたんだよ。むしろ私としては、私が漏らした『サツマイモやジャガイモ』という言葉をアーシェが覚えていて、追及《ついきゅう》してきたことに驚いたよ。かなりしっかりと調査して、理詰《りづ》めで追及してくるなんてねぇ」

「当然です。お嬢様のことは何でも知りたいですから」

手間はかかりましたし、サツマイモとジャガイモの情報は見つけられませんでしたが、おかげでお嬢様の秘密を知る切っ掛けになったので、無駄ではありませんでした。

私は自信を持って胸を張りますが、しかしお嬢様から向けられたのは、なぜかジト目でした。

「アーシェ……。私の前世の知識だと、そういうの、ストーカーって言うんだよ？」

「ストーカー、ですか？　異世界にはそのような美称《びしょう》があるのですね」

「一般的には悪口だよ‼　まったく……。これで有能だから困るんだよねぇ」

「色々お目こぼし頂くために頑張ってますから！」

ため息をつくお嬢様に、私は堂々と宣言する。

お嬢様と一緒にいられる時間は無駄にできないので、僅《わず》かな空き時間を惜《お》しんで今も努力は続けています。今更《いまさら》ですが、幼い頃に『退屈』とか思って適当に流していたことが悔《く》やまれますね。

「頑張りの方向性が間違って――は、ないのか。間違ってるのは目的だよね」

「間違っていませんよ？　お嬢様のお近くに侍ること、それが私の目的ですから！」

「高い忠誠心に感謝、と言っても良いのかなぁ……？　ま、今更だけど」

「はい、今更です。お嬢様が魅力《みりょく》的すぎるのがいけません。今から会いに行く研究者の方だって、お嬢様に心酔《しんすい》していますよ？　品種改良に邁進しているのも、そのせいでしょうし」

「あー、うん。凄《すご》く、その……慕《した》ってくれてる感じだよね？　有能だし」

困り顔で苦笑《くしょう》するお嬢様ですが、彼《かれ》を見出《みいだ》したのはお嬢様本人です。

その人は昔から植物に興味があり、成人の儀式《ぎしき》で《促成栽培《そくせいさいばい》》という珍《めずら》しい初期魔法《まほう》を授《さず》かったのですが、その魔法は実際の農業で使うには微妙《びみょう》な代物《しろもの》でした。

その名前の通り、植物の生長を速める魔法なのですが、例えば数株の麦を一〇倍の速度で育てることができたとして、全体の収量にどれほどの影響《えいきよう》があるかといえば……。

当然、彼は気落ちしましたが、その魔法に価値を感じて雇《やと》い入れたのがお嬢様です。

品種改良という分野では収穫は少量で十分。一〇倍の速度で世代交代が行えるメリットは非常に大きく、お嬢様は彼を激賞して大きな予算を与《あた》え、彼はお嬢様に心酔するようになりました。

そのせいで、彼は私生活を犠牲《ぎせい》にしてまで研究に邁進するようになり、それはそれで問題なのですが……。貴重な頭脳が領外に流出する心配をしなくて良いのは、幸いでしょうか。

「ジャガイモがすぐに試験栽培に入れたのは、あの人のおかげだよね。もちろん、サツマイモに比べて、アーシェが手に入れてくれた原種が良かったこともあるだろうけど……。あの苗《なえ》は傭兵が持ち込んだんだっけ？　私も改めて、その人にお礼を言うべきかな？」

「いえ、謝礼は渡しているので必要ありません。それにお嬢様では相手も恐縮《きようしゆく》するかと」

「そうかな？　――そうかも？　何の因果か、一応、姫様《ひめさま》なんて呼ばれちゃってるしねぇ」

ちょっと考えて、お嬢様はすぐに頷く。

実際、辺境伯家のご令嬢というのはかなりの高位貴族、本来はかなり気を使う相手です。

「功のある傭兵を無礼打ちするのは、私も避けたいですしね」

「物騒!?　そりゃ、あまりに酷い場合は、まったくのお咎《とが》めなしともいかないけど」

「貴族の立場というものがありますからね。そのあたりのケジメが必要です」

実のところ、ジャガイモの原種を見つけてきたのは、私の兄だったりします。兄もグラバー家の人間、貴人への礼儀《れいぎ》は弁《わきま》えていますが……やはりダメです。下手に美形なのが特にダメです。

まかり間違ってお嬢様が兄に――なんてことになったら耐《た》えられません、私が‼

思い出したくもないですが、お礼をしたのも嘘《うそ》ではありませんしね……クソ兄貴め！

「――？　アーシェ、どうかしましたか？」

「なんでもありません。それより、お嬢様。サツマイモで重視するのはやはり甘《あま》さですか？」

「そうですね。普通の主食としてはジャガイモの方が向いていますし、サツマイモには別の付加価値を望みたいところです。もちろん大きい方が望ましいですが、最初がアレでしたからね」

「少なくとも〝芋〟だったジャガイモの原種に比べ、ただの根っこでしたよねぇ」

これが本当に芋と呼べるような物になるのかと、私も半信半疑でした。

ですが研究者の頑張りは素晴らしく、去年の時点で既に芋らしい形になっていました。

果たしてそれが、今年になってどれほど進歩しているか、ですが――。

「良かったですね、お嬢様。少なくとも大きさだけは、十分な成果が出たようですよ？」

「そのようです。問題は味ですが……今は一つの成功を喜びましょう」

私とお嬢様が視線を向けた先で、出迎えるように立っているのはまだ年若い男性。

遠くからでも確認《かくにん》できる彼の手のひらの上では、はみ出るほどの芋が存在感を放っていました。


――そして、その日から程なく。

シンクハルト領の新たな主食に、甘くて美味しい芋が加えられたのでした。

あとがき

つい先日のことですが、ふと思い立ち、インターネットのスト○ートビューで昔通った本屋や古本屋を訪問してみました――が、何ということでしょう、既《すで》にほとんど存在しませんよ？

古本屋なんて見事に全滅《ぜんめつ》、跡形《あとかた》もありません。

小さな古本屋特有の、本を乱雑に積み上げた感じとか好きだったんですけど……。

整理された本屋とは違《ちが》い、普段《ふだん》なら手に取らない本と出逢《であ》えたりして。

もっとも私自身、近場の本屋がなくなったこともあって、ほとんどの本はネット通販《つうはん》で買うようになってしまいましたし、電子書籍《でんししょせき》の割合も増えているので何も言えないのですが。

ただ、電子書籍になると本を遺《のこ》せなくなるのは残念です。古本屋なら一〇〇年前の本でも普通《ふつう》に買えましたし、私の手元にもそんな本がありますが、今後はなくなっていくのでしょうね。

――さて、ちょっとノスタルジーに浸《ひた》ったところで、最後に謝辞を。

イラストを担当してくださったニシカワエイトさん、そしてこの本をお買い上げくださった読者の皆様《みなさま》、誠《まこと》にありがとうございます。また次巻でお目にかかれることを願っております。

いつきみずほ

本書は、カクヨムネクストに掲載された「図書迷宮《ライブラリ》と心の魔導書《グリモア》」を加筆修正したものです。

DRAGON NOVELS
ドラゴンノベルス

図書迷宮《ライブラリ》と心の魔導書《グリモア》

2025年1月5日　初版発行

著　　者　いつきみずほ

発 行 者　山下直久

発　　行　株式会社 KADOKAWA
〒102-8177　東京都千代田区富士見 2-13-3
電話 0570-002-301（ナビダイヤル）

編　　集　ゲーム・企画書籍編集部

装　　丁　寺田鷹樹（GROFAL）

D　T　P　株式会社スタジオ205 プラス

印 刷 所　大日本印刷株式会社

製 本 所　大日本印刷株式会社

DRAGON NOVELS ロゴデザイン　久留一郎デザイン室＋YAZIRI

●お問い合わせ
https://www.kadokawa.co.jp/（「お問い合わせ」へお進みください）
※内容によっては、お答えできない場合があります。
※サポートは日本国内のみとさせていただきます。
※ Japanese text only

定価（または価格）はカバーに表示してあります。

ISBN978-4-04-075423-9　C0093

◇◇◇